국새 ①

국새 ❶
잃어버린 국새를 찾아라

지은이 ｜ 이봉원
펴낸이 ｜ 김성실
편집주간 ｜ 김이수
편집기획 ｜ 한승오 · 김인현 · 박남주
마케팅 ｜ 이동준 · 김창규 · 강지연
편집디자인 ｜ 하람 커뮤니케이션(02-322-5405)
표지인쇄 ｜ 중앙 P&L(주)
본문인쇄 ｜ 한영문화사
제본 ｜ 국일문화
펴낸곳 ｜ 시대의창
출판등록 ｜ 제10-1756호(1999. 5. 11)

초판 1쇄 발행 ｜ 2006년 7월 18일
초판 2쇄 발행 ｜ 2006년 8월 30일

주소 ｜ 121-816 서울시 마포구 동교동 113-81 (4층)
전화 ｜ 편집부 (02) 335-6125, 영업부 (02) 335-6121
팩스 ｜ (02) 325-5607
홈페이지 ｜ www.sidaew.co.kr

ISBN 89-5940-043-2 (03810)
       89-5940-045-9 (전2권)
값 7,500원

국새 ①

잃어버린 국새를 찾아라

시대의창

이 책을

민족문제연구소 7천여 명의 회원과,

친일인명사전 편찬 사업을 계속하라고

국회가 삭감한 예산 5억 원을 단 열하루 만에

국민 성금으로 만들어 준

2만2천여 명의 전국 누리꾼에게 바칩니다.

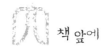 책 앞에

근래 나는 이 겨레의 고단한 현대사의 현장에서 두 번 눈물을 흘렸다. 한 번은 중국에서, 다른 한 번은 서울 명동에서였다.

중국 산시성(陝西省)의 성도 시안(西安), 성정부 청사 안에 황루(黃樓)라는 황색의 단층 목조 건물이 한 채 있다. 현재는 지방 문화재로 보호를 받는 빈 집이지만, 전시엔 성주석이었던 쭈싸오쩌우(祝紹周) 장군이 관저로 썼던 건물로, 바로 여기서 대한민국 임시정부 주석 김구는 일제의 패망 소식을 처음 들었다. 그 날은 1945년 8월 10일, 한국 광복군이 참가하는 한미합작의 특공작전이 막 전개되려는 시점이었다.

꿈에 그리던 일본의 항복! 그러나 그 말을 듣는 순간, 김구는 기뻐하기보다 오히려 눈물을 흘렸다. 너무나 아쉽고 분해서 흘린 피눈물이었다. 광복군이 태평양전쟁에서 조금이라도 피를 흘려야 전후 처리를 하는 과정에서 우리 겨레가 참전국으로서 마땅한 권리를 갖게 되는데, 그것이 수포로 돌아간 때문이었다. 그러니 평생을 조국 광복에 헌신하고 분투해 온 노애국자의 마음이 얼마나 허망했을까?

만약에 일본이 조금만 더 늦게 항복을 했다면, 아니 한미합작의 특공작전이 조금만 더 일찍 전개돼 우리 광복군이 한반도 서해안에 잠입하고 이어 미군이 상륙했다면, 아마도 우리 나라는 지금처럼 남북으로 갈라지지 않았을 것이고, 같은 겨레끼리 서로 총질을 하는 비극도 일어나지 않았을 것이다.

그래서 황루를 답사했을 때, 나 역시 절통한 눈물을 흘리지 않을 수 없었다.

두 번째는 지난해(2004년) 1월, 민족문제연구소가 추진하고 있는 '친일인명사전' 편찬 사업에 쓰라고, 전국에서 누리꾼들이 7억 원의 성금을 보내 준 사건 때문이었다.

연구소가 사전 편찬을 위해 청구한 예산안이 국회에서 전액 삭감되자, 한 네티즌이 국민 성금으로 사전을 만들자고 제안했고, 여기에 한 인터넷신문이 깃발을 들었다. 그 결과, 친일인명사전 편찬을 위한 모금 운동은 아무도 예상치 못한 국민들의 전폭적인 지지로 이어졌고, 시작 11일 만에, 2만2천여 명의 누리꾼이 동참해, 국회가 삭감한 예산 5억 원을 모아 줬다. (그 뒤로도 2억 원이 더 들어왔다.)

그래서 민족문제연구소와 인터넷신문 오마이뉴스는 1월 19일 낮 2시에 서울 느티나무 카페에서 누리꾼들께 감사하는 기자회견을 했고, 그 날 저녁 7시에 명동, 반민특위 본부 건물이 있던 장소에서 누리꾼들과 함께 5억 달성 기념 행사를 가졌다. 이 자리에서 참석자들은 촛불을 들고 독립군가인 '압록강 행진곡'을 목청껏 불렀다.

민족문제연구소가 창립된 이듬해부터 십여 년 동안 연구소 후원 회원으로 참여해 온 나로서, 이때처럼 감격적이고 보람을 느낀 적은 없었다. 그래서 나는 그 자리에서 두 번째로 가슴 뭉클한 눈물을 삼켰다.

이 두 번의 눈물이 나로 하여금 이번 작업을 하게 했다.

이 소설은 대한민국 임시정부에 대한 나의 애정 어린 헌사이며, 그 존재를 널리 알리기 위해 내가 기울인 세 번째 노력의 산물이다.

첫 작업은 1995년 8월, 해방 50돌을 기념해 한국방송공사가 제작 방송한

텔레비전 드라마 '김구 (16부작)'를 집필한 것이었고, 그 다음은 1999년 8월, 대한민국 임시정부 수립 80돌을 기념해 역시 같은 방송사에서 내보낸, 특선 다큐멘터리 '임시정부 27년 대륙 3만리 (3부작)'를 연출하고 제작한 일이다.

그러다 보니 대한민국 임시정부 유적지 답사를 여러 차례 하게 됐다. 맨 처음 한 때가 1994년 봄, 한 달 간에 걸쳐 중국 대륙을 여행하며 유적지를 찾아 헤맸다. 그것도 임시정부와 대가족이 지나갔던 험난한 길을, 되도록이면 그때와 같은 이동 수단을 이용해서, 임시정부 27년의 전체 노정을 답사한 것이다. 두 번째 여행은 1998년 10월에 노광복군들을 따라서 그분들의 그때 행적을 열하루 동안 답사했고, 세 번째는 생존 대가족의 증언들을 수집한 뒤 현지 확인 겸 촬영을 하기 위해 떠난 것이었는데, 1999년 3월에 시작해서 40여 일이 걸렸다.

[이 작품에서는, 소설 속의 유적지 답사단이 중국 현지를 여행하는 시기를 2005년 봄으로 설정했으나, 지은이가 현지를 처음 방문한 시점인 1994년 봄을 주로 기준해서 -몇 곳에서는 1999년 봄을 기준- 현지를 소개하고 현장을 묘사했다. 왜냐 하면, 근래 중국의 대부분 도시가 지역 개발 사업에 휘말려 있어, 문화재로 지정이 되지 않는 한, 한 세기 전의 건물들은 2005년 현재까지 남아 있는 경우가 매우 드물기 때문이다. 그래서 지은이는 90년대에 다니며 직접 보았던, 철거 전의 현지 모습과 그때의 교통 형편을 일부러 기록했다.
* 따라서 현시점에서 중국을 여행하시는 분들은 이 책에서 묘사한 현장들을 보지 못하거나 전혀 다른 모습을 보시게 되는 경우가 생길 것이다. 그 점 널리 양해 바랍니다.]

신종 친일파(일제의 침략전쟁을 찬양하고 민족의식을 버리고 황국신민이
되자고 외치는 무리)들이 날뛰는 오늘날 이 사회에서, 다행스럽게도 나는 존
경하는 어른을 한 분 모시고 있다. 참 독립운동가시며 민족문제연구소 이사장
이신 조문기 지사님이 바로 그분인데, 나는 여기서 어른께서 하신 말씀 한 대
목을 인용하는 것으로, 내 졸저의 부족함을 메우려 한다.

　"우리가 목숨을 걸고 찾으려 했던 것은 분단된 조국이나 친일파 천국이 아
니라고요. 친일파가 청산된 조국을 찾으려 한 건데, 이건 독립운동해서 나라
찾아 친일파한테 진상한 꼴이 된 거예요. 거기다가 나라도 분단되고…, 그러
기에 남북통일과 친일파 청산이 이뤄져야 진정한 해방이고 독립이라 할 수 있
습니다."

을사늑약 100년째, 대한민국 임시정부 수립 86년째, 해방 60년째가 되는,

2005년 늦가을에, 지은이 쓰다.

차 례

국새 ❶

국새 ➋

01
대·민·시·부

가벼운 실내복 차림의 젊은 여자가 컴퓨터 화면 속에 있는 편지 보내기 막대창을 콕 누르자, 화면이 바뀌며, '메일이 정상적으로 전송되었습니다.' 란 글자가 나타났다.

그제야 간밤을 꼬박 새운 피로감이 한꺼번에 쏟아지는지, 여자는 크게 기지개를 켰다.

"아아…!"

번역작가 정내리, 서른 살을 갓 넘겼음에도 다섯 살은 어리게 봐 주는 출판사 기획실장의 덕담을 곧이곧대로 믿은 탓에, 육 년째 접어든 독신자 아파트 생활을 올해도 벗어날 계획이 없는 여자다.

"정 작가, 원고 잘 받았어요. 애썼어요."

"실장님, 저 약속 지켰지요? …… 네, 그래야죠. 그럼 내일 저녁에 밥이든 술이든 사 주세요. 오늘은 그냥 집에서 쉬어야겠어요."

지난 여섯 달 동안 내리가 혼신을 다해 번역한 영어소설의 한글판

원고를 전송 파일로 받은 기획실장이 전화를 걸어왔을 때는, 내리가 막 깊은 잠에 빠져들고 있을 무렵이었다. 손전화를 머리맡으로 집어던 진 내리는 자신의 짜증 섞인 목소리를 기획실장이 이해해 주리라 믿고, 발치에 뭉쳐 있는 이불을 머리 위까지 끌어 올렸다.

그 순간 매일 정오면 저절로 켜지게 입력해 놓은 라디오가 다시 살 아났다. 늦은 저녁부터 새벽까지 일을 하는 게 버릇이 되다 보니, 낮과 밤이 바뀌어 낮 12시가 내리의 기상 시간이 됐고, 일이 끝난 이 날은 평 소의 기상 시간이 취침 시간이 돼 버렸다.

라디오에선 다소 흥분한 듯한 남자 아나운서의 말소리가 들렸다.

"한국전쟁 때 잃어버린 것으로 알려졌던 대한민국 임시정부의 국새 가 중국 베이징에서 발견됐습니다."

그러나, 이미 자라처럼 이불 속으로 얼굴을 감춘 내리의 귀에는 그 것은 까마득히 멀어지는 자장가의 소음일 뿐이었다.

'아니, 이럴 수가! 대한민국 임시정부의 국새라면 다른 어떤 것보다 귀중한 국보급 유물이어야 할 텐데, 그런 것이 지금까지 남의 나라에 버려져 있었다니…!'

그런 거라면 마땅히 독립기념관 같은 국가 시설에 잘 보존돼 있으리 라 여겨 왔던 정내리한테, 이튿날 아침에 배달된 조간신문이 전하는 대한민국 임시정부 국새의 분실과 발견 기사는 적지않은 충격이었다.

1면 머릿기사로 보도된 내용을 요약하면, '발견된 물건은 대한민국 임시정부가 수립 때부터 환국 때까지 27년 동안 중요한 문서에 날인할 때 쓴 임시정부의 도장인데, 주로 외교문서에서 국가의 상징으로 사용 했다. 재질은 옥이며, 날인면의 크기는 사방 6.5센티미터이고, 손잡이에는 승천하는 용의 모습이 새겨져 있다. 간수를 잘 하지 못한 듯 손상이 심해 가까스로 알아볼 수 있는 글자는, 한자 전서체로 새긴 것이 분명한, '大·民·時·府'(대·민·시·부) 넉 자뿐이다. 그러나 전체 글자 수가 아홉 자인 것이 분명하고, 빈 공간에 들어갈 글자가 '大韓民國臨時政府印'에서 나머지 빠진 글자들로 채우면 딱 맞는 것으로 보아, 대한민국 임시정부의 국새일 가능성이 매우 높다. 한민족독립운동사 연구에서 권위자로 알려진 유병도 교수는, 중국에 있던 대한민국 임시정부의 국새가 거의 틀림없다고 감정했고, 관련 학술단체들도 대체로 긍정적인 반응을 보이고 있다는 것' 이었다. 이런 기사와 함께 조간신문은 국새 사진을 천연색으로 실었다.

'국새가 나왔다고? 대한민국 임시정부 이십칠 년의 역사를 증명하고 또 상징하는 나라도장이, 국내에서 분실된 지 반 세기 만에 중국에서 나왔단 말야?'

내리는 일순 가슴 속 깊은 곳에서부터 분노와 서글픔 같은 감정이 솟구쳐 오르는 것을 느꼈다.

신문과 방송이 전하는 더욱 기막힌 소식은, 임시정부와 임시의정원이 이십칠 년 동안 작성하고 보유했던 각종 문헌들도 육이오사변 때 국새와 함께 몽땅 분실됐다는 것이다.

'그렇게 귀중한 사료들을 통째로 잃어버리다니…! 게다가 지금까지 그것들을 찾으려는 정부나 학계의 노력마저 없었다고? 그러고도 이 나라가 과연 대한민국 임시정부의 법통을 이어받았다고 할 수 있을까?'

마침 올해가, 일본제국주의가 이 땅을 삼킬 의도로 을사5조약을 강제로 맺은 때로부터 꼭 백 년째, 그리고 이 땅이 일제의 식민지 사슬에서 벗어난 지 육십 년째가 되는 해가 돼서 그런지, 모든 언론은 국새 발견과 그와 관련한 소식들을 연일 큰 기사로 다뤘다. 그래서 조국의 암울한 현대사에 별로 관심이 없던 젊은이들도 이 희한한 뉴스에 차츰 흥미를 갖게 됐다. 그러자 한 인터넷 언론이 발빠르게 이 문제를 집중 조명하기 시작했다.

"온누리소식 편집국장입니다."

"안녕하세요, 신 국장님? 정내리 기잡니다. 전화하셨어요?"

"오, 정 기자! 지금 어딨어요? 아, 이러고 있을 때가 아니오. 당장 좀 봅시다."

'인터넷 시대엔 인터넷신문을!' 을 표어로 내걸고 다섯 해 전에 출범한 인터넷신문 '온누리소식' 은 젊은 네티즌들로부터 가히 폭발적인 인기를 얻어 이젠 영향력에서 손가락을 꼽을 만큼 큰 언론사가 됐는데, 내리도 시민기자로서 몇 차례 기사를 쓴 적이 있다. 특히 지난해 겨울 중국 베이징을 처음으로 여행하고 나서 '중국 무대예술의 꽃, 경극' 이란 제목으로 쓴 기사와 그 해 여름 두 번째 베이징에 갔을 때 중국 골동품 시장으로 유명한 류리창(琉璃廠)을 탐방하고 쓴 기사가 네티즌들의 관심을 많이 끌었다. 그래서 내리는 단번에 중국문화통 기자로 대접을 받게 됐고, 지금 편집국장이 급히 전화를 건 까닭도 아무래도 그런 것과 관련이 있는 게 분명했다.

여의도 사무실에서 만난 신향식 편집국장은 내리한테 다짜고짜로 방송작가 이매송을 만나 보라고 했다. 그가 이번 사건의 열쇠를 쥐고 있는 인물이라는 것이다.

"그런데 국장님, 이런 취재는 독립운동사에 밝은 사람이 맡아야 하는 게 아닌가요?"

"물론 그렇지. 모든 언론이 그 쪽에 무게를 두고 취재하고 있는 것도 내 잘 알고 있고. 하지만 이 사건은 이매송 씨가 중국에서 국새를 발견한 데서 발단했고, 또 그것이 나온 장소가 정 기자가 취재했던 베이징의 류리창이라지 않은가?"

"아, 그래서 저한테…!"

그랬다. 텔레비전 드라마를 쓰는 방송작가 이매송이 얼마 전 취재차 중국에 갔다가 류리창에서 문제의 국새를 발견했고, 그것을 가지고 돌아와 관련 학술 단체에 감정을 의뢰한 것이 한 방송에 소개되면서, 일파만파로 임시정부 국새 발견 기사가 확대 재생산되고 있었던 것이다.

출판사 기획실장과 약속한 저녁 만남을 취소한 내리는 곧장 집으로 돌아와, 컴퓨터 앞에 다시 앉았다. 그러고는 누리그물(인터넷) 속으로 들어가 오후 내내 관련 정보를 뒤졌다. 그래서 얻어낸 것은 다음과 같았다.

1945년 8월 일제의 패망으로, 그 해 11월에 대한민국 임시정부와 임시의정원 지사들이 중국 충칭(重慶)에서 귀국하면서, 두 기관이 가지고 있던 중요 문헌들을 정리해, 임정의 문헌과 물품을 넣은 상자 열 개, 임의원의 문헌과 물품을 넣은 상자 세 개, 합해 모두 열세 개의 가죽 상자를 가지고 환국했다.

그때부터 1946년 1월 중순까지는 백범이 묵고 있던 서울시 경교장에 그것들을 간직했다가, 그 뒤 몇 차례 보관처를 옮기는 과정에서, 임의원의 문헌과 물품 상자 세 개는 임의원의 후신인 '비상정치회의' 본부로 옮기고, 임정의 정치문헌과 물품이 든 상자 열 개만은 그 해 5월에 다시 정리해서 상자 열 개를 여덟 개로 만든 뒤, 6월에 임정 비서처에 근무하는 조남직의 혜화동 주택으로 옮겨 보관했다. 그 뒤 조남직은 가정 사정으로 혜화동에서 성북동으로, 성북동에서 다시 돈암동으로 두 차례 이사를 했는데, 보관물도 그때마다 함께 따라다녔다.

그러던 중 1950년 6월 25일 한국전쟁이 일어났다. 물품 관리의 총책임자인, 전 임정 국무위원 조경한 지사는 남쪽으로 피난을 갔다가 1953년 여름 서울로 돌아와, 그 해 10월 조남직 가족이 살고 있는 돈암동 집을 수소문해서 찾아갔다. 그리고 그때 그 곳에서 임정의 문헌과 물품이 모두 사라진 것을 알게 됐다.

조남직의 부인이 말했다. '육이오동란 중 임정 보관물을 안채에서 일 미터쯤 떨어진 작은 창고 안 밑바닥에 깔아두고, 그 위에다가 집안의 각종 세간을 쌓아 두었었다. 남편은 북으로 끌려갔고, 팔순 시부모와 자식과 함께 갖은 험난을 겪으며 지냈다. 1951년 1월 4일 유엔군이 서울을 철수하게 되자, 모자는 병든 시부모 두 분만 집에 남겨 놓고 부산으로 피난을 갔다. 그리고 다시 올라와 보니, 그 사이에 이 집이 소이탄을 맞아 창고가 완전히 불에 타 없어졌고, 그 안에 두었던 보관물도 당연히 그때 다 사라졌다.'

애국지사 조경한은, 임정 물품을 보관했던 조남직 주택의 여러 정황이 소이탄과 같이 화재를 일으키는 포탄을 맞은 것 같지는 않았지만, 가족의 말을 의심할 수도, 그 이상 추궁할 수도 없는 처지라서, 깊은 상심만 안고 돌아왔다.

이상이 국새*를 비롯한 임시정부의 귀중품과 독립운동 사료로써 더

---

* 국새는 임정의 공인함에 넣어져 따로 보관되다가, 1·4후퇴 때 경기도 안성에 있는 한 민가 지하로 옮겨져 보관되던 중, 기이하게도 이 장소 역시 폭격을 맞았고, 국새 또한 그때 소실된 것으로 전해지고 있다. 하지만, 이 소설에선 구성상 임시정부의 국새가 서울 돈암동 민가 창고에 보관돼 있던 문헌상자들과 함께 분실된 것으로 임의 정리했다.—부록 '대한민국 임시정부 문헌 분실 전말기' 참조

할 나위없이 귀중한 임시정부 문헌들이 세상에서 사라진 전말이었다.

인터넷 검색을 통해 이러한 사실을 새삼스레 알게 된 정내리는 분하고 서글펐다. 그것들이 이 나라 이 겨레에 얼마나 소중한 물건인데…, 겨레의 혼이 돼야 할 역사적 유물들을 통째로 잃어버리고도, 부끄러움도, 안타까움도 그리고 되찾아 보려는 의지도 없는 이 땅의 후손들을 조국 광복을 위해 목숨을 바친 선열들께선 과연 어떤 심정으로 지켜보고 계실까.

어느 외국인 역사학자는, 대한민국 임시정부가 중국에서 하루라도 존재할 수 있었고 분투할 수 있었다는 것은, 일본이 시종 한국을 완전히 정복하지 못했다는 것을 뜻한다고 말했다. 자고로 망명정부란 그만큼 의미가 깊은 대단한 존재다. 게다가 대한의 망명정부는 단 하루가 아니라 자그만치 27년이란 긴 세월 동안 존재했고, 조국이 해방된 뒤 개선 환국했다. 또한 지금의 대한민국 헌법 전문에는, '유구한 역사와 전통으로 빛나는 우리 대한 국민은, 3 · 1운동으로 세운 대한민국 임시정부의 법통을 이어받아…' 라고 적혀 있다.

이런 것을 봐도, 대한민국 임시정부의 나라도장이나 망명정부의 역사를 기록한 문헌들은 그 어떤 것보다 소중하고도 보배로운 우리 겨레 최고 자산이다. 도대체 이런 역사 자료도 없이 한민족의 항일독립운동사를 어떻게 제대로 기술할 수가 있단 말인가. 지난 반 세기 동안 이 땅에 군림해 온 친일 세력들은 또 그 얼마나 이 사실에 고소해 했을까. 그러길래 눈에 보이는 것 없이 저들 멋대로, 이 반쪽의 땅에서 민족정기와 민주주의를 짓밟는 짓거리들을 그 동안 저질러 온 것이 아니냐. 책임은 그들에게만 있는 것이 아니다. 정치인도, 학자도, 관리도, 독립운동 지사도, 그 후손한테도 있다. 그러니까 대한민국 국민이라면 마땅히 이것들을 되찾기 위한 거족적인 수색 작업을 벌써 펼쳤어야 했고, 북한 학계에도 협조를 요청했어야 했다.

그런데 분실한 지 반백 년이 지나, 우리 국민 아무도 관심을 갖고 있지 않은 이때에, 대한민국 임시정부의 으뜸 상징물인 국새가 나타났다니, 정말로 천만다행한 일이다. 한국전쟁 때 불에 타 지구상에서 완전히 사라진 것으로 알고 있던 국새가 모습을 드러냈다면, 다른 문헌들도 이 세상 어딘지에 존재할 가능성이 충분히 있는 것이 아닌가.

내리는 서글픈 감정이 차츰 진정되며 대신 설레는 감정이 가슴 한 구석에서부터 온몸으로 번지는 것을 느꼈다.

'그래서 언론도 이 문제를 집중해 다루고 있는 것이다. 언론은 국민의 생각을 반영한다. 그렇다면 21세기를 맞아 대한의 국민은 제 정신을 되찾은 것이 분명하다.'

내리는 민족정기가 꿈틀거리며 온 누리에서 서서히 일어서고 있음을 확신했다.

"오후엔 제가 텔레비전 출연을 위해 방송국에 가 있을 겁니다. 그리로 오시라고 할 수도 없고…, 녹화가 언제 끝날지 정확한 시간을 알 수가 없거든요."

"그럼 제가 방송국으로 가겠어요. 스튜디오에서 기다리지요, 뭐."

"그렇게 하셔도 되면……. 참, 성함이 뭐라고 하셨지요?"

"정내리입니다."

내리가 방송작가 이매송의 집으로 전화를 걸었을 때, 매송은 막 집을 나서려던 참이었다. 임시정부 국새가 발견됨에 따라 한 방송사가 삼일절 특집으로 긴급히 편성한, 대담 프로그램 시간에 출연하기 위해서였다.

"그럼 정 기자님, 스튜디오로 오세요. 제가 담당 연출자한테 말해 두겠어요."

내리는 대담도 들을 겸 잘됐다 싶어, 통화를 끝내자마자, 단숨에 여의도로 달려갔다. 녹화는 시작되지 않았지만, 출연자들은 벌써 스튜디오 안에서 자리를 잡고 앉아 있었다.

내리는 연출자가 있는 부조정실로 올라갔다. 외국어 다큐멘터리를 번역하는 일로 몇 차례 방송 작업에 참여해 본 적이 있는 내리에게, 방송 스튜디오는 그리 낯선 공간이 아니었다. 연출자는 내리가 올 줄을 이미 알고 있었다는 듯, 빈 의자 하나를 가리키며 앉으라는 손짓을 했다.

커다란 유리창 너머로, 남자 아나운서 한 사람과 출연자 세 사람이 둘러앉아 있는 스튜디오가 한눈에 내려다보였다. 팔순이 넘었을 것으로 보이는 할머니는 일제 때 중국에서 독립운동을 하다가 조국이 해방되자 환국한 애국지사 인보경 여사이고, 초로의 육십대 신사는 사학자 유병도 교수, 나머지 한 사람은 사건의 불씨를 가져온 이매송 작가였다. 넥타이 대신 노란 스카프를 목에 두른 이 작가는 사십대로 보였다.

아나운서는 프로그램을 시작하는 인사말을 한 뒤, 탁자 한가운데에 놓인 문제의 국새를 조심스레 집어 들고 시청자에게 생김새를 설명했다. 그러고 나서 맨 먼저 이매송한테 질문을 던졌다.

"정말 귀중한 물건이군요. 그런데 이 작가께서는 어떻게 이것을 찾으셨나요? 잃었던 대한민국 임시정부 국새를 발견하시게 된 경위부터 말씀해 주십시오."

이매송이 자기 앞에 놓인 물잔을 들어 한 모금 마신 뒤 입을 열었다.

"네, 닷새 전인 2월 21일입니다. 제가 자료 수집차 베이징에 머물고 있었는데, 그 날 오후 류리창엘 들렀다가, 거기서 우연히 발견한 것입니다."

"베이징의 류리창이라면 우리 서울에 있는 인사동 같은 골동품 거리를 말씀하시는 거죠?"

"네, 그렇습니다. 천안문광장에서 자동차를 타고 남서쪽으로 십 분쯤 가면 닿는 곳인데, 중국의 진귀한 골동품과 각종 문물을 사고 파는 시장이죠. 특히 거리와 상점들이 특색 있는 청조 때 양식의 건축물로 이뤄진 데다가…"

이매송이 말을 시작하자, 녹화 장면을 보여 주는 부조정실의 모니터에는 스튜디오 응접실이 아닌 중국 현지의 모습이 나타났다. 프로그램 팀에서 촬영을 해 온 자료 화면인 듯했다. 그것을 보는 내리의 두 눈이 반짝였다.

화면이 류리창의 거리 모습에 이어 한 가게의 내부 모습을 보여 주고 있는 동안에도, 매송의 말은 계속됐다.

"상점마다 벼루, 먹, 붓 같은 서예도구부터 서화나 고서적, 도자기, 불상에 이르기까지, 물건이 어찌나 다양하고 많은지, 아무튼 대충 구경만 하는 데도 한나절 가지고는 부족합니다."

"정말 대단한 곳이지요!"

이매송의 말이 다 끝나기도 전에 기다렸다는 듯이 다른 사람의 목소리가 끼어들었다. 그 순간, 녹화 모니터에선 류리창 모습이 사라지고, 뿔테안경이 잘 어울리는 유병도 교수의 둥글넓적한 얼굴이 잡혔다.

"저도 베이징에 가면 자주 찾는 곳인데요, 외국인이라면 꼭 한 번 들러볼 만한 곳입니다."

모니터 화면은 다시 스튜디오 응접실로 바뀌었다.

"그러니까 류리창이란 곳은 베이징을 대표하는 관광명소 중 하나군요. 그런데 이 작가님, 어떻게 우리 임시정부의 국새가 그 곳에 있었단 말입니까?"

아나운서가 물었다.

"그 날은 단계석 벼루를 하나 살까 하고, 류리창엘 들렀죠."

이매송이 말했다. 그러자 다시 유 교수가 끼어들며 보충 설명을 했다.

"단계석 벼루란 중국에서 최고로 치는 이름있는 벼루지요. 고양이 눈 같은 노란 색 돌눈이 여러 개씩 박혀 있는데, 수백 만 원을 호가하는 명품도 있답니다."

"박사님이라서 역시 아는 게 많구먼!"

부조정실에서 조종간을 잡고 있던 기술감독이 한 마디 했다.

"그런데요?"

아나운서가 발언 기회를 빼앗기지 말라는 듯 매송을 다그쳤다.

"그런데 한 상점에서 그 도장을 본 겁니다. 처음에는 도장 손잡이에 새겨진 화려한 용 문양에 끌려 집어 들었던 건데, 다음 순간 날인면에 희미하게 남아 있는 한자 몇 자가… 그만 저를 사로잡은 겁니다. 그것은 한 마디로 충격이었어요."

"정말 그러셨겠군요. 그러나 글자 몇 자만을 보고서 이내 그것이 임시정부 도장이란 것을 어떻게 아실 수가 있었지요?"

"저는 오래 전부터 일제강점기에 중국에서 활약한 대한민국 임시정부를 소재로 장편의 방송 드라마를 집필하고 싶었습니다. 그래서 중국 대륙도 수 차례 여행했고, 관련 문헌을 많이 섭렵했지요. 그렇기 때문에, 대·민·시·부 넉 자를 보는 순간, 직감적으로 그것이 대한민국 임시정부 여덟 글자 가운데 네 글자인 것을 알아차릴 수가 있었습니다."

이매송의 말에 유병도가 다시 토를 달았다.

"그런 건 전문가에겐 문제가 안 되지요. 저라도 단박에 알아봤을 겁니다."

그때까지 조용히 세 사람의 이야기를 듣고만 있던 또 한 명의 초청 인사 인보경 할머니가 나직한 목소리로 말했다.

"국새를 분실하기 전에 그 물건을 한 번이라도 보신 분이 지금 살아 계시기만 하면, 이게 진품인지 아닌지 확인이 금방 될 터인데…, 그게 안타깝군요."

"그건 그렇습니다. 불행히도 조경한 지사님께서 작고하신 뒤로는 그것을 확인해 줄 수 있는 어른이 단 한 분도 안 계십니다."

이매송이 유병도를 흘낏 보며, 인보경 여사의 말에 맞장구를 쳤다. 그러자 유병도는 자신의 권위를 인정 받지 못한 것이 영 불쾌하다는 듯 헛기침을 했다.

"흠흠, 이것은 대한민국 임시정부 국새가 틀림없습니다. 다시 말하면 가짜일 가능성이 희박하다는 거지요."

아나운서가 유병도의 불편한 심기를 알아챘다.

"우리 나라 독립운동사의 권위자이신 유병도 박사님께서 그렇게 감정을 하셨다면, 다들 수긍할 수밖에 없겠지요?"

아나운서의 아부성 발언에 기분이 좋아진 교수는 짐짓 화제를 돌렸다.

"제 선친께서도 생전에 자주 보셨을 국새인데, 이것을 제가 지금 제 눈으로 직접 보고 있다니, 저로서도 감회가 새롭습니다."

"참, 그렇군요. 교수님의 아버님께서도 중국에서 독립운동을 하신 걸로 압니다만, 존함이…?"

"갑자 성자이십니다."

매송이 대신 말했다.

"그럼 유 갑 성 지사님…!"

아나운서가 목소리까지 가다듬으며 이름을 되뇌었다. 더욱 신이 난 유병도는 자신의 아버지를 좀더 자세히 소개했다.

"저희 어른께선 중국 뤄양에 있었던 중앙육군군관학교 한인특별대에서 일 년간 교육 훈련을 받으셨는데, 그것이 계기가 되어 임시정부와 처음 인연을 맺으셨지요. 그래서 임시정부가 대륙을 전전하며 피난살이를 할 때는 요인들을 곁에서 경호도 하셨고…, 그런 저런 연유로 일찍이 독립유공자로 서훈되셨답니다."

유병도가 장황히 사적인 얘기를 하고 있는 동안에도, 인보경 여사는 오로지 국새에만 관심을 기울이고 있었다. 여전히 확신이 안 서는 듯, 돋보기 안경까지 꺼내 끼고 옥도장을 요리조리 뜯어보던 여사가 불쑥 입을 열었다.

"재질은 옥이 맞군요. 용을 새긴 솜씨도 좋고…! 헌데 전각이 너무 상해서……."

대담이 다시 제자리로 돌아오자, 매송이 쐐기를 박았다.

"잘 보셨습니다, 이 여사님. 그래도 중국 돈으로 삼천 위안을 줬답니다. 우리 돈으로 사십오만 원쯤 되지요."

그러면서 매송은 주머니에서 종이 쪽지 한 장을 꺼내, 아나운서 앞으로 내밀었다.

"이게 그 가게서 대금을 지불하고 받은 영수증입니다."

아나운서가 영수증을 받아 들고, 그것도 골동품인 양 뚫어져라 들여다봤다.

"허어… 중국 영수증은 이렇게 생겼군요! …옥인장 일 개… 삼천 원……. 아, 참 이건 위안이라고 읽어야겠지요?"

부조정실에 있던 연출자가 입 속으로 중얼거렸다.

"싼 챈 왠…"

중국어를 전공했는지 발음이 좋아 보였다. 순간 그의 등 뒤에 있던 내리는 자신도 모르게 입술 밖으로 웃음이 폭 하고 터져 나왔다.

아나운서가 영수증을 매송한테 돌려주며 말했다.

"골동품 가치를 인정해서 삼천 위안이나 받았군요?"

"처음엔 만 위안을 부르더군요. 한데 제 수중에 벼루를 사려고 준비해 간 돈이 그것밖에 없어서…. 그 정도면 실은 싸게 산 거죠."

매송의 말에 아나운서가 입을 벌렸다.

"만 위안이면 우리 돈으로… 백오십만 원인데…!"

유병도가 말을 받았다.

"아, 모르시는 말씀! 옥도장에 용을 새기는 것은 중국에선 황제가 쓰는 옥새에나 가능한 일이지요. 만일 이 도장에 황제 이름이 새겨져 있다면 십만 위안도 불렀을 겁니다. 그런 것을 삼천 위안에 샀다는 것은 거기에 있는 글자 때문이에요. 중국 황제의 옥새에는 대·민·시·부란 글자가 들어갈 수가 없지요."

"그래서 교수님께선 이것이 임시정부가 썼던 국새가 틀림없다고 감정을 하셨군요?"

"그렇습니다. 중국에서도 이런 도장은 아무나 만들어 쓸 수 있는 게 아닙니다."

매송이 다시 말을 받았다.

"우리 임시정부는 비록 망명정부이긴 했어도 어엿하게 나라를 대표하는 기관인만큼 자존심을 세운 거지요. 이미 대한인장협회에서 나온 도장 전문 인사도, 남아 있는 대·민·시·부 넉 자의 글씨 모양을 현존하는 임시정부 문서에 찍혀 있는 도장과 대조를 했는데, 다 맞는 것으로 확인을 했습니다."

매송의 말에 유병도가 심드렁한 표정을 지으며 끼어들었다.

"다 쓸데없는 짓이라고, 내 그렇게 말했는데도…! 우린 척 보면 한눈에 알거든요. 날인면의 크기가 사방 65밀리미터지만 테두리를 뺀 실제 아홉 글자만의 크기는 사방 52밀리미터예요. 그것이 뭘 의미하겠어요? 임시정부가 수립된 단기 4252년을 뜻하는 게 아닙니까? 대한민국 임시정부사 전문가인 내가 이미 사실 확인을 마쳤는데, 공연시리 그런 사람들한테까지 물어 볼 게 뭐 있어요?"

아나운서가 얼른 나서서 대담 내용이 옆길로 다시 빠지는 것을 막았다.

"그런데 이 작가님, 혹시 어떤 경로로 그것이 류리창에 들어왔고, 또 그 가게에서 팔게 된 건지 물어보셨나요?"

"물론이지요. 주인 얘기로는, 제가 들르기 보름 전쯤에, 하얼빈이 고향이라는 한 남자 대학생이 가져왔다는 거예요. 베이징 유학 생활이 힘들어 할아버지 유품을 팔게 됐다면서요. 어렸을 땐 그게 귀한 건지를 몰라, 형제들이 호도를 깨 먹는 데 썼고, 그러다 보니 형체가 파손되고, 글자도 깨지거나 닳아 버렸다고 했답니다. 날인면에 본래 무슨 글자가 적혀 있었는지 알 만한 사람도 현재는 없고요."

여전히 의심의 눈초리를 거두지 않고 있는 인보경 여사가 매송을 빤히 바라보며 물었다.

"이 선생님, 이게 우리 임시정부의 국새가 맞다면, 왜 그 사람 집에 있었을까요?"

"바로 그 점이 또한 중요합니다, 이 여사님."

매송의 목소리가 갑자기 커졌다.

"그 학생의 할아버지가 한국전쟁 때 중국 의용군으로 참전한 적이 있답니다. 골동품 가게 주인이 이상해서 이것저것 꼬치꼬치 물어 봤나 본데, 학생이 그런 말을 했다는군요. 그러니까 학생의 할아버지가 한국전쟁 때 우리 나라에 왔다가 이것을 어디선지 획득했을 가능성이 있는 거지요."

얼굴에서 핏기가 가실 만큼 깜짝 놀란 인보경 여사가 허리를 곧추세웠다.

"그렇다면 동란 때 잃어버렸다는 임시정부 문헌들도 우리 나라 어디엔지 현재 남아 있을 가능성이 있는 게 아닙니까?!"

"제 생각도 그렇습니다. 대한민국 임시정부의 공인함이나 귀중한 문헌 상자들이 원래의 모습대로 보존이 돼 있으리라고는 저도 기대는 못하지만, 내용물의 일부는 남아 있을 가능성이 아주 큽니다. 이번에 제가 발견한 이 국새가 바로 그런 사실을 증명한다고 봅니다."

잠시 스튜디오가 고요해졌다. 부조정실 역시 갑자기 공기의 흐름이 멈춘 듯 모든 사람이 말을 잃었다. 내리도 마찬가지였다. 벌어진 입 안에서 가벼운 신음이 밖으로 새어나왔다.

'그렇다! 육이오 때 사라진 것으로 알려진 국새가 나왔다면, 다른 문헌들도 되찾을 가능성이 분명코 있다!'

"한국전쟁 때 포탄에 소실된 것이 아니다…?"

인보경 여사의 나지막한 목소리가 떨리고 있었다. 반면에 매송의 목소리엔 더욱 힘이 붙었다.

"포탄에 맞은 게 사실이라 하더라도 그 많은 문헌들이 죄다 불에 타 재가 됐다고는 할 수가 없잖습니까? 다는 아니어도 적어도 일부분만큼은 남아 있어야 합니다."

인보경 여사가 한숨을 내쉬었다.

"그게 어떤 물건인데…! 내가 열다섯 살 때 중일전쟁이 일어났지요. 우리 임시정부 어른들과 가족들은 난징에 있는 수서문 부두로 달려가 목선을 얻어 타고 양자강을 따라 피난길에 올랐습니다. 그때 청장년 남정네들이 쇠가죽 상자를 여러 개 배에 싣는 것을 보았는데, 그것이 바로 임시정부와 임시의정원의 귀중한 문헌상자들이었던 것으로 기억합니다. 그 상자들은, 우리가 우한을 거쳐 창사, 광쩌우, 류쩌우, 치쟝, 충칭에 이르도록 중국 대륙을 헤메고 다닐 적에나 그리고 해방이 되어 고국으로 환국할 때까지 어른들께서 늘 소중히, 정말 목숨을 걸고 간수해 왔던 것인데, 어쩌다가 그것들을 몽땅 잃어버렸다는 것인지, 전도무지 이해할 수가 없습니다."

간간이 목이 메는 인보경 여사의 말을 아무도 끊지 못했고, 다들 경청할 뿐이었다. 아버지가 임시정부 요인이었고, 자신은 여자 광복군이었던 노 애국자의 눈시울이 어느 새 붉어져 있었다. 잠시 숨을 고른 뒤, 이 여사가 다시 말을 이었다.

"제 생각은 이렇습니다. 동란 이후 반 세기가 지나도록 나오지 않은 물건이라면, 알려진 것처럼, 그때 포탄에 맞아 모두 재가 됐든지, 설령 그게 아니라 해도, 우리 나라 안에는 없는 것 같습니다."

"그럼 누가 가져갔단 말입니까, 그것들을?"

아나운서가 물었다.

"북한 인민군대가 퇴각하면서 가져갔을지도 모르지요. 그 사람들은 자기네 정부가 임시정부의 정통성을 잇고 있다고 늘 주장했으니까, 그 사람들 역시 국새나 문헌들이 필요했겠지요. 그런데 내 생각엔 현재 북한에는 그것들이 없는 게 확실합니다. 만약에 그 사람들이 가지고 있다면, 이미 자랑스럽게 공개를 했을 테니까요. 숨길 까닭이 없지요."

"그렇습니다. 북한이 만든 극영화 중에 임시정부 국새를 소재로 한 영화가 있다고 들었습니다. 독립운동 진영에서 국새를 김일성한테 바치며 충성을 다짐하는 내용이라더군요. 물론 허구에 찬 얘기지만요."

유병도가 안경을 벗었다 쓰며 말했다. 인보경의 말은 계속됐다.

"북한에 없다면 어디에 있을까? 아마도 삼팔선 이남까지 내려왔던 중공군이 우연히 발견하고 가져갔거나…, 그 사람들은 한자를 잘 아니까 귀중한 문서란 것을 이내 알았을 테고…, 아니면, 북한 인민군을 거쳐 소련군 정치군관 손에 넘겨져, 러시아 땅으로 옮겨가 있을지도 모르지요. 그것도 아니라면… 미국이…, 혹시 일본이 가져간 것은 아닐까요?"

아나운서가 고개를 갸웃하며 말했다.

"소련이나 미국이 보관하고 있다면 지금까지 공개 안 할 이유가 없잖아요? 일본이라면 또 모를까……."

매송이 말을 받았다.

"전 우리 나라 안에 있을 가능성이 가장 높다고 봅니다. 사변 중에 누군지 그것을 입수한 사람이 자신만이 아는 곳에 잘 숨겨 놓았는데, 그 사람이 갑자기 죽는 바람에, 그 장소가 지금까지 베일 속에 묻혀 있는 건지도 모르지요."

인보경 여사가 고개를 끄덕거렸다. 그리고 결론을 지었다.

"그럴 수가 있군요. 어쨌거나 지금 이 순간 중요한 사실은 잃어버린 국새를 되찾았다는 것입니다. 그렇다면 다른 물건들도 찾을 수 있다는 희망이 생겼으니, 지금부터라도 우리 정부가 앞장 서고 온 국민이 힘을 보태, 이 겨레의 자존심인 대한민국 임시정부의 문헌들을 찾아 나서야 합니다."

아나운서가 대담에서 나온 이야기들을 정리하고, 프로그램을 끝맺는 인사말을 하는 동안, 내리의 머릿속에는 오로지 한 가지 생각으로 꽉 차 있었다.

'임시정부의 문헌…, 그것들을 찾을 수만 있다면…!'

녹화를 끝내고 스튜디오 밖으로 나온 이매송은, 복도에서 기다리는 내리를 만나 인사를 나누기가 바쁘게, 질문부터 받아야 했다.

"선생님, 문헌상자들을 자신의 돈암동 집 창고에 보관했다는 조남직이란 분이 북쪽으로 끌려갈 때, 혹시 문헌상자들까지 함께 북쪽으로 넘어간 것이 아닐까요? 자의든 타의든 간에요. 그래서 그분의 남은 식구들이 모두 거짓말을 할 수밖에 없었던 것이고요."

매송은 내리의 물음에 짤막하게 대답했다.

"그럴지도 모르지요."

방송국 구내 휴게실에 잠시 들러 뜨거운 차를 한 잔씩 마신 뒤, 두 사람은 주차장으로 향했다.

"선생님께서 구상 중이시라는 드라마요, 대한민국 임시정부 이십칠 년 역사를 그리는 거라면 아마도 대하 드라마가 될 듯한데, 방송사는 결정이 됐나요?"

"아니, 아직은…. 그러나 내 기획안은 어느 방송사가 됐든 머잖아 반드시 채택을 하리라 믿어요. 시청자들의 관심이 요즘 어디에 있는지,

머리 좋은 방송국 책임자들께선 늘 주시하고 있으니까 말이오.”

말을 마칠 때 이매송의 입가 근육이 조금 찌그러졌다. 비웃음이었을
까? 그러나 정내리는 그것을 보지 못했다. 2월의 마지막 겨울 바람이
순간 내리의 외투 깃을 잡아챘기 때문이었다.

02
꿈의 여행

　일제 패망 예순 돌에 맞는 삼일절이어선지, 이 날 각 언론사는 특집 기사나 특집 프로그램을 많이 내보냈다. 특히 이매송이 출연한 '대한 민국 임시정부 국새를 찾아서' 란 대담 프로그램은 비교적 높은 시청률을 보였고, 장안에서 적잖이 화제가 됐다.

　이것을 계기로, 관련 학계의 전문가들은 국새와 함께 분실된 것으로 알려진 문헌상자들을 되찾기 위해, 대통령 직속으로 특별 기구가 설치돼야 한다고, 하나같이 목소리를 높였다.

　애국심 많은 누리꾼(네티즌)들은 국회의원이나 정부 관리들에게 맡기지 말고 자신들이 직접 그 일에 나서야 한다고 자판을 두드려 댔고, 독립운동가와 그 후손 단체들은 그동안 지지부진하게 추진돼 온 대한 민국 임시정부 기념관 건립 추진 사업에 정부와 국민이 더욱 적극적인 성원을 보내야 한다고 외쳤다. 친일인명사전을 만들고 있는 민족문제 연구소는 친일파들이 독립유공자로 잘못 선정된 사실이 있다면서, 그들의 서훈과 포상을 취소하라고, 정부에 요구했다.

어쨌거나 국새 발견을 계기로 임시정부에 관한 국민의 관심은 1948년 8월 15일 대한민국 정부가 탄생한 이래 가장 뜨거웠다. 그 동안은 마치 우리에겐 이런 역사가 없었던 것처럼, 빙산 속에 묻혀 있던 역사의 시신이 갑자기 얼음이 녹아 되살아난 것처럼, 모든 언론 매체가 삼일절을 전후해 한 주일에 걸쳐서 이 문제를 집중해 다뤘다.

하루 아침에 '임시정부'란 말이 사람들 입에 오르내리면서, 현재의 대한민국 정부에 임시정부 시절이 있었는 줄 아는 사람까지 생겨났다. 한국전쟁 때 부산으로 피난했던 정부를 가리켜 임시정부라고 우기는 이들이 있는가 하면, 군인들이 쿠데타를 통해 민간정부를 뒤엎고 집권한 시기를 임시정부라고 주장하는 이가 나타나는 등, 웃지도 못할 일들이 여기저기서 벌어졌다. 바야흐로 대한민국 임시정부는 존재하던 그때보다도 실체를 전설처럼 알고 있던 새 천년 후손들 사이에서 더욱 큰 유명세를 치르고 있었다.

3월 3일, 대한민국림시정부기념사업회 사무실에서는 생존하는 독립운동 지사와 역사학자, 문화재 전문위원 들로 구성된 국새 조사단이 기자회견을 했다. 이 사람들은 닷새 전 중국 베이징으로 가서, 류리창 상가를 방문하는 등, 몇 가지 현장 조사를 했다. 조사라고 해야 이매송 작가가 진술한 내용이 사실인지를 확인하는 데 그친 것이지만, 관계 전문가들이 함께 조사를 벌였다는 점은 의미가 있었다.

조사단이 내린 결론은 이러했다. '중국 류리창에서 발견한 옥도장이 대한민국 임시정부의 국새가 아니라고 할 만한 결정적인 증거가 없다.'

정내리는 인터넷신문 온누리소식의 편집국장 방에서 국새 조사단

발표 소식을 접했다. 신향식 국장과 온누리소식에 연재할 기삿거리를 논의하고 있던 중이었다.

"잘됐어. 이 참에 우린 인터넷 매체에 맞는 기획 기사를 준비해야겠어."

내리한테 떨어졌던 베이징 류리창 취재 계획은, 이미 각 방송사가 현지 특파원을 통해 현장의 모습과 형편을 영상으로 상세히 취재해 보도했기 때문에, 없던 일이 돼 버렸다. 아무래도 현재 수준의 인터넷신문사로선 기동력과 제작 여건에서 방송사와는 경쟁이 되지 않았다. 대신 온누리소식은 일반 언론사가 하기 어려운, 다시 말해 인터넷신문만이 잘 할 수 있는 기삿거리와 보도 방식으로 눈을 돌렸다.

"국장님, 임시정부가 이십칠 년 간이나 중국 대륙을 전전했다면, 그때에 잠깐씩이라도 청사로 썼던 건물들이 여러 도시에 남아 있을 텐데요, 우리가 지금 알고 있는 건 상하이와 충칭에 있는 두 곳뿐이잖아요."

"바로 그거야. 그 두 곳말고 다른 도시에도 대한민국 임시정부는 짧게든 길게든 머물렀을 게 아니겠어?"

"그럼 그 도시들을 차례로 탐방하는 건 어떨까요? 임시정부의 이동 행적을 그때와 똑같이 되밟아 가면서 말이죠."

신향식 국장의 눈빛이 반짝인 것도 잠시뿐, 그는 대답 대신 창 밖을 보며 한숨을 내쉬었다.

그렇다. 해방 이후 예순 해가 되도록 아직 어떤 언론사도 그런 취재를 한 적이 없고, 정부 관계자나 역사학자들 역시 일찍이 그런 일을 했다는 말을 들어 보질 못했다. 반 세기 동안 대나무 장막을 둘러친 나라로만 알려졌던 미지의 세계 공산 중국과 우리 나라가 수교한 때가 1992년 여름이니, 십 년 남짓밖에 안 된 짧은 세월 탓일까. 어쨌거나

한민족독립운동사를 연구한다는 이 땅의 많은 사학자 가운데 어느 한 사람도 관련 유적지들이 하나둘씩 사라지기 전에 탐방한 적이 없는 대륙의 전 노정을, 일개 인터넷신문의 시민기자가 뒤늦게나마 단독 취재한다는 것이 결코 쉬운 일이 아니란 것을, 신향식 국장은 이미 잘 알고 있었던 것이다.

"쉬운 일이 아니겠죠…?"

내리의 맥빠진 물음에도 신 국장은 선뜻 대답을 하지 않았다.

집으로 돌아온 내리는 그 날 밤새 뒤척이며 잠을 이루지 못했다. 임시정부 이십칠 년의 행적을 찾아 중국 대륙을 여행하고 싶었다. 하지만 지금까지 전공 학자들도 쉽게 하지 못한 일을, 그런 쪽의 전문 서적한 권 읽지 않은 자신이 어떻게 가능하단 말인가. 경비 또한 만만치 않을 것이고, 시일 또한 오래 걸릴 문제였다. 그런데 다음 날 아침, 뜻밖의 행운이 찾아들었다.

"여보세요?… 내리?"

"네에, 누구시죠?"

"아, 내리군! 지금 자고 있는 건 아니겠지?"

고구려여행사 강민규 사장이었다.

"응, 민규! 그래, 나야. 요샌 밤에 일 안 해. 그런데 웬일이야, 아침부터 내 생각을 다 하고…?"

"아침부터가 아니고 밤새 했어. 잠도 꼬박이 설쳤지."

"무슨 소리야?"

"너 혹시 중국으로 여행하고 싶지 않니?"

'중국 여행…!'

갑자기 내리의 눈앞이 환해졌다. 어둠의 장막이 싹 걷히는 소리가 들렸다. 밤새 고민하면 문제가 이렇게 쉽게 실마리를 드러낼 줄이야. 그러나 내리의 입에서 나온 말은 속내와는 상관없이 다소 퉁명스러웠다.

"중국 여행이라니…? 오라! 고구려여행사에서 전세기라도 띄우게 됐나 보지? 그런 거야? 요새 강민규 세월 좋은가 봐!"

"자세한 건 만나서 얘기하자. 점심 같이 할까?"

강민규는 내리가 다녔던 지방 작은 도시에 있는 한 초등학교의 동창생이다. 수년 전부터 서울에 있는 동기 여남은 명이 이따금 만나 동창회를 하는데, 민규는 한 번도 빠진 적이 없었다. 아무리 바빠도, 설령 외국에 나가 있을지라도 동창회엔 꼭 참석하겠다고, 동기들 앞에서 선언을 했고, 실제로 그 약속을 지켰다. 친구들은 민규가 어렸을 때 내리를 좋아했다는 사실을 잘 알고 있었기 때문에, 민규가 보이는 다소 과장되고 속보이는 언행에 관대했다. 6학년 때 민규는 전교 회장을, 내리는 부회장을 지냈다.

"내 명함 가지고 있지? 우리 사무실 쉽게 찾을 수 있을 거야."

그러나 두 사람은 졸업 뒤 동창회에서 다시 만날 때까지 서로 잊고 살았다. 그리고 이 날 내리가 민규의 전화를 받은 것이나, 그래서 동창회 밖에서 둘만의 얘기를 나누게 된 것도, 두 사람한텐 성인이 된 뒤로 처음 있는 일이었다.

"알았어. 그럼 이따가 봐"

고구려여행사는 서울 시내 한복판에 있었다. 명함에 있는 주소만 보고도, 내리는 시청 뒤쪽에 있는 사무실을 쉽게 찾을 수 있었다. 내리는 사장실로 곧장 안내됐다.

사장실 응접세트 탁자 유리판 밑에는, 두어 살 돼 보이는 계집아이를 사이에 두고 찍은 강민규 부부의 사진 한 장이 꽂혀 있었다.

"애기 엄마가 미인이네!"

"응, 내리만은 못해도……."

"나한테 아부를 해야 할 만큼 다급한 오늘의 용건이 뭘까…?"

내리가 의자에 앉자, 민규는 자기 책상 위에 놓아 뒀던 포스터 한 장을 들고 와 반대쪽에 앉았다. 그러고는 그것을 내리 쪽으로 펼쳐 보였다.

"…임시정부 유적지 답사단 모집…?"

천연색으로 곱게 인쇄된 포스터의 제목을 읽으면서도, 내리는 처음엔 그게 무슨 말인지 얼른 파악이 안 됐다.

"중국에 있는 대한민국 임시정부 유적지를 찾아 답사하는 여행이야. 중국 대륙 삼만 리를 한 달 동안 헤집고 다녀야 하는 대장정인데…, 지금까지 국내외 어느 여행사도 시도한 적이 없는, 고구려여행사의 야심에 찬 기획상품이지."

민규가 조금 들뜬 목소리로 포스터 내용을 설명하는 동안, 내리는 이내 그것이 자기가 꿈꾸던 것임을 간파하고는 잠시 아찔한 어지럼증을 느꼈다. 그러나 그것은 통증이라기보다 황홀한 느낌이었다. 밤새 고민하던 해답이 바로 눈앞에 있었다. 어느덧 끝없이 길게 뻗어 있는 신작로 같은 중국의 시골길이 포스터 위에서 어른거렸다.

'한 달 동안 중국 대륙을 여행한다…! 그것도 임시정부의 행적을 쫓아서…!'

내리는 나머지 작은 글자들을 정신없이 읽어 내렸다.

대한민국 임시정부와 광복군이 머물렀던 중국 내 여러 도시를, 임시정부가 존속했던 27년의 숫자를 상징해 27일 동안 답사한다. 특히 임시정부와 그 가족들이 중일전쟁을 피해 대륙을 전전했던 그 열악한 행로를, 되도록 그때와 같은 교통 수단을 이용해 이동해 봄으로써, 그분들의 험난하고 고달팠던 망명 생활을 조금이나마 간접 체험할 수 있다. 매달 정기적으로 출발할 답사단의 최저 인원은 열 명이며, 첫 출발일은 3월 15일이다. 그리고 첫 답사단에 한해서는, 학계의 전문가가 동행하여 안내하는 특별한 혜택이 따를 것이다, 하는 등의 내용이었다.

'기적 같은 행운이란 바로 이런 것이구나!'

하마터면 이 말이 내리의 입 밖으로 튀어나올 뻔했다. 민규가 내리의 표정을 읽으려고 애를 썼다.

"어때? 괜찮은 생각이지?"

"응, 너무나 신나는 얘기라서…! 내가 꼭 해 보고 싶은 여행인데, 그것이 이렇게 빨리 현실로 다가올 줄은…! 믿어지지가 않아!"

"그래? 내리가 그렇게 생각한다니 힘이 나는 걸! 됐어, 이 기획은 보나마나 크게 성공할 거야!"

"그런데 좀 걱정이 돼. 떠날 날이 열이틀밖에 안 남았는데, 참가자가 얼마나 될지……"

"그건 상관없어. 어차피 이번은 사전 답사 성격이 큰 데다가, 네 주일이나 되는 장기 여행이라서, 많은 사람을 참여시키기도 어려워."

"그래도…"

"장사는 돼야 한다는 말이지?"

내리가 웃으며 고개를 끄덕였다.

"이번 일은 나도 사명감으로 기획을 한 거야. 다른 상품에서 번 돈을 이 상품, 아니 이 작품에 좀 써도 되겠지. 나도 이 시대에 애국자가 되고 싶다구."

그 순간, 내리의 머릿속에 까마득히 잊고 있던 기억 하나가 불쑥 떠올랐다. 여름방학이 끝나고, 방학 중에 읽은 책에 대한 독후감을 제출한 적이 있는데, 그때 민규와 내리가 써 낸 글의 제목이 우연히도 '위대한 애국자 백범 김구'였다. 그래서 반 아이들이 한동안 자신들을 놀렸고, 내리 또한 죄 없는 민규한테 까닭 없는 찬 바람을 불어 댔다.

"동행할 전문가는 정해졌어?"

"응, 유병도 교수."

"유병도 교수…!"

"알아, 유 교수를?"

"아니, 그냥. 워낙 알려진 학자니까……."

"한민족독립운동사를 연구하는 학자들 가운데서는 지명도가 최고잖아. 그런 분인데도 아직까지 임시정부 행적을 따라 전체 노정을 다녀 보질 못했대. 좀 너무하지 않았어? 독립운동사를 연구한다는 대학자가 말야."

내리 생각에도 유 교수 같은 학자가 동행을 한다면, 기사 작성도 훨씬 용이할 뿐더러, 여행 자체도 아주 값질 게 분명했다.

강민규는 정내리를 처음부터 돈 안 받는 참가자 가운데 한 명으로 내정해 놓았다. 말할 것도 없이 순전히 사적인 호의에서 나온, 사장의 권리 행사겠지만, 내리는 그게 조금은 마음에 걸렸다.

"그런데 왜 날 데려가려는 거야? 옛정을 생각해서?"

"아니. 이건 어디까지나 공적인 거야. 내리가 인터넷신문 기자라서 동행 취재를 요청하는 거지. 누이 좋고 매부 좋다는 경우가 바로 이런 게 아닐까? 뭐, 정 싫다면 취재는 안 해도 돼. 그냥 부담 없이 여행이나 즐겨도 괜찮아. 이런 사업을 하면서 내 어릴 적 친구한테 그만한 선물도 못 한대서야……."

"아니. 나도 그게 좋아. 이런 업무라면 돈을 내면서라도 하겠어."

모든 일이 내리가 바라던 바와 척척 들어맞았다. 강민규가 신향식 국장과 짜고 모든 일을 다 꾸민 뒤에 자기를 끌어들이는 것은 아닌지, 의심이 들 정도였다. 어쨌든 내리는 이 반가운 소식을 급한 대로 신 국장에게 전화로 알렸다. 신 국장도 띌 듯이 기뻐하는 반응을 보였는데, 그것을 보면, 두 남자 관계는 전혀 모르는 사이가 분명했다.

임시정부 유적지 답사 여행 상품 홍보가 이 날부터 고구려여행사 누리집(홈페이지)에 실렸고, 참가자 명단에는 이미 네 사람의 이름이 적혀 있었다. 유병도 교수, 정내리 기자, 강민규 사장 그리고 또 한 사람, 이매송 작가였다.

"실은 이 기획안은 내 것이 아냐. 이매송이란 방송작가 알지? 임시정부 국새를 찾아서 화제가 된 분…, 그분의 생각이야."

"아, 그랬구나!"

"이월 하순이었어. 응, 바로 그 날… 국새 발견 기사가 조간신문에 난 날, 이 작가가 우리 사무실을 들렀지 뭐야. 관련 자료를 한 아름 가지고 말야. 그런데 날 보고 하는 첫 말이, 왜 회사 이름을 '고구려'라고 지었냐는 거였어. 중국공정 때문에 전국이 들썩거렸던 지난해에 회사를 설립했다면 몰라도, 그게 아니지 않냐고 하면서……."

"그랬어? 이제 보니 회사 이름 때문에 코가 꿴 거였구먼!"

"맞아! 하하하…!"

회사 상호에 이런 이름을 붙였다면 그 회사 사장의 역사 의식은 남다를 것이 분명하기 때문에, 이매송 작가가 그런 제안을 이 곳에 와 했으리라고, 내리는 쉽게 짐작이 갔다.

"유병도 교수를 추천한 이도 이 작가였어. 자기가 부탁하면 꼭 들어

줄 거라면서……."

그러니까 대한민국 임시정부 유적지 답사단 모집 계획은 처음부터 이매송 작가의 머리에서 나온 것이었다. 남다른 역사 의식이 있어 '고구려'를 여행사 이름으로 정했고, 중국과 연해주 등지를 주요 여행지로 삼아 수 년째 영업을 해 오는 강민규로서는 이매송의 애국적인 제안을 거절할 명분이 없었다. 아니 오히려 그 제안이 자기한테 온 것이 얼마나 다행인지 몰라 했다.

"이매송 작가님은 나도 잘 아는데……."

내리가 조금 과장해서 말했다. 그러자 민규는 대단히 기뻐했다.

"이건 정말 하늘의 뜻이야! 됐어, 이제 떠나는 일만 남았군!"

이매송을 단 한 번 만났음에도 매우 잘 아는 사이처럼, 민규 앞에서 허세를 부린 내리는 아무래도 그 사람을 다시 한 번 더 만날 필요가 있다고 생각했다. 그래서 식당 앞길에서 민규와 헤어지자 곧장 전화를 걸었다.

"아, 내리 씨!"

매송은 내리의 목소리를 듣자 매우 반가워했다. 그리고 지금 검도 도장 탈의실에서 전화를 받는다며 그리로 오라고 했다.

'검도 사범인가?'

내리는, 매송이 일러 준 대로, 독립문 근처 큰길 가에 있는 검도 도장을 찾아갔다.

도장은 4층 건물 꼭대기 층에 있었다. 내리가 문 안으로 들어섰을 때는 호구를 갖춘 두 남자가 한창 겨루기를 하고 있었다. 어린 수련생들은 다른 한쪽에서 목검을 가지고 기본 동작을 되풀이하고 있고, 대학생으로 보이는 남녀 수련생 서너 명은 대기석에 무릎꿇고 앉아서 두 사람의 싸움을 관전하고 있었다.

내리는 안으로 더 들어가지도 못하고 문 옆에 못박힌 듯 서서 한참 동안 두 남자가 서로 치고 받는 격렬한 모습을 숨을 죽이고 지켜봤다. 아무래도 두 사람 가운데 한 명이 이매송 작가인 듯해서였다.

이윽고 뱃속에서 끌어 올리는 듯한 기합 소리와 함께 죽도로 상대방 머리를 힘차게 치고, 그 뒤로 멀리 빠졌던 남자가 돌아서서는, 내리 쪽으로 죽도를 쳐들고 아는 척을 했다. 그리고 잠시 뒤, 예의를 갖춰 겨루기를 마무리한 남자는 머리에 썼던 검은 호면을 대기석에 벗어 놓고, 내리 쪽으로 걸어왔다. 내리가 짐작한 대로 이매송이었다.

"어서 와요, 내리 씨."

구슬 같은 땀으로 범벅이 돼 있는 매송의 얼굴은 내리가 방송국에서 보았던 그 사람이 아니었다. 그때보다 훨씬 젊어 보였고, 온몸에서 발산하는 땀내가 구수했다.

매송은 땀을 씻기 위해 도장에 딸린 샤워장으로 들어가고, 내리는 매송이 일러 준 근처 찻집을 찾아 다시 거리로 나왔다.

십 분쯤 지나, 매송이 찻집 안으로 들어왔다.

"고등학교 때부터 했는데, 지금도 가끔 체력 단련 겸해서 동네 도장을 찾는답니다."

"선생님은 문무를 겸비하셨군요?"

"문무요? 하하하! 역사에 관심이 많은 내리 씨다운 칭찬입니다그려. 하하하…"

매송이 소리내어 웃었다. 종업원이 차를 주문하고 돌아갔다.

"그래요? 허, 이거 정말 기막힌 인연이오!"

"정말 그렇지요, 선생님? 저와 선생님이 한 달씩이나 함께 여행을 하게 됐어요."

고구려여행사 강민규 사장한테 들은 이야기를 내리가 꺼내자, 매송은 진심으로 반가워했다.

"게다가 이번 여행에 유병도 교수님까지 동행을 하신다면서요?"

"그래요. 마침 교수님께서도 정년 퇴직을 앞두고 그런 여행을 구상하고 있던 중이라서 흔쾌히 승낙하시더군요."

"정말 잘된 일이에요. 임시정부 역사를 꿰뚫고 계신 두 분의 전문가께서 참여하시는 여행에 동행할 수 있는 것만으로도 저는 영광이지 뭐예요."

"날 그분과 견주진 말아요. 난 아마추어에 불과하거든요. 어쨌거나 내리 씨가 인터넷신문의 기자로서 동행 취재까지 하면, 이번 여행은 국민들 사이에서 대단한 반향을 일으킬 게 분명합니다."

"저는 벌써부터 흥분이 돼요. 중국 대륙을 한 달씩이나 여행을 한다니…!"

"젊은 강 사장이 마음에 듭니다. 솔직히 돈벌이가 될 상품도 아닐 텐데……."

"지금 같아선 참가자들이 많을 것 같은데요."

"나도 그러길 진심으로 바랍니다."

이매송이 커피를 맛있게 마셨다.

"그럼 이 선생님, 저라도 얼른 가서 기사를 써야겠어요. 방심하다가 참가자가 우리 네 사람밖에 없으면 어떡해요."

"아, 그거 좋은 생각이군요. 온누리소식이 보도하면 참가자 모집에도 큰 도움이 될 겁니다."

"유병도 교수님의 인터뷰를 곁들이고 싶은데, 전화번호 좀 가르쳐 주세요."

"유 교수님요? 아, 이를 어쩌나…, 요즘 심기가 좀 불편하신 것 같은데…."

"왜요? 교수님한테 무슨 나쁜 일이라도…?"

"국새 사건이 터지자, 민족문제연구소란 시민단체에서 예민한 문제를 여론화했어요. 우리 정부가 그 동안 독립유공자로 선정해 훈장을 주고 포상을 한 사람들 가운데 친일 행위를 한 사람이 적지 않다고요. 그래서 오랫동안 심사위원회에 참여한 유 교수님께서 자존심이 많이 상한 모양입니다."

매송이 다시 찻잔을 집어 들었다. 내리도 한 모금 마셨다.

"아, 참, 방송국에서 기획안을 다시 내라는 연락이 왔지 뭡니까?"

"…기획안이라니요?"

"내가 전에 말했던 거 있잖아요. 드라마 기획안."

"아, 임시정부를 소재로 한 드라마요! 정말 반가운 소식이군요. 그럼 바로 집필에 들어가시는 건가요?"

"그렇진 않아요. 여러 사람이 검토를 하게 되는데, 그게 또 몇 달이 걸릴지…. 우리가 여행을 끝낼 때까지 결정이 나기만 해도 다행이지요."

매송은 급할 것 없다는 듯 담담하게 말했다.

내리는 유병도 교수를 만나지 않기로 하고, 찻집을 나오는 길에 대신 서점에 들러 관련 서적을 몇 권 샀다. 그리고 그 날 밤 기사를 써서 인터넷으로 송고했다. '대한민국 임시정부 유적지 첫 답사단, 3월 15일 인천공항 출발!' 이란 제목을 붙여…….

03
출국, 열 명

　3월 15일 아침 인천 국제공항 3층, 한 국내 항공사 접수창구 앞에서 고구려여행사 사장 강민규가 손목시계를 들여다봤다. 7시 30분…, 비행기 출발 시간은 아직도 두 시간하고도 십여 분이 더 남았다. 그래선지 약속 장소인 이 곳에 오늘 함께 떠날 사람들이 민규말고는 아무도 나타나지 않았다. 회사 직원도 없었다. 사장이 손수 안내자로 따라가기 때문에 담당 부서 직원일지라도 나올 필요가 없다고 지시한 탓이다. 그래도 단 한 사람 나오지 않은 것이 조금은 섭섭했다. 바야흐로 첫 답사단이 장도에 오르는데, 사장으로서 잘못 생각한 것은 아닌지, 민규는 잠시 후회가 되기도 했지만, 이내 마음을 고쳐먹었다. '그래, 괜한 인력 낭비지.' 민주적인 회사 운영을 스스로 다짐하고 실천해 온 자신이 아니었던가.

　사실 몇 안 되는 중국부 직원들이 최근 보름 남짓 사장의 새로운 기획 상품 때문에 무척 바빴고 고생도 했다. 일간신문 한 곳에 작지만 광고를 냈고, 회사 누리집에는 좀더 자세한 홍보 글을 올렸다. 그렇게 해서 고구려여행사가 마련한 대한민국 임시정부 유적지 답사 여행 상품은 일단 사람들의 관심을 끄는 데 성공했다. 전화를 통해서 또는 인터넷을 통해서 전국에서 수많은 사람이 좀더 상세한 정보를 물어 왔고, 더러는 여행사까지 몸소 찾아왔다. 그러나 막상 오늘 떠나는 첫 답사단은 안내자인 사장을 포함해 모두 열 명, 초대 받은 이들을 뺀 일반 고객은 여섯 명에 불과했다. 까닭은 역시 처음에 예견한 대로, 첫째가 여행 일정이 너무 긴 탓이고, 둘째는 여행 시기가 방학 때가 아니란 점이다. 가장 큰 잠재 고객이 학생과 교사란 현실에서 시기가 맞지 않았다.

그렇지만 이런 결과는 어느 정도 예견이 되는 것이었기 때문에 민규는 실망하지 않았다. 그렇다고 참가비를 올린다거나 분명찮게 할 수도 없는 일. 몇 차례 초기 답사에서 적자를 보리라는 건 이미 각오를 한 상태였다.

민규는 나침반이 달린 전자 손목시계를 다시 한 번 들여다보고는 근처에 있는 플라스틱 의자에 앉았다. 근래 새로운 국제공항이 생긴 뒤로 이 곳에서 출국을 한두 번 해 본 사람들은 두 시간 전에 공항에 나오라고 해도 그러질 잘 않는다. 출국장 시설이 개선된 데다가 수속이 간소화된 덕분인데, 필경 오늘 떠나는 이들도 그러하리라.

민규는 담당 부서 여직원이 건네 준 여권 뭉치를 손가방에서 꺼냈다. 중국영사관으로부터 입국 비자를 받기 위해 맡아 뒀던 것들이다. 무료한 시간도 보낼 겸 맨 위에 있는 여권의 겉장을 넘겼다.

'정내리…!'

내리의 예쁜 사진이 웃고 있었다. 그러나 사진에 눈길을 빼앗긴 민규의 얼굴에는 웃음이 묻어 나지 않았다. 대신 가벼운 한숨이 자신도 모르게 입가로 새어 나왔다.

'좀 더 일찍 만났더라면…!'

객쩍은 상념에 잠시 빠졌던 민규가 눈길을 사진에서 옆으로 옮기는 순간, 무엇을 발견했는지 입을 딱 벌렸다.

'뭐야, 73년생이면… 서른둘…? 나보다 한 살이 적잖아!'

그래서 어쨌단 말이냐. 초등학교 동급생 간에 한두 살 나이 차이가 나는 게 무에 그리 대수라고, 이리도 놀라며 감격해할까.

민규는 이내 자신이 생각해도 우스웠는지 그제야 씨익 하고 얼굴 가득히 웃음을 지었다. 그런 중에 이번 여행에 기꺼이 동반해 준 내리가 더욱 고맙게 느껴졌고, 잘하면 순수했던 옛 우정을 회복할 수 있는 절호의 기회란 생각까지 들었다.

민규는 다음 여권을 펴 보았다. 유병도… 남자, 1940년생이다. 그렇다면 예순다섯 살, 이번 답사단 식구 가운데서 가장 고령자다. 어쨌거나 항일독립운동사의 대부이며 권위자인 유 교수를 모실 수 있게 된 것은 개인으로서도 영광이지만, 회사로서는 정말 더없는 행운이다. 민규는 행복했다.

세 번째 여권의 주인공은 속물스러운 데는 있지만 정치인 같은 노숙함이 엿보이는 요식업자다. 서울과 수도권에 대형 갈비집을 세 개나 갖고 있고…, 참, 강남에다 7층 짜리 호텔을 하나 짓고 있다고 했던가. 한 마디로 아버지가 남긴 부동산을 기반으로 어렵지 않게 사업가가 된 사람이다. 이름은 노기만… 남자, 나이는 쉰일곱 살, 부인과 함께 참가 신청을 했다.

민규는 사무실로 찾아온 신청자를 일일이 자기 방으로 안내토록 해서 면담을 하고 차도 한 잔 대접했다. 그런 바람에 일반 참가자들의 신상을 미리 대략이나마 파악할 수가 있었다.

민규가 펴 든 네 번째 여권의 주인공은 황금희… 여자, 마흔세 살, 노기만의 아내다. 노기만이 대신 여권을 가져왔기 때문에 직접 대면하지는 못했다.

"이 사람 조부님이 독립군이셨지요. 만주 청산리전투에서 김좌진 장군과 함께 일본 군대와 싸우시다가 그만 전사를 하셨다지 뭡니까. 그런저런 사유로 해서, 우리 두 사람이 이번 여행에 참가하게 된 겁니다."

솔직히 말해 민규는 처음엔 이해가 되지 않았다. 노기만 같은 사람이 답사 여행의 첫 신청자가 되리라고는 꿈에도 생각지 못했기 때문이었다. 그런데 부인의 가족사를 듣고 보니 절로 고개가 끄덕거려졌다.

노기만의 아내 황금희가 사진 속에서 한껏 멋을 부리고 있었다. 부풀린 머리에 잔뜩 힘을 줬고, 눈 화장도 짙었다. 사진으로만 봐도 돈 걱정 없는 유한마담 인상인데, 눈웃음 치고 있는 얼굴에서 푼숫기인지 색기인지 잘 구별할 수 없는 묘한 분위기가 풍겼다.

다음 여권은 김순례의 것이었다. 여자, 나이 예순셋. 일행 가운데 유병도 다음으로 연장자이고, 여자 중에선 가장 손윗사람이다. 민규가 대접한 중국 차 이름을 금방 알아맞힐 정도로 중국에 대해 잘 알고 있는, 지적인 용모를 풍기는 조용한 부인이다. 중학교에서 교편을 잡았던 전직 교사라고만 자기를 소개했다.

그 다음 여권의 주인은 백길남…. 남자, 마흔여섯 살이다. 여권과 참가비를 오토바이 택배로 보낸 탓에, 민규는 물론 여행사 직원 누구도 직접 대면하지 못한 유일한 사람이다. 남방셔츠를 입고 찍은 사진이 호남형에다 인상이 좋았다.

다음 일곱 번째 사람은 최주승… 남자, 서른네 살. 차 마시기도 거절하고 여권과 참가비만 내고는 황황히 사무실을 떠난 남자였다. 키가 크고 마른 편에 얼굴색이 창백한 탓이었는지, 다소 신경질적인 성격의 소유자란 인상을 남긴 인물이다.

기회가 되면 뭣하는 사람인지, 그리고 무엇 때문에 이 여행에 참가하게 됐는지 꼭 물어 보고 싶은 사람인데, 그럴 기회가 쉽게 올 것 같지 않다는 예감이 이 순간 민규의 머리를 스쳤다.

8시가 몇 분 앞으로 다가왔건만 여전히 민규는 혼자였다. 손목시계를 보고 주변도 둘러본 민규는 나머지 여권을 마저 보기로 했다.

박한솔… 남자 스물다섯 살. 지난 겨울 군대를 제대했으니, 이 달에 대학에 복학하면 만사 순조로울 텐데, 무슨 바람이 불었는지, 국내외로 여행을 하기 위해 일 년간 휴학을 작정한 대학생이다. 마감 뒤에 신청을 했기 때문에, 하마터면 비자를 받지 못할 뻔했다.

"저의 첫 해외여행이 제가 평소 존경하던 백범 선생의 족적을 따라가는 중국여행이라선지, 정말 벌써부터 흥분이 됩니다. 잘 부탁합니다."

마치 연극대사라도 낭송하듯 민규 앞에서 젊은 기백을 드러냈던, 용모도 준수하고 품행도 반듯해 보이는 청년이었다.

마지막 여권의 주인공은 이매송 작가였다. 남자, 마흔일곱 살. 앞머리가 약간 곱슬진 게 파마를 해서 그런 것인지, 처음 그를 봤을 때부터 궁금했는데, 수 년 전에 찍은 듯한 여권사진에서도 그런 모습이다. 궁금증을 푼 민규는 고개를 들고 입구 쪽을 돌아봤다.

'이제 한 명씩 나타날 때가 됐는데……'

공항 리무진 버스의 좌석이 어찌나 포근한지, 이매송은 오는 동안 삼십 분 정도는 잔 것 같았다. 창 밖을 내다보니, 벌써 공항 어귀에 들어선 듯했다. 시계는 모이라는 시간에서 십여 분 뒤를 가리키고 있었다. 그러나 비행기 타는 데는 아직도 여유가 많다는 것을 누구보다 잘 아는 매송은 초조하지 않았다.

'유 교수님은 도착하셨을까? 나이가 들면 새벽잠이 없어진다니까, 괜한 걱정이겠지.'

방송 일과 상관없이도 매송의 중국 여행은 잦은 편이었다. 처음엔 우리 역사와 문화에 영향을 가장 많이 끼친 중국에 대한 막연한 호기심 때문이었지만, 몇 번 왕래하는 동안 한국 망명정부의 궤적이 하나 둘 눈에 띄면서, 방송작가로서 매송은 과제 하나를 가슴에 품기 시작했다.

겨레는 있지만 나라가 없었던 일제강점기에, 빼앗긴 조국을 되찾고자 남의 나라 구석구석을 떠돌면서도 한시도 대한 독립의 희망을 버리지 않았던 망명 지사들의 의로운 행적을…, 때로는 퇴색한 간판만을 머리에 이고 풍찬노숙을 했을지언정, 전 세계에서 유례가 없는 장장 스물일곱 해 동안이나 임시정부를 지킬 수 있었던 그 기개와 인내심을…, 아니 질기고 질긴 한민족의 생명력을…, 오늘 이 시대를 살아가는 후손들에게 반드시 알려야겠다는 생각에서, 임시정부 27년의 역사를 장편의 방송 드라마로 만들고 싶었다. 그래서 임시정부가 전전했던 전 노정을 일찍이 두 차례에 걸쳐 답사까지 했다.

첫 여행은 1994년 봄에 한 달에 걸쳐 했다. 임시정부가 헤집고 다닌 대륙의 험난한 길을 따라, 그때와 같은 이동 수단으로써, 전체 노정을 답사한 것이다. 그와 같은 일은 국내외 통틀어 이매송이 처음 시도했고, 그것은 지금도 그만의 자부심으로 남아 있다. 두 번째 여행은 여섯 해 전인 1999년 3월에 시작했는데 40여 일이 걸렸다.

그런데 매송의 이러한 노력은 결국 허사가 되었다. 적어도 현재까지는 그렇다. 민족 해방 60년째가 되도록 청산되지 않은 이 땅의 친일 세력과 반자주 수구 세력의 입김이 방송사라고 비켜 갈 리가 없었기 때문이었다.

그러나 매송의 집념은 사그라들지 않았다. 방송을 통해 풀지 못한 열정을 이번 여행을 통해 조금이나마 이루게 됐으니, 얼마나 다행한 일인지 모른다.

답사 여행의 전 노정과 답사 지역을 이매송이 선정하고 계획을 세웠다. 비교적 중국 여행을 자주하는 편인 유병도 교수가 참가하지만, 그 역시 이매송처럼 임시정부 27년 행적을 제대로 답사해 본 적은 한 번도 없기 때문에, 이 작가가 짠 일정표에 대해 뭐라고 달리 말할 처지가 못 됐다. 따라서 이번 고구려여행사가 마련한 임시정부 유적지 답사 여행은 오롯이 이매송의 작품이라 해도 결코 틀린 말은 아니다.

어쨌거나 유병도 교수가 기꺼이 이 여행에 동참해 준 것은 매송한테도 매우 고마운 일이었다. 처음엔 교수가 거절했다. 정년 퇴임을 반 년 앞둔 처지라 정리할 일들이 많고, 건강도 썩 좋은 편이 아니라는 구실이었다. 중국에서 활동하신 유갑성 어르신의 행적을 밟아 볼 기회가 되지 않겠냐고 충동였지만, 웬일인지 교수는 달가워하지 않았다. 그래서 매송은 미리 준비했던 마지막 비장의 카드를 꺼내지 않을 수 없었다.

"교수님, 여행 경유지에는 후난성 창사도 포함돼 있습니다."

유 교수가 새 담배에 불을 붙이며 대꾸했다.

"물론 그래야겠지요."

"전 방송작갑니다. 임시정부가 창사에 있을 때 발생한 남목청 총격 사건을 아시지요?"

"아, 물론 알지요. 그런데 그건 갑자기 왜…?"

"실은 제가 방송극본을 한 편 준비하고 있는데, 이야기가 그 사건에서 시작하죠. 그래서 이번에 가면 그 곳 공안 당국을 방문해서 그때의 수사자료를 살펴보려고 합니다."

매송의 카드는 즉각 효력을 발휘했다. 유병도 교수가 그 때로부터 함께 가기로 확답을 하는 데 걸린 시간은 오 분도 안 됐다. 매송은 유교수가 남목청 사건에 관심이 아주 많다는 것을 진작에 알고 있었던 것이다.

그 무렵 공항버스가 경사로를 오르더니, 이내 공항 3층 출국장 전용 도로변에 멈췄다. 그리고 매송의 상념도 거기서 멈췄다.

"아, 내리! 여기야!"

정내리가 보안장치가 돼 있는 건물 출입문을 통과해 약속 장소로 부지런히 걸어가는데, 다른 출입문 쪽에 있던 민규가 먼저 그를 발견하고 불러 세웠다.

"응, 민규! 다들 오셨어? 유 교수님하고 이 작가님도…?"

"그래. 그 두 분은 오셨고, 이제 다른 두 분만 더 오시면 돼."

항공사 접수창구 앞쪽에 있는 의자들에는 답사에 참가한 일행으로 보이는 사람들이 듬성듬성 앉아 있었다.

"내리 씨, 어서 와요!"

이매송이 한 손을 번쩍 쳐들며 반갑게 소리쳤다. 내리 역시 반갑게 인사했다.

"죄송해요. 제가 먼저 와서 선생님을 기다려야 하는데……."

내리는 이 작가의 소개로 먼저 유병도 교수한테 인사를 하고, 다른 사람들과도 차례로 인사를 나눴다. 김순례 부인은 따뜻한 눈인사로 내리를 반겼고, 흰 바지에 흰 구두를 신은 백길남은 악수를 청했다. 낚시꾼 벙거지를 눌러 쓴 최주승은 고개만 한 차례 끄덕이었고, 다른 사람들은 모두 바퀴가 달린 여행가방을 휴대한 데 비해 혼자만 배낭을 걸머멘 대학생 박한솔만이 활기찬 인사를 보내 왔다.

"반갑습니다. 육군 병장 출신 내년도 복학 예정자 박한솔입니다."

내리는 웃음을 양 볼에 듬뿍 머금고서, 한솔이 내미는 큼직한 손을 잡았다.

"영문학도 정내리예요."

"네에? 그럼 대학생…? 아니 대학원생이세요?"

"그건 아니고요. 영어 소설 같은 걸 번역하는 일을 하고 있어요."

내리는 매송의 제의로 기자라는 신분을 감추기로 했고, 민규한테도 그런 줄 알라고 이미 말해 두었다. 아무래도 그렇게 하는 것이 다른 참가자들의 마음을 편케 할 것이라는 매송의 생각에 공감했기 때문이었다.

인사를 다 나누자, 민규는 자신이 가지고 있던 일행의 여권을 나눠 주기 시작했다. 그것은 탑승수속을 해야 할 시간이 임박했음을 뜻하는 것이었다. 그리고 나서도 십여 분이 더 지난 뒤에야, 나머지 두 사람, 노기만과 그의 아내 황금희가 남달리 큰 여행가방 하나를 둘이서 함께 끌며 허둥지둥 그들 앞에 나타났다.

"다들 여기 계시군요. 좀 늦었습니다."

나이에 비해 흰 머리칼이 성한 노기만이 금테 안경을 들썩이며 나름의 예의를 차렸다. 그런데 남편한테서 독립운동가의 자손이라고 치켜세워졌던 부인이 볼멘소리를 냈다.

"오후 비행기는 없나 보죠? 나같이 아침잠 많은 사람한테 이 시간에 나오라는 건 여행사의 횡포예요, 횡포!"

남자에 비해 스무 살은 적어 보이는 여인은, 연예인들이 즐겨 쓰는 커다란 색안경을 끼고, 딸의 옷을 입고 온 것은 아닌지 여겨질 만큼, 나이에 어울리지 않은 짧은 바지를 입고 있었다.

순간 내리의 예쁜 눈썹이 살짝 움직였다. '어떻게 저런 사람이 이런 여행에 다 참가했을까? 신청자가 없다고, 민규가 아무나 끌어들인 것은 아닐 텐데…!'

"황금희 여사님이시죠? 죄송합니다."

자기가 사과해야 할 까닭이 전혀 없음에도, 여행사 사장은 깍듯이 고개까지 숙였다.

고구려여행사가 마련한 대한민국 임시정부 유적지 답사 첫 여행단 열 명은 이런 사람들로써 구성됐다.

"자, 이제 다들 오셨으니 서두릅시다."

이매송이 앞장 서 가방을 끌고 접수창구 쪽으로 걸어가자, 나머지 사람들도 뒤를 따랐다. 그리고 그들은 한 시간 뒤에 중국 상하이행 비행기에 탑승했다.

04
귀국, 일곱 명

대한민국 임시정부 유적지 답사 여행단이 탄 비행기가 이윽고 강력한 엔진소리를 내며 시안(西安) 국제공항 활주로에서 이륙했다. 이제 두 시간 이십오 분 뒤면 내 나라 인천 앞바다에 닿을 것이다.

내리는 좌석 안전띠를 풀고, 선반에 두었던 노트북을 꺼내 앞 좌석에 붙어 있는 간이 식탁 위에 올려 놓았다. 그런 다음 뚜껑을 열고 전원을 켰다.

컴퓨터가 기지개를 펴며 깨어나는 동안, 내리는 가벼운 한숨을 내쉬며 두 눈을 감았다. 한 달밖에 지나지 않았건만 마치 일 년 이상을 다른 나라에 머물다가 돌아오는 듯한 느낌이, 온몸에 배어 있는 진한 피로감과 함께 내리의 눈꺼풀을 더욱 무겁게 했다. 긴장이 풀리는 탓인지 졸음마저 오려고 한다.

시동을 끝낸 노트북이 조용히 주인의 손길을 기다리고 있을 무렵, 내리는 정신을 차리고 주변을 돌아보았다. 그 동안 익숙해진 몇 사람의 얼굴이 눈에 들어왔다. 그들 역시 한결같이 지치고 피곤한 모습이었다. 떠날 때는 다들 소풍 가는 어린이들처럼 설렘 속에 들뜬 표정도 있었는데, 어쩌다가 이렇게 됐는지…, 절로 다시 나오는 내리의 한숨은 아까보다도 훨씬 무거웠다. 돌아가는 일행의 숫자도 떠날 때보다 세 명이 줄었다.

어쩌다 이런 일이…, 왜 이 뜻 깊은 여행에 이런 불행이 찾아든 것일까. 이제서 찾아오는 후손들이 미워서 선열님들의 혼령이 화를 내신 것일까.

살인 사건! 너무나 엄청난 일이다. 어찌 보면 정말로 신성해야 할 유적지 순례 여행인데, 여행에 참가한 사람이 같은 일행을 상대로 그런 범행을 저지를 줄이야. 결단코 있어서는 안 될, 진정코 일어나서는 안 될 일이 이번 여행 중에 터진 것이었다.

다행히 살인은 미수에 그치긴 했다. 하늘의 도움으로 겨우 목숨을 건진 희생자는, 사건과 무관한 일행이 귀국하는 이때까지도 의식을 제대로 되찾지 못한 채, 낯선 땅 병실에 누워 있다.

그런데 더욱 큰 일은, 내리의 노트북에 담긴 지난 한 달 간의 여행 기록에서 마지막 몇 쪽의 문장이 세상에 알려지는 것이다. 내리가 서울에 도착하면 이내 그 내용은 온누리소식을 통해 특종기사로 보도될 수밖에 없는데, 그 땐, 국새 발견 뉴스보다 훨씬 더 큰 파괴력으로 한국 사회를 발칵 뒤집어 놓을 것이 분명하다. 바로 그런 대형 폭탄의 도화선이 내리 앞에 있는 조그만 노트북 속에 들어 있었다.

그러나 내리는 자신이 감당해야 할 소임의 결과에 대해 두렵다거나 불안하지는 않았다. 왜냐 하면, 정작 기사의 폭탄이 터질 때 한국 사회가 입을 피해나 후유증을 걱정할 사람들보다는, 늦기는 했지만 잘 터진 일이라고 오히려 반길 사람들이 한국에는 훨씬 더 많을 것이란 믿음이, 자신한테 있기 때문이었다. 그렇다면 이번 여행은 불행한 행사였다기보다, 임시정부를 꾸리셨던 선열님들께서도 용서하실 수 있는 행운의 행사였고, 뜻있는 여행이었다고 감히 말할 수 있으리라.

귀국 날짜가 4월 13일, 대한민국 임시정부가 탄생한 날인 것도 우연치고는 별난 일이다. 원래는 사흘 전에 귀국 비행기를 탔어야 했다. 그러니까 이것은, 대한민국 건국 이래 제대로 하지 못한 친일파 청산 작업을 이 날을 기점으로 새롭게 시작하라는 선열들의 명령인지도 모르겠다.

울적했던 내리의 마음은 생각을 이렇게 정리하자 많이 편안해졌다. 나아가 여행에 참가한 보람까지도 찾을 수 있었다.

중국 공안당국은 사건의 실체를 아직 모르고 있다. 나타난 현상만을 보고 단순 사고로 수사를 종결했고, 그 바람에 나머지 일행은, 예정보다 며칠 늦기는 했지만, 이렇게 귀국하는 비행기를 무사히 탈 수가 있었다.

지금 그 범인도 이 비행기 안에 있다. 한국에 도착하는 대로 경찰청으로 가서 자수를 하겠다고, 일행에게 약속을 했고, 일행도 외국 경찰이 그를 체포하는 것이 싫었다. 그래서 함께 귀국할 수 있도록 침묵하는 관용을 베풀었다. (그러나 범인은 자기 집에 도착한 뒤 경찰에 출두하지 않았고, 온누리소식에 자신의 기사가 실린 날, 아파트 옥상에서 투신 자살했다.)

내리는, 사건의 진상과 전말을 정리해서 따로 넣어 둔 컴퓨터 파일을 열었다. 그 안에 있는 내용은 서울에 도착하는 즉시 가장 먼저 여행기와는 별개로 보도될 것이다. 내리는 다시 한 번 읽고 손질을 했다.

이번엔 여행기를 넣어 둔 파일을 열었다. 거기엔 그간의 기록이 일정에 따라 꼼꼼히 적혀 있었다. 온누리소식에 열 번에 걸쳐 자세히 연재될 기사의 원재료들이다. 물론 여행 중에도 유적지 답사에 관한 기사는 짧게나마 그때 그때 서울로 보내 이미 보도가 됐다.

첫날의 기록은 이내 정내리의 기억을 3월 15일 인천발 상하이행 비행기 안으로 돌려놓았다.

05
(상하이) 기념 촬영

비행기가 한반도 서해 상공을 날고 있었다. 손바닥만한 창문 밖에선 하얀 구름바다가 장관을 이루고 있었지만, 내리의 마음은 몹시 뒤숭숭했다. 자연이 만들고 있는 아름다움과 경이로움도 그런 그의 기분을 바꿔 놓질 못했다.

이처럼 뜻 깊은 여행에 참가자가 열 명도 안 되다니, 게다가 나이와 신분은 제각각이고. 과연 이 여행이 끝까지 아무 탈 없이 순조롭게 진행될 수 있을지, 내리는 걱정이 앞섰다.

그러나 비행기가 상하이(上海) 포동(浦東) 국제공항에 도착하고, 일행이 입국장으로 들어서는 순간, 내리의 우울함은 언제 그랬냐 싶게 말끔히 사라졌다. 출구 밖에서 이들을 기다리고 있는, 중국 내 통역 겸 안내자인 배기쁨의 밝은 얼굴과 맑은 목소리 때문이었다.

"중국에서 수천 년의 역사를 보려면 시안을 보고, 수백 년의 역사를 보려면 베이징을 보고, 수십 년의 역사를 보려면 상하이를 보라는 말이 있습니다."

연변에서 낳고 자란 스물다섯 살의 꽃다운 노처녀라고 자신을 소개할 때부터 일행의 관심을 끌더니, 이어지는 청산유수 같은 입담은 이내 모든 이의 환심을 샀다.

"여러분께서 이미 발을 들여 놓은 국제도시 상하이는 오늘날 중국 최대의 상공업도시이자 항만도시입니다. 하지만 여러분도 아시다시피, 1842년 아편전쟁의 결과로 체결된 난징조약에 의해 항구가 서구열강에 열리면서, 중심 지역 대부분이 한 세기 동안이나 외국인 거류지 구가 됐던, 불행한 역사도 함께 지니고 있는 도시랍니다."

24인승 임대 버스를 타고 시내에 있는 숙소로 가는 동안에도, 배기 뽐은 잠시도 쉬지 않고 오랜 관록에서 배어나는 여행 안내자의 실력을 유감없이 발휘했다. 연변 사투리의 억양이 간혹 끼어들긴 해도 서울 표준말을 능숙하게 구사했다. '저 정도면 과연 가이드로서는 최고지.' 하는 찬사가 민규의 입 안에서 맴돌 정도로, 연변 처녀는 자신의 직무에 최선을 다하고 있었다.

상하이의 동맥 황포강을 가로지르는 남포대교를 건널 즈음에는 뼈 있는 우스갯소리도 했다.

"그때 일본도 침략국가로서 상하이에 거류지를 확보했습니다. 그러자 더 많은 일본사람이 들어와 살았겠지요. 그런데 그 시절 이 곳에 사는 중국사람들은 집 안에다 화장실을 두지 않았답니다. 방에서 요강을 사용한 거죠. 냄새나는 요강은 매일 아침 골목길을 돌아다니며 내용물을 수거해 치워 주는 사람들이 따로 있었기 때문에 별 문제가 없었고요. 그런데 말이에요. 일본이 패망해서 거류민들이 본국으로 돌아갈 때, 그들의 짐꾸러미 속에는 어디서 구했는지 도기나 사기로 된 요강들이 하나씩 꼭 들어 있었답니다. 왜냐고요? 일본사람들은 그것들이 대단한 중국의 골동품인 줄 알았거든요. 저는 지금도 이 얘기를 떠올릴 때마다 웃음을 참지 못해요. 콧대 높은 일본사람들이, 자신들이 개돼지만도 못하게 여겼던 중국사람들의 배설물을 담았던 변기를 신주단지처럼 안방에 모셔 놓고 있을 것을 생각하면요. 중국사람들이 통쾌하게 복수를 한 거랍니다."

다들 재미있어 했다. 다만 한 사람, 최주승만은 여전히 무표정한 얼굴로 창문 밖만 내다보고 있었고, 그리고 또 한 사람 황금희는 중국사람들이 누구한테 어떻게 복수를 했다는 것인지, 얼핏 이해가 되지 않는 듯 고개를 갸웃거렸다.

그 때, 공항에서부터 배기쁨의 미모와 상냥함에 푹 빠져 있던 백길남이 갑자기 "파이팅!"을 외치며 손뼉을 쳤다. 그러자 옆자리에 있던 박한솔이 큰 소리로 물었다.

"아저씨, 지금 누구한테 파이팅이에요? 중국사람? 아니면……"

백길남이 무슨 소리냐는 듯 한솔의 말을 잘랐다.

"아, 그야 당연히 우리 미스 달콤배한테지."

"달콤… 배…라니요? 배기쁨 씨 말인가요?"

"이보소, 총각! 난 이 세상 과일 중에서 배를 가장 좋아한다네."

버스 안이 웃음바다가 됐다. 최주승도 잠깐 고개를 돌려 백길남의 얼굴을 훔쳐봤다. 이번에도 웃지 않는 이는 최주승과 황금희뿐이었다. 아무래도 자기 혼자 이방인이 된 것 같아 자존심이 상했는지, 금희가 입을 열었다.

"맞아요! 우리 시골집에도 할머니가 쓰시던 사기요강이 하나 있는데요. 봄에 개나리꽃을 한 다발 꽂아 놓으니까 아주 안성맞춤이던 걸요.

일본사람들도 그럴려고 가져갔을 거예요. 틀림없어요."

여인 곁에 앉아 있던 노기만이 갑자기 헛기침을 몇 번 해댔다. 그 바람에 더는 소리내어 웃는 이들이 없었다.

공항을 출발한 지 한 시간쯤 지나서 일행을 태운 버스는 시내 중심지에 있는 동부 남경로(南京路)로 들어섰다. 여행사에서 미리 예약해 둔 숙소가 있는 지역이다. 비행기 안에서 아침인지 점심인지 알 수 없는 기내식을 먹었기 때문에 우선은 다들 잠시라도 쉬고 싶어했다. 22층 높이의 4성급 관광호텔은 비수기인데도 투숙객이 많아 보였다.

방 배정부터 했다. 원칙적으로 두 명이 한 방을 쓰되, 유 교수와 최주승만 예외로 독방을 줬다. 유 교수는 예우 차원이었고, 최주승은 추가 경비를 내겠다면서 굳이 독방을 원했기 때문이었다. 노기만과 황금희 부부는 당연히 같은 방에, 정내리는 김순례와, 백길남은 박한솔과 한 방을 배정 받았다. 사장 강민규는 이번 여행의 실질적인 안내자인 이매송과 같은 방을 쓰기로 했고, 배기쁨은 그 옆방에 혼자 들었다.

"한 시간 뒤에 이층에 있는 식당 중화루로 내려오세요!"

기쁨이 승강기가 있는 방향을 일러주며 말했다. 사람들은 이로써 한 시간쯤 각자의 방에서 휴식을 취할 수가 있었다.

점심은 중국식이었다. 한국사람들이 대체로 싫어하는 향료인 향채를 음식에 넣지 말라고, 기쁨이 주방에 미리 당부를 해 둔 까닭에, 다들 중국에서 하는 첫 식사를 즐길 수가 있었다. 무엇보다도 중국 여행이 처음인 내리를 포함한 여섯 사람, 노기만과 황금희, 백길남, 최주승, 박한솔이 중국 음식에 별 거부감을 보이지 않아, 사장인 민규로선 참으로 다행이었다.

"그런데 말이오. 다음 식사 땐 향채를 무조건 뺄 것이 아니라, 중국에 처음 온 사람들한테 맛을 볼 기회를 주는 것도 괜찮을 듯 싶소. 안 그래요, 김 여사님?"

식사가 끝나자, 모처럼 유 교수가 입을 열었다.

"좋은 제안이십니다. 저도 처음엔 입에 대지 못했는데, 어쩔 수 없이 먹다 보니 차츰 입에 붙더군요."

백두산을 포함한 연변 도시 몇 곳과 중국 수도 베이징(北京)을 여행해 본 경험이 있는 김순례가 조용히 맞장구를 쳤다. 일행 가운데 최고 연장자인 두 사람의 일치된 견해는 명령이나 다름이 없었다. 선생님한테 꾸중 들은 학생처럼 얼굴이 발개져 있는 기쁨을 대신해서, 민규가 대답했다.

"죄송합니다. 제가 거기까지는 미처……. 다음부터는 향채가 든 음식도 한 접시씩 내놓으라고 하겠습니다."

부하 직원에 대한 민규의 재치 있는 배려는 내리를 흐뭇하게 했다.

식사를 한 때문인지, 호텔 밖 날씨가 아까보다는 조금 포근해진 것 같았다. 그러나 거리엔 여전히 겨울옷을 입은 사람들이 많이 눈에 띄었다. 일행은 호텔 현관 앞에서 임대 버스가 오기를 기다렸다.

구형의 커다란 필름카메라를 목에 건 노기만이 주위 사람들을 흘끔거리며 손목에서 시계를 풀었다.

"시계 바늘을 돌려야 할 텐데, 눈이 좀 어두워서……."

노기만의 정사진 카메라보다도 작은 비디오 카메라를 허리에 찬 박한솔이 선뜻 나섰다.

"이리 주세요, 제가 해 드리지요."

"고맙소, 젊은이."

한솔이 번쩍거리는 노기만의 시계를 받아서 바늘을 한 시간 전으로 금세 돌려 놓았다. 좁쌀만한 다이아몬드가 수십 알 박힌 금장시계는 한눈에 봐도 값을 가늠할 수 없는 최고급 시계였다.

"이런 시계는 처음 봅니다."

"그럴 거네. 오두막집 한 채 값은 족히 될 테니까 말일세."

곁에 있던 백길남이 두 눈을 휘둥그레 뜨며 참견을 했다.

"진짜 롤렉스겠지요?"

시계를 돌려받은 노기만이 기분이 상한 듯 대꾸 없이 황금희 곁으로 걸어갔다. 그러자 길남이 한솔의 귀에 대고 속삭였다.

"저건 가짜라구!"

"설마요."

한솔이 믿지 못하겠다고 하자, 길남은 내기를 해도 좋다고 우겼다.

그 때, 어디선지 다시 나타난 임대 버스가 그들 앞에 서며, 차에서 내린 기쁨이 사람들을 향해 빨리 타라고 손짓을 했다.

버스가 출발하자, 이매송이 마이크를 잡고 이틀에 걸친 상하이 답사 일정을 간략히 일행에게 설명했다. 우선 상하이란 대도시는 임시정부 27년 역사 가운데 거의 절반인 13년을 보낸 지역이기 때문에, 독립운동과 관련한 유적지가 많은 곳이다. 하지만 이번 답사 여행은 장기간인 데다가 연세 많으신 분들도 계시고 해서, 아주 중요한 곳만 몇 군데 들르려고 한다. 앞으로 다른 지방에서도 마찬가지일 것이다. 그런 점에서 양해를 구한다고 말하자, 다들, 아쉽긴 하지만 그럴 수밖에 없는 일이라며, 박수로 동의를 표시했다.

일행이 찾아간 첫 답사지는 호텔에서 그리 멀지 않은 서금2로(瑞金二路) 거리, 대한민국 임시정부가 탄생한 곳이었다. 예전 이름은 김신부로(金神父路)였고, 프랑스 조계지 안에 있었다.

버스를 길가에 세우고, 일행은 차에서 내렸다. 고즈넉한 거리에, 도로 한 쪽으로 듬성듬성 서 있는 프랑스풍의 오래된 주택들이 금방 사람들의 눈에 띄었다.

'아, 저 집들 가운데 어느 한 집에서 스물일곱 해의 장한 역사가 시작됐겠구나!'

이번 유적지 답사 여행에서 가장 중요한 역사의 현장에 와 있다는 생각에, 내리의 가슴은 마구 뛰었다. 한국인이란 사실 하나만으로도 기자로서 가져야 할 냉정함을 이렇듯 쉽게 녹여 버리다니, 스스로 생각해도 우스울 만큼, 내리는 흥분했다.

"1919년 4월 10일, 상하이에 모인 독립운동 지도자들은 이 거리에 있는 어느 한 집에서 임시의정원을 구성했습니다. 이어 첫 번째 의정원회의를 개최하고, 이틀에 걸친 회의 끝에, 국호를 '대한민국'으로 하는 민주공화체의 임시헌장을 제정했습니다. 또한 국무총리를 비롯해 모두 일곱 명의 국무위원도 선출했지요. 그리고 4월 13일, 임시의정원은 정식으로 대한민국 임시정부의 수립을 온 누리에 선포했습니다."

매송이 역사의 현장을 설명하자, 한솔이 의아스럽다는 듯이 물었다.

"그런데 작가 선생님, 방금 어느 한 집이라고 하셨습니까?"

매송이 대답했다.

"그래요. 유감스럽게도 임시정부를 탄생시킨 그 집은 오늘날에 확인이 되질 않습니다. 이 근방에 있는 옛날 집일 것으로 추정은 하지만, 정확한 지번이 밝혀진 게 없다 보니, 그렇게 됐어요. 설령 또 지번을 안다 해도 결과는 마찬가지일 겁니다. 벌써 철거됐을 가능성이 크거든요."

매송의 목소리에서 힘이 빠질 때, 내리는 자신의 다리에서도 힘이 빠져 나가는 것을 느꼈다. 유 교수도 보충 설명을 통해, 자신도 그 집을 찾기 위해 지금까지 무던히 애를 썼지만 끝내 성과를 얻지 못했다고, 안타까워했다.

그렇다. 임시의정원을 구성하고 임시정부를 수립한 장소에 대한 초기 보안은 철저했을 것이다. 그래서 일제의 정보기관도 그 장소를 알아내지 못했을 것이고, 따라서 정확한 기록이나 관련 자료를 처음부터 남기지 않았을 가능성이 크다. 하지만 한국전쟁 때 분실된 임시정부의 문헌 상자를 찾을 수만 있다면, 아마도 그 안에는 임시정부가 탄생한 역사적인 건물의 정확한 주소를 포함해서 아직까지 밝혀지지 않은 좀 더 많은 정보가 숨어 있으련만!

내리는 그렇게 이해했다. 그러고는 다시 힘을 내어 그 거리에서 가장 그럴 듯한 프랑스풍의 퇴색한 2층 양옥집 한 채를 카메라에 담았다. 그러자 노기만이 그 집을 배경으로 해서 자신의 기념사진을 찍었다.

그때 이 거리에 있었던 한 집에서, 임시의정원(의장 이동녕, 부의장 손정도)이 선출해 발표한, 임시정부의 초대 국무원 명단은 다음과 같다. 국무총리 이승만, 내무총장 안창호, 외무총장 김규식, 법무총장 이시영, 재무총장 최재형, 군무총장 이동휘, 교통총장 문창범.

그리고 다섯 달 뒤인 1919년 9월 11일, '대한민국 임시정부'는 러시아 연해주에서 따로 조직된 '대한국민의회'와 국내에서 조직된 '한성정부'를 흡수 통합하면서, 임시헌법을 개정하고 국무원을 새로 구성했다. 이때 임시대통령으로 선출된 이승만은 주로 미국에 체류하면서 직무를 제대로 수행하지 않다가, 5년 6개월 만에 임시대통령직에서 탄핵됐다.

버스에 다시 오른 일행은 상하이 답사에서 가장 기대되는 마당로 주택가로 이동했다. 시 중심부에 있으면서도 개발의 손길이 거의 미치지 않은 옛 동네라서 그런지, 가는 길이 자동차와 자전거, 삼륜차에 마차까지 마구 뒤섞여 매우 혼잡했다.

큰길 가에 버스를 세우고 일행은 차에서 내렸다. 첫눈에 띄는 것은 똑같은 3층 벽돌집이 잇달아 붙어 있는 길다란 연립주택과 그 앞 골목에서 기념사진을 찍느라 북적대는, 먼저 도착한 한국인 단체 관광객의 모습이었다.

마당로(馬當路) 306번지 4호, 옛날 주소가 마랑로(馬浪路) 보경리(普慶里) 4호인 건물의 대문 옆에는 '대한민국 림시정부 (大韓民國臨時政府)'라고 쓴 작은 동판이 붙어 있었다. 이 집이 바로, 임시정부가 1926년부터 1932년까지 상하이 시절 마지막 여섯 해 동안 청사로 썼던 건물이다. 다행스럽게도 그때의 그 집이 현재까지 그대로 남아 있었다.

매송이 다시 일행 앞에 섰다.

"김신부로에서 수립된 임시정부는 재정난으로 상하이에서만도 여러 차례 청사를 옮겼습니다. 그러다가 든 곳이 이 집인데, 바로 여기서, 임시의정원 의장이었던 이동녕의 강력한 천거로, 임시정부 청사의 문지기를 원했던 김구가 마침내 임시정부를 대표하는 국무령이 됐습니다. 그리고 김구는 이 청사에서 1930년 1월에 한국독립당을 결성했는데, 정당의 핵심 인사들은 만주사변으로 위기에 처한 무장 독립운동을 특무공작으로 바꿀 필요가 있다면서, 그 전권을 김구한테 맡겼지요. 이에 김구는 지체없이 미주 동포들한테 편지를 써서, 급한 대로 공작자금부터 마련하기 시작했고, 그 돈으로 한인애국단을 조직했습니다. 그리고 마침내 이봉창, 윤봉길로 하여금 역사적인 거사를 수행케 했던, 바로 그 집 앞에 지금 우리는 서 있습니다."

매송의 감동적인 설명이 끝나자, 일행은 조용히 건물 안으로 들어갔다. 커다란 태극기 두 장이 교차해 걸려 있는 작은 회의실을 지나자, 좁은 나무계단이 삐그덕 소리를 내며 위층으로 이들을 안내했다.

2층에는 김구의 집무실이 있었다. 고풍의 나무 책걸상이 전시돼 있는데, 책상 위에는 사무용 집기와 찻잔이 놓여 있었다.

"민규야, 아마도 이 책상에서 김구 선생님이 백범일지를 쓰셨겠지?"

내리가 민규의 손을 잡아끌며 속삭였다. 그러자, 한민족독립운동사에 빛나는 큼직한 일들이 꾸며지고 실행에 옮겨졌던 이 방, 그 역사의 현장이 주는 무게감 때문에 잔뜩 긴장해 있던 민규가 상기된 얼굴로 고개를 끄덕였다.

"그래 그렇게 믿자. 설사 이 책상이 모조품이라고 해도 난 지금 너무 떨려."

3층에는 요인 숙소와 임시정부 초기 역사를 알 수 있는 자료 전시실이 있었다. 경건한 마음으로 모든 방을 둘러본 일행은 다시 맨 아래층으로 내려왔다. 그리고 옆집을 터서 만든 부속실로 들어갔다. 부속실 벽에는 그때의 요인들이 한 자리에서 찍은 커다란 흑백사진이 걸려 있었다. 비록 사진이지만, 그 앞에서 일행은 잠시 묵념을 했다. 다만 한 사람 김순례만은 묵념이 다 끝나고도 그 자리를 한참이나 떠나지 않았다.

한 쪽에는 백범의 흉상이 나무받침 위에 올려져 있었다. 내리와 민규는 흉상 양 옆에 다정히 서서 기념사진을 찍었다. 초등학교 때부터 둘이 함께 존경해 왔던 큰어른 앞에서, 그들은 또 하나의 추억을 쌓았다.

내리가 밖으로 나왔을 때, 골목길에서는, 아까 봤던 '림시정부' 동판을 배경으로 노기만이 독사진을 찍고 있었다. 내리가 지켜보는 동안에도 황금희는 계속해서 다섯 번이나 셔터를 눌렀다.

'혼자서 웬 사진을 저렇게 많이…?'

내리의 고개가 갸우뚱하는데, 동판을 등진 채 엄숙한 표정으로 카메라 렌즈를 잔뜩 노려보고 서 있던 노기만이, 그만 찍으라는 손짓을 하고는, 금희가 있는 쪽으로 다가갔다.

"간판 글씨는 잘 나왔겠지?"

"그걸 말이라고 하세요? 이걸 찍으려고 여기까지 왔는데."

노기만이 흡족한 얼굴로 금희가 건네 주는 카메라를 조심스럽게 받아 자신의 목에다 다시 걸었다. 그리고 두 사람은 골목을 벗어나 큰길 쪽으로 갔다.

버스 앞에서, 매송과 함께 서 있던 민규가 두 사람을 발견하고 말을 붙였다.

"참, 황 여사님은 감회가 남다르셨겠어요?"

민규가 말을 건네자, 금희는 그게 무슨 소린지 몰라 우물쭈물했다. 대신 노기만이 얼른 말을 받았다.

"당신은 독립운동가의 후손이잖소? 그러니 이런 데서 느끼는 감정이 우리 같은 사람과는 영 다를 거란 말이오."

그 말에 갑자기 신이 난 금희가 목소리를 높였다.

"아, 그렇고말고요. 만주 땅 청산리전투에서 일본놈들을 때려잡은 우리 할아버지가 그때 놈들의 총에 돌아가시지만 않았어도, 틀림없이 여기 와서 한 자리 하셨을 거예요."

주변 사람들이 모두 자신을 주목하자, 우쭐해진 금희는 그제야 잠자리안경을 벗었다. 청사 건물 안에서도 벗지 않았던 붉은 색안경을 말이다.

큰길과 면하고 있는 연립주택 외벽엔 건축 연도인 '1925'란 숫자와 옛 지명 '普慶里' 세 글자가 새겨져 있었다. 그것을 아까부터 넋이 나간 사람처럼 올려다보고 있던 김순례의 귓전에도 그 말이 닿은 듯, 부인은 뜨악한 눈길로 금희를 돌아다보았다.

배기쁨이 차문을 열자, 일행은 다시 버스에 올랐다. 한민족에게는 성지와 다름없는 임시정부 초기 유적지를 둘러본 일행은, 숙연해진 마음을 가슴에 담고, 다음 행선지를 향해 마당로를 출발했다.

황포공원은 외탄 쪽 황포강변을 따라 길게 자리잡고 있었다. 이 도시의 과거와 미래를 한눈에 느낄 수 있는 건축물들이 강을 끼고 양 언덕에 버티고 있어, 상하이를 찾는 외지 관광객이 반드시 찾는 곳이다.

버스에서 내린 일행은 휴식처와 전망대 구실을 함께 하는 좁고 길다란 광장으로 들어섰다. 춘삼월의 따스한 봄볕도 이미 식어 버린 시간, 강바람에 일행은 옷깃을 여몄다.

기쁨이 먼저 일반적인 관광 정보를 일행에게 들려 줬다.

"상하이는 크게 두 지역으로 나뉘는데, 이 쪽을 외탄지구라 하고, 여러분이 비행기에서 내리셨던, 강 건너 저 쪽을 포동지구라고 합니다. 그리고 눈앞에 보이는 저 곳이 바로 포동 신시가지인데요. 등잔 밑이 어둡다고, 저 곳을 제대로 보려면 오히려 강을 건너서 이리로 와야 한답니다."

과연 그랬다. 강 건너 저편에선, 공항에서 시내로 들어오는 동안에는 잘 볼 수 없었던 한 무더기의 최첨단 초고층 건물들이 빼어난 스카이라인을 자랑하고 있었다. 일행의 입에선 절로 감탄사가 터졌다.

"와, 북한 김정일이 저걸 보고 천지개벽이란 말을 했다더니, 과연 그럴 만도 하군요!"

딱 벌어진 한솔의 입이 다물어지질 않았다.

"중국의 자랑이고 상하이의 자존심이기도 한 동방명주탑은 높이가 468미터로 동양에서 가장 높고, 세계에서도 세 번째로 높은 탑입니다. 그리고 그 옆에 우뚝 솟은 또 다른 건물은…"

기쁨이 다시 한 번 청산유수를 쏟아내는 동안, 내리는 등 뒤로 보이는 유럽풍의 고색창연한 옛 건물들을 바라보았다.

정말 두 집단은 묘한 대조를 이루고 있었다. 한 쪽이 새 중국의 비약적인 경제 발전상을 과시하는 얼굴이라면, 다른 쪽은 옛 중국의 아픈 역사를 대변하는 뒷모습이었다.

"뭐하는 겁니까? 우린 왜 찍어요?"

갑자기 터진 큰 소리에 내리가 깜짝 놀라 돌아보니, 최주승이 손바닥으로 자기 얼굴을 가리고 있고, 몇 걸음 밖에선 남편 카메라를 손에 든 황금희가 어이가 없다는 듯이 서 있었다.

말 한 마디 없던 최주승은 입이 한 번 터지자 잇달아 말을 쏟아냈다.

"죄송합니다. 전 원래 사진 찍히는 것을 좋아하지 않거든요. 그러니 어떤 경우라도 제 쪽으로는 카메라 렌즈가 향하지 않도록 해 주십시오. 다른 분들께도 부탁합니다."

백길남이 공감을 표시했다.

"그렇고말고요. 사방이 다 찍을 것들인데, 뭐 우리까지……."

황금희가 이해가 안 된다는 듯 투덜댔다.

"우린 이제 한 식구잖아요? 함께 여행한 사람들이 누군지, 나중에 보려고 했는데……."

노기만이 부인을 나무랐다.

"여보, 왜 그런 실례를…! 다음부터는 조심해요. 미안합니다, 여러분, 다시는 그러지 않을 겁니다. 정말 미안합니다."

노기만이 정중히 사과하는 바람에, 잠깐의 해프닝은 거기서 끝이 났다.

매송이 일행을 난간 아래로 보이는 황포강 부두로 안내했다. 사실 그가 황포공원을 답사지의 하나로 선택한 데는 또 다른 까닭이 있었다. 매일 수많은 한국 관광객이 이 곳을 다녀가지만 대부분 사람은 남의 나라 고층빌딩에 넋을 빼앗기고 주눅만 든 채 발길을 돌린다. 일제의 탄압을 피해 우리의 수많은 독립운동가가 해외 망명의 첫발을 디뎠던 항포강 나루터가 바로 여기에 있거늘, 그런 사실을 모르기 때문이다. 그런 점이 늘 안타까웠던 것이었다.

십 분이 안 돼 일행은 배들이 정박해 있는 부두에 이르렀다. 발 밑에서 넘실대는 강물엔 검은 기름과 쓰레기가 떠 있었지만, 악취를 풍기진 않았다. 그런데도 황금희는 이맛살을 찌푸리며 손수건으로 코를 막았다.

일행은 다시 강턱을 따라 유람선 선착장이 있는 쪽으로 걸음을 옮겼다. 걸어가면서 매송이 준비된 설명을 했다.

"여든여섯 해 전, 백범 김구 선생께서도 이 곳 황포강 나루를 통해 상하이로 들어오셨고, 윤 의사 거사 직후 상하이에서 일제 경찰에 체포된 안창호 선생은 바로 이 곳을 통해 경성으로 압송되셨습니다."

매송의 설명을 뒷받침하듯이 유 교수가 고개를 끄덕였다.

"교수님께서도 한 말씀 해 주시지요?"

선착장에 이르러 매송이 유병도에게 발언 기회를 넘겼다. 유 교수는 전문가답게 몇 마디를 보탰다.

"그때 조선의 지사들이 세계 각처에서 이 국제자유도시로 모여들었는데, 입국 경로는 다양했어요. 일부는 신의주에서부터 줄곧 기차를 타고 베이징을 경유해 들어왔고, 일부는 백범처럼 랴오뚱반도 쪽에서 배를 타고 이리로 왔으며, 더러는 저 남쪽 지방 홍콩이나 광쩌우를 통해서도 들어왔습니다. 물론 일본에서 출발한 지사들은 가장 짧은 뱃길을 따라 곧장 이 곳으로 들어올 수가 있었지만 말입니다."

전문가의 해박한 지식은 어디서나 빛을 발하게 되어 있었다. 내리는 두 눈을 반짝이며 교수의 말을 만년필처럼 생긴 소형 녹음기에 담았다.

임시정부 유적지 답사는 내내 이런 순서로 진행됐다. 처음에 배기쁨이 현지 사정을 간략히 소개하면, 뒤이어 이매송이 유적지를 설명하고, 마지막으로 유병도가 보충 설명을 하는 식이었다.

유람선에서 막 내린 관광객들이 시끌벅적대며 일행의 곁을 지나갔다. 그 바람에 유 교수의 특강은 중단되고, 일행은 잠시 제 시간을 갖게 됐다. 그 틈에 내리는 디지털 카메라로 주변 사진을 몇 장 찍었고, 한솔은 나루 풍경을 소음까지 실어 비디오 카메라에 담았다.

선착장 매점에서 민규와 기쁨이 뜨거운 중국차 아홉 잔을 주문했다. 백길남은 커피를 마시고 싶다고 해 따로 시켰고, 최주승은 어느 틈에 샀는지 이미 저 혼자서 광천수를 마시고 있었다.

"김 여사님!"

내리가 자스민차 두 잔을 양 손에 들고, 방짝인 김순례 곁으로 걸어갔다. 내리한텐 어머니 같기도 하고 할머니 같기도 한 김순례는 아직까지도 보경리에서 느낀 감회에서 벗어나질 못하는 듯싶었다.

저녁식사는 외국 관광객들이 주로 찾는 명락궁이란 극장식당에서

했다. 명나라 양식의 건물에서 중국 전통 가무를 즐기며 서양식의 식
사를 하는 곳인데, 이 지방에서 발생한 월극도 한 토막 보여준다고 해
서, 경극을 좋아하는 매송이 일찌감치 일정 속에 포함시켜 놨었다.

공연은 반 시간 만에 끝이 나고, 이어 음식이 나왔다. 일행이 극장식
당에서 나온 시간은 저녁 8시, 호텔까지는 십오 분이 걸렸다.

내리는 방에 들어서자마자 노트북부터 꺼냈다. 외국인들이 주로 이
용하는 상급 관광호텔이라선지 전원 연결 장치가 잘 돼 있었다. 서울
에서 가져온 멀티플러그를 꺼낼 필요가 없게끔, 220볼트 콘센트에는
구멍 두 개 짜리와 세 개 짜리가 함께 있었다. 중국 일반 가정에는 모두
구멍이 세 개인 콘센트만 있어서 거기에 맞는 플러그가 있어야 전기를
쓸 수 있다.

김순례가 욕실을 쓰고 있는 동안, 내리는 디지털 카메라에 저장한
사진을 노트북으로 옮겼다. 그러고 나서 인터넷신문에 보도할 첫날 답
사기를 쓰기 시작했다. 필요할 땐 만년필 녹음기를 재생시켰다.

원고가 끝나기 전에, 김 여사가 온몸에서 더운 김을 내뿜으며 욕실
에서 나왔다.

"뭐가 그리 바쁘오?"

"아, 저… 오늘 답사한 것을 정리하고 있어요."

"나중에 책이라도 내려고? 좋은 일이에요"

침대에 누운 김순례는 이내 잠에 빠져든 것 같았다. 그때로부터도
삼십 분은 더 걸려서 내리의 기사 작성은 끝이 났다.

투숙객이 인터넷을 사용할 수 있는 고객상무실은 일층에 있었다. 승
강기를 타기 위해 내리가 복도를 걸어가는데, 방문 하나가 열리면서
민규와 매송이 밖으로 나왔다. 등 뒤로 기쁨의 모습도 보였다.

"아니, 내리, 이 시간에 어딜 가는 거야?"

민규가 물었다.

"누가 할 소린데?"

내리가 눈을 크게 뜨고 이들을 바라보자, 기쁨이 얼른 나섰다.

"우린 회의를 했어요. 오늘 하루 일을 정리하고 내일 일정을 검토하는 회의요."

내리는 그제서 기쁨이 독방을 써야 하는 까닭을 이해할 수 있었다. 여행사 직원은 고객들보다 쉬는 시간이 훨씬 적다는 것도….

내리가 일층 상무실로 내려가서 인터넷으로 기사와 사진을 신향식 국장한테 무사히 송고한 시간은 밤 9시 40분, 한국 시간은 밤 10시 40분이었다.

1931년 12월 서른두 살 이봉창은 김구 앞에서 한인애국단 단원으로서 서약하고 일본으로 떠났다. 그리고 이듬해 1월 8일 낮 2시, 그는 도쿄 사쿠라다문 앞에서 히로히토 일본왕이 탄 마차에 수류탄을 던졌다. 비록 폭탄의 성능이 약해 적국의 수괴를 죽이진 못했지만, 한국인의 강인한 독립정신과 저항정신을 온 세계에 과시한 이 의거는 국내외 동포 사회는 물론 중국인들한테도 대단한 감격으로 큰 영향을 미쳤다.

이에 일본은 그 달 하순에 분풀이로써 한국 독립운동의 근거지인 상하이를 공격했다. 그리고 석 달 뒤인 4월 29일, 일본군은 자기네 조계에 있는 홍구공원에서 일본 거류민들을 모아 놓고 전승 기념 행사를 가졌다.

식이 막 끝나갈 무렵, 연단에서 터진 물통 폭탄! 스물네 살의 애국단원 윤봉길은 김구 앞에서 서약한 대로 겨레로부터 위임 받은 임무를 완수했다.

윤봉길이 던진 폭탄에 단상에 있던 일제 침략자들은 거꾸러졌다. 상하이파견군사령관 시라가와 육군대장을 비롯해 다섯 명의 고위급 인사가 죽거나 크게 다쳤다. 중국 국민당의 영수 장제스는 이 사건을, 중국의 백만 군대가 못 한 일을 단 한 사람의 한국인이 해냈다는 말로, 높이 평가했다.

대한민국 임시정부 유적지 답사단은 상하이 둘째 날, 윤 의사의 의로운 넋이 떠도는 루쉰공원(魯迅公園)으로 향했다.

시 중심지에서 북서쪽에 자리한 이 공원에는 중국의 큰 작가 루쉰(魯迅)의 무덤이 있다. 그래서 지금은 루쉰공원으로 불리고 있지만, 그때엔 홍구공원(虹口公園)이라고 했었다.

일행은 먼저 호숫가에 있는 윤봉길 의거 기념비 앞으로 갔다. 그리고 그 자리에서 의거의 경위와 의미에 관해 이매송의 설명을 들었다. 그런 뒤에 운동장만큼 넓은 잔디밭 쪽으로 걸음을 옮겼다. 네모진 잔디밭은 출입이 금지돼 있었고, 그 한쪽에 루쉰의 동상과 무덤이 잔디밭 쪽을 향해 자리잡고 있었다.

동상 앞에서 매송은 다시 입을 열었다.

"윤봉길 의사가 폭탄을 던진 곳이 현재 의거 기념비가 서 있는 자리가 아니라, 동상 앞쪽이라는 주장도 있습니다. 루쉰의 무덤은 1956년에 만국공묘에서 이장해 온 거니까, 그때는 이 자리에 일제의 수괴들이 앉았던 연단이 있었을 수도 있지요. 그런데 상하이에 오래 거주한 한 독립운동가*한테서 제가 듣기로는, 그 두 곳도 아니고, 저 쪽… 동상이 있는 여기서 보면 잔디밭 왼쪽 가장자리 밖이 분명하답니다. 지금 거기엔 보시는 대로 커다란 나무들이 길을 따라 한 줄로 주욱 서 있는데, 왼쪽에서 네 번째 나무 바로 그 앞에 연단이 있었다는 거지요. 그리고 그 단은 루쉰공원이 되면서 철거됐고, 그때 운동장 또한 지금의 잔디밭으로 바뀌었다는 것입니다."

사학자 유병도의 이맛살이 찌푸려졌다.

"이 선생, 책임 없는 사람들의 말을 곧이곧대로 믿어선 안 돼요. 우리가 어련히 잘 알아서 선정한 장소인데, 지금 그런 말을 함부로 해서야……."

매송의 얼굴에 조금 난감함이 스쳤다.

"전 다만 그런 얘기도 있다는 뜻에서…, 한데 현지를 다니다 보면 사실이 잘못 알려진 것들도 더러 있더군요. 수십 년이 되도록 바로잡히지 않은 것들 말입니다."

유 교수는 자기 전공 분야를 가지고 학자도 아닌 사람과 계속 토론을 벌인다는 자체가 체면이 깎이는 일이라고 생각했는지, 더는 말이 없었다.

문제의 가로수 길을 일행이 지나갈 때, 넷째 나무 앞에서 사진을 찍은 사람은 내리 혼자였고, 다른 사람들은 별 관심을 보이지 않았다. 유 교수는 아예 고개를 잔디밭 쪽으로 돌려 매송이 언급한 장소를 애써 외면했다. 그러다가 자신의 침묵이 조금 어색했는지, 교수는, 윤 의사가 사건을 일으키는 바람에 망명정부는 상하이에서 더는 자리잡고 있을 수가 없게 됐다는 말을 했다. 그리고 또…,

---

* 한국광복진선청년공작대 대원이었고, 해방 뒤엔, 상하이 지역 교민 자녀 교육 기관인 인성학교에서 교장을 한 적이 있는 진춘호의 증언.

"일이 터지자, 일제의 군인과 경찰은 프랑스 조계까지 몰려와 닥치는 대로 동포들의 집을 수색하고 사람들을 마구 잡아들였어요. 그때에 사건과 전혀 관계가 없는 안창호 선생이 불똥을 맞아 체포됐고, 그분 말고도 스무 명이나 더 왜경한테 붙잡혀 갔습니다."

마치 안창호 선생이 체포된 것이 윤 의사 탓이기나 한 것처럼, 유병도는 혀까지 찼다.

두 시간 정도 루쉰공원에서 머무른 일행은, 도시 동쪽 변두리에 있는 옛 공동묘지 만국공묘로 떠나기 전에, 근처에서 점심 식사를 하기로 했다.

마침 만두집 하나가 눈에 띄었다. 길에 내놓은 솥에서 뚜껑을 열자 뜨거운 김이 솟구치는데, 다들 군침을 삼킬 만큼 만두 냄새가 구수했다.

두말 없이 다들 기쁨을 따라서 식당 안으로 들어갔다. 중국 만두는 모양도 다양했지만, 크기에서 우선 기가 질릴 정도로 한국 만두와는 달랐다.

"어휴, 저런 건 하나만 먹어도 배가 부르겠어요!"

벌어진 금희의 입이 다물어지지 않았다.

"저건 왕만두예요. 물론 중국 만두가 다 저렇게 큰 건 아니랍니다. 새알만한 것도 있고 송편 같은 것도 있어요. 크기도 다양하지만 안에 든 소 또한 그렇답니다. 시안에 가면 백 가지가 넘는 만두를 파는 전문 식당이 있다는 말을 들었어요. 전 아직 가 보지 못했지만……."

기쁨이 말했다.

누군지가 왕만두는 지레 배가 불러 못 먹을 것 같다고 하자, 일행은 보통 크기의 돼지고기 만두를 한 접시씩 시켰다. 중국에선 쇠고기가 돼지고기보다 인기가 없다며, 그 까닭을 민규가 간단히 설명했다.

"중국엔 물소가 많은데, 물소 고기는 맛이 없어요."

그 때 갑자기 백길남이 소리쳤다.

"잠깐만요! 난 만두보다 저거… 저 사람들이 먹는 국수를 시켜 줘요. 저게 더 맛있어 보이는데요."

그가 손으로 가리키는 식탁에는 중국인 남녀 한 쌍이 한국의 중국음식 '울면'과 비슷한 국수를 먹고 있었다. 한 떼의 외방인이 일제히 자신들을 쳐다보자, 두 중국인의 눈이 둥그래졌다. 기쁨이 얼른 나서서 중국어로 이해를 시키자, 중국인 남자가 엄지손가락을 들어서 먼저 국수 그릇을 가리켰다가 자기 얼굴 앞에서 치켜세웠다. 자기가 먹는 국수가 맛있다는 뜻이겠다. 신이 난 길남은, 언제 배웠는지, 중국말로 "하오! 하오!" 하며 남자한테 답례를 했다.

만두가 먼저 나와 일행은 맛있게 먹기 시작했다. 한솔이 만두 하나를 젓가락으로 집어서 옆 식탁에 혼자 따로 앉아 있는 길남에게 주려고 하자, 길남은 입맛 버린다고 거절했다. 기쁨이 그런 길남을 곁눈질했다.

이윽고 길남 식탁에 먹음직하게 보이는 국수 한 그릇이 놓였다. 길남은 입맛을 다셔 가며 젓가락을 집어 들었다. 그리고 국수 한 젓가락을 입에 넣는 순간, 길남은 외마디 소리를 내며 입에 넣었던 국수 가락을 식탁에 뱉었다.

"이, 이게 무슨 맛…?"

언제부터인지 이 순간을 기다리고 있었던 양, 기쁨이 그답지 않게 호들갑을 떨었다.

"어머, 이를 어째요! 제가 미리 말씀을 드렸어야 했는데…!"

어떤 상황인지 이미 파악이 끝났다는 듯, 매송이 느긋한 표정으로 말했다.

"그게 바로 향채라는 향료 때문이오. 그게 말이지요. 국물에 섞여 함께 끓게 되면 조금 먹기가 힘든 음식이 되더군요. 특히 한국사람한테는 그래요."

그러면서 매송은 만두 그릇 옆에 놓인 간장 종지에서 아주 작은 풀잎 한 가닥을 젓가락으로 집어 들었다.

"이게 바로 향채란 식용 풀이지요. 날것으로 간장에 넣어 먹으면 아무렇지도 않은데……."

울상이 된 길남은, 웃음기 섞인 묘한 눈길로 자신을 쳐다보고 있는 기쁨을 발견하는 순간, 이내 그 웃음의 정체를 알아챘다. 기쁨이 자기한테 아무도 모르게 복수를 한 것이다. 길남은 오늘도 버스 안에서 기쁨이 가운데 통로를 지나갈 때 한 손으로 슬쩍 처녀의 예쁜 엉덩이를 만졌었다. 길남의 고약한 손버릇은 이 날로 완전히 사라졌다.

점심을 먹고 일행은 중산대로를 곧장 달려 쑹칭링능원(宋慶齡陵園)으로 갔다. 이 능원은 옛 프랑스 조계 안에 있던 공동묘지인데, 그때엔 만국공묘(萬國公墓)라고 불렀다. 오른쪽으로 난 사잇길을 따라 관목밭을 지나자, 외국인묘역이라 적은 조그만 팻말이 보였다. 그리고 그곳에는 오래된 묘표들이 가지런히 바닥에 박혀 있었다. 김구 아내 최씨 부인을 비롯해, 조국 독립의 간절한 소망을 가슴에 품고 망명지에서 타계한 지사들의 무덤이 있었던 곳, 지금은 유골을 모두 고국으로 옮겨 가 흔적만이 남아 있었다. 박은식, 신규식, 노백린, 김인전, 안태국…, 이름만 들어도 고개가 절로 숙여지는 순국선열들. 비록 유해가 없는 빈 무덤일지언정, 일행은 이장 사실을 기록한 이들의 새 묘표 앞에서 경건하게 묵념을 올렸다.

묘지를 나온 일행은 다시 버스를 타고 연안대로를 따라 시내로 향했다. 반 시간 가까이 달린 버스는 이들을 상하이 중심 번화가인 남경로에 내려 놓았다. 유명 백화점과 각종 상점이 즐비한 때문인지, 거리엔 인파가 넘쳤다. 일행은 사람 구경, 물건 구경을 하면서, 이 날 하루 유적지 답사로 인해 쌓인 긴장을 풀었다. 빈손으로 비행기를 탔던 백길남은 칫솔과 양말 등 여행에 필요한 일상의 용품 몇 가지를 사고, 스포츠백 같은 가방도 하나 샀다. 두 시간의 자유 시간을 보낸 뒤, 일행은, 흩어지기 전에 다같이 미리 봐 놨던 한국 식당에 모여 김치와 버섯 전골로 저녁 식사를 했다. 한국 음식 당분간 먹기 힘들 거라는 기쁨의 엄포에 다들 평소 식사량을 초과하는 의욕을 보였다.

저녁 식사 후, 일행은 포동 신시가지로 드라이브를 했다. 소문난 상하이 야경을 보기 위해서였다.

포동지구에 들어선 일행은 동양의 진주라는 뜻을 가진 동방명주탑으로 갔다. 탑 아래선 건조물 전체를 제대로 볼 수가 없었다. 한참 뒤로 물러나서 그러고도 고개를 한없이 뒤로 젖혀서야 꼭대기에 있는 방송탑이 보였다. 초고속 승강기가 263미터 높이에 있다는 관광 전망대로 이들을 실어 날랐다.

답사단 일행이 묵고 있는 호텔의 일층 로비에서, 묘령의 아가씨가 누군지를 기다리며 오후 내내 안락의자 하나를 독차지하고 있었다.

환상적인 상하이 야경을 만끽하고, 일행이 호텔 현관에 도착한 시간은 밤 9시가 거의 다 돼서였다. 기분이 좋아진 한솔이 내리와 나란히 현관 회전문을 통과하는 순간, 로비 안쪽에서 벼락치는 듯한 젊은 여자의 괴성이 들렸다.

"야, 박한솔!"

순간 그 자리에 못박히는 한솔과 죄지은 사람모양 한솔의 곁에서 본능적으로 한 발 떨어지는 내리. 다른 사람들의 눈길도 이내 한 곳으로 쏠렸다. 거기엔 한 아가씨가 서슬이 퍼래서 식식대며 서 있었다.

"난희…! 네가 여길 어떻게…?"

한솔의 입에서도 놀라움인지 반가움인지 알 수 없는 고성이 터졌다.

여자의 독기 어린 눈길이 자신을 쏘아보고 있음을 깨달은 내리는, 이 난처한 궁지를 어떻게 빠져 나가야 할지 몰라, 잠시 눈앞이 노랬다.

서난희, 그는 이 날 서울에서 날아온 한솔의 여자 친구였다.

"그래서 회사에 결근계까지 내고 여길 왔단 말야?"

자기 방으로 난희를 데리고 올라온 한솔이 기가 차다는 듯이 말했다.

"그럼 어떡해? 느닷없이 중국에 간다고, 내 손전화에 달랑 글 한 줄 남기고 떠난 자기를 어떻게 믿어? 더구나 한 주일도 아니고 한 달씩이나 걸린다는데…!"

"그건 그렇고, 대관절 내가 아니 우리가 이 호텔에 묵는지는 어떻게 안 거야?"

"그거야 식은 죽 먹기지. 서울에 있는 유명 여행사부터 뒤지니까 하루 만에 네 이름이 나오던 걸."

"역시 추리소설광은 다르구면. 그렇담 뭐 여기까지 쫓아오지 않아도, 내가 어떤 여행을 하는지 잘 알았을 텐데……."

"어떤 여행인지는 알았지만, 누구하고 함께 왔는지는 모르잖아!"

"뭐야?"

한솔은 정말 어처구니가 없었다. 자신의 여행 계획이 갑자기 짜진 탓도 있지만, 난희한테 자세한 얘기를 하지 않고 떠나 온 데는 그만한 까닭이 있었다. 같은 해 같은 대학에 입학한 동기생 난희는 이미 졸업을 해서 이태째 직장생활을 하고 있는데, 3월 들어서는 회사 일이 눈코 뜰 새 없이 바쁘다며 잘 만나 주지를 않았다. 군대에 있는 동안엔 그렇게나 서로 보고 싶어 했던 사이인데, 제대를 하고 나서도 자주 만날 수가 없다니…, 한솔은 빈정이 상했고, 그래서 약을 좀 올릴 겸 대뜸 비행기를 탔던 것이었다.

"그런데 아까 그 여자는 누구야? 둘이 잘 어울리던데…!"

한솔이, 쓸데없는 생각 말라고, 말을 막 하려는 순간, 방문 두드리는 소리가 났다. 일층 로비에서 담배 한 대 피우고 올라오겠다며, 일부러 자리를 피해 줬던 길남이었다.

길남은 문 밖에 선 채, 난희의 얼굴을 살짝살짝 훔쳐보며 한솔한테 넌지시 말했다.

"저 말이야, 내가 다른 방을 얻든지 할 테니까, 오늘 밤은 친구하고 이 방에서 편히 지내도록 하게."

한솔이 펄쩍 뛰었다.

"아녜요, 그럴 필요 없어요. 저희는…"

두 남자 사이에서 여자가 모르는 귀엣말이 잠시 오갔다. 인생 선배의 각별한 배려를 몰라 주는 방짝이 길남은 영 이해가 되지 않았다. 어쨌든 실랑이는 길게 가지 않았다. 사려 깊은 기쁨이 그 때 문 밖에 나타나서, 자기 방에 남는 침대가 하나 있다고 말을 했기 때문이었다. 길남은 기쁨의 등 뒤에서 눈치 없는 여자라고 종주먹질을 했고, 한솔은 허리까지 굽히며 눈치 빠른 연변 처녀에게 고맙다고 했다.

난희는 그 날 밤 기쁨과 함께 잠을 잤고, 이튿날 첫 비행기로 서울로 되돌아갔다.

06
(쟈싱, 하이앤, 항쩌우) 호수의 달

노란 꽃 물결이 사방에서 장관을 이루고 있었다. 답사단이 탄 임대 버스가 흙먼지를 일으키며 달리고 있는 시골 길 주변은 온통 유채밭이다. 중국사람들이 기름진 음식을 멀리하지 않는 한 중국 농촌에서 유채밭이 사라질 리 없건만, 내리는 그런 날이 결코 오지 않았으면 하고 바랐다. 너른 들녘의 젖줄이며 교통로인 수로에는 농기구나 작물 따위를 실은 작은 배들이 제법 빠른 속도로 어디론지 열심히 떠 가고 있고….

'73년 전, 김구 선생이 서양사람으로 변장하고서 피치 목사가 운전하는 자동차를 타고 상하이를 탈출하실 때도 유채꽃은 지금처럼 피었을 거야. 그때 선생께선 어떤 생각을 하며 저 들판을 바라보셨을까?'

내리의 상념은 끝이 없었다.

아침 일찍 상하이를 떠난 답사단 일행은 임시정부의 첫 피난지인 항쩌우로 가기에 앞서, 그 중간 지점에 있는 쟈싱을 먼저 들르기로 했다. 그때 이 고장의 명망가인 쭈뿌청(褚補成)이란 중국사람이 김구를 비롯한 임시정부 요인들과 그 가족들에게 은신처를 제공해서, 그들이 한동안 신세를 진 적이 있는데, 그 중 한 곳이 아직까지 온전히 남아 있었기 때문이었다.

호반 도시 쟈싱(嘉興)은 상하이에서 자동차로 한 시간 남짓 걸리는 곳에 자리잡고 있었다. 일행을 태운 버스는 근래에 생긴 고속도로를 이용하지 않고 일부러 지방도로를 달렸다. 장거리가 아닌 데다가, 농촌 풍경을 감상하는 덴 옛날 길이 훨씬 더 낫기 때문이었다.

버스는 시내 중심부를 비켜서 한적한 길을 달렸다. 창문 밖으로 커다란 호수(西南湖)가 나무들 사이로 얼핏얼핏 보이기 시작했다.

매송이 마이크를 잡았다.

"이 곳에서 은신처를 마련한 백범 김구는, 저기 보이는 호수에서 많은 시간을 보내야 했습니다. 언제 나타날지 모르는 정탐꾼들의 눈을 피해야 했기 때문이죠. 그래서 낮에는 배 안에 머물고, 밤에만 땅을 밟는 은둔생활을 했는데, 날이 저물어 마을의 은신처로 돌아갈 때도, 집 뒤쪽 창가에 어떤 색깔의 빨래가 널려 있느냐에 따라서, 집 안으로 들 수도 있고 안 들 수도 있었다고 합니다."

여자 친구를 보내고 조금 풀이 죽어 있던 한솔이, 기분이 좀 나아졌는지, 손까지 처들고 물었다.

"김구 선생님이 중국에 계실 때 여자 뱃사공과 동거를 하신 적이 있다고 들었는데, 그게 사실인가요?"

곁에 앉아 있던 백길남이 한솔의 무릎을 툭 치며 나무랬다.

"이 사람, 못 쓰겠구먼! 그런 어른이 설마…!"

다른 몇 사람도 길남의 발언에 동조하는 눈빛으로 매송을 쳐다봤다. 매송이 씨익 웃으며 말했다.

"막내 말이 맞습니다."

한솔은, 나이가 가장 어린 탓에, 일행 안에서 어느 새 막내란 애칭으로 불리고 있었다.

"백범일지를 보면, 상하이에서 부인을 여의신 선생께서 이 곳에 와 은둔생활을 하시는 동안, 쭈(朱)씨 성을 가진 중국인 여자 뱃사공과 동거했다는 내용이 나옵니다. 신분을 감추기 위한 위장 술책이었지요. 난징으로 거처를 옮기신 뒤에도 함께 사셨는데, 중일전쟁이 두 분을 갈라놓았습니다. 그때는 부부의 정도 좀 드신 것 같았는데……."

"허어, 어른께서 그런 로맨스가…!"

이번엔 길남이 크게 감명을 받은 모양이었다. 그래서,

"나중에 저도 그분의 일기장을 꼭 한번 읽어 보겠습니다."

하고 말할 정도였다.

"백범일지는 일기가 아니고 자서전이에요."

마치 교사가 학생을 가르치듯이, 김순례가 점잖게 한 마디 일렀다. 그러자 황금희가 끼어들었다.

"그건 다행이에요. 일기장 같으면 아무나 볼 수 없을 텐데……."

이윽고 버스가 호숫가에 있는 한 마을 어귀에 닿았다. 집들이 그리 많지 않은 작은 동네였다. 차에서 내린 일행은 매송의 뒤를 따라 골목길로 걸어 들어갔다. 이내 매송은 한 집 앞에서 걸음을 멈췄다.

민국(民國) 초년에 지은 듯한 아담한 2층 목조 건물, 그 집이 바로 김구의 은신처였던, 남당롱(南當弄) 매만가(梅灣街) 76번지 4호 주택이다. 오랜 풍상에 낡고 때묻은 고택이지만 비교적 보존이 잘 돼 있음을, 일행은 한눈에 알 수 있었다. 매송이 처음 이 곳을 방문했을 때만 해도, 잘못 알려져 있은 탓에, 엉뚱한 옆집 대문을 두드린 적이 있는데, 지금은 이 곳 주민도 다 아는 유명한 집이 돼 있었다.

과연 2층에는 비밀스러운 장치가 하나 숨겨져 있었다. 방 한쪽 구석 마룻바닥에 사람이 겨우 하나 들어갈 만큼의 네모난 구멍이 뚫려 있는데, 그 밑으로는 사다리가 하나 걸쳐 있었다. 평소에는 침대가 그 위에 놓여져 비상탈출구를 가리게 돼 있다고, 건물 관리인이 말했다.

어두운 구멍 속을 들여다보던 내리는, 금방이라도 여자 뱃사공의 배에서 내린 김구가 사다리를 타고 올라올 것 같은, 섬뜩한 기분에 사로잡혔다.

은신처 답사를 마친 일행은 골목길을 되나와, 건물 뒤쪽이 잘 보이는 장소로 이동했다. 좁아진 호수의 물길을 가로지른 다리 위가 그 곳이었다.

난간 앞에서, 매송은 손으로 한 곳을 가리키며 말했다.

"저기 왼쪽 호숫가에 있는 이층집이 방금 우리가 보고 온 김구의 은신처고요, 오른쪽에 보이는 저 창고 같은 건물들이 수륜사창이란 곳입니다. 지금은 목재를 가공하는 공장이지만, 그때는 면사공장이었다고 해요. 그런데 저 공장의 사무실과 숙사 건물은 따로 있었어요."

매송은 일행을 다시 매만가 뒤쪽 마을로 안내했다.

일휘교 17호…. 예전엔 남만가(南蠻街) 17호였으나, 지금은 남문 일휘교(南門 日暉橋) 17호로 주소가 변경된 곳, 커다란 담장이 인상적인 2층 주택 앞에서, 일행은 걸음을 멈췄다.

"상하이를 탈출한 임시정부 요인들은 일부는 항쩌우로 또 일부는 이곳 쟈싱으로 잠입했는데, 김구는 조금 전에 보셨듯이, 여기서 2백 미터쯤 떨어진 호숫가 집에 혼자 머문 반면, 이동녕, 엄항섭, 김의한 같은 분들은 이 집에 은신했습니다. 나중엔 이시영, 박찬익 두 분도 잠시 합류했고, 김구 모친 곽씨도 손자들을 데리고 한동안 머물렀었지요."

매송의 설명을 들으며, 일행은 담장 가운데에 있는 대문으로 들어 갔다.

한때 요인들과 그 가족의 처소로 쓰였던 이 집은, 추녀가 멋들어지 게 치솟은 청기와 지붕 아래, 방 네 개가 나란히 붙어 있었는데, 이런 양식은 청나라 말 강남 지방의 일반 민가가 보여 주는 전형적인 특색 이라고, 기쁨이 설명했다. 그러나 세월이 너무 오래 된 탓에 건물의 파 손 상태가 아주 심했다. 빗물의 누수로 대들보와 서까래는 썩었고 회 칠을 한 벽은 거의 떨어져 있었다. 그래선지 폐가나 다름없는 이 집은 현재 마을 노인정으로 쓰이고 있었다.

"언제 철거될지 모르는 집이라오."

마침 마당에서 담배를 피고 있던 중국 노인 한 사람이 말했다. 그러 자 곁에 있던 또 다른 노인이 끼어드는데, 그 노인의 말로는, 얼마 전에 시정부 관리들이 와서 하는 얘기가, 여길 보수해서 무슨 기념관으로 쓸 거라고 했다는 것이다.

한국인에겐 매우 소중한 사적지가 어쩌면 철거되지 않을지도 모른 다는 기대감에 어두웠던 매송의 표정이 금방 밝아졌다.

"하긴, 여기라고… 도시 개발 바람이 불지 않을 턱이 없지!"

집 구경을 마친 일행이 다시 대문을 나설 때, 유 교수가 말했다. 그러 자 교수의 등 뒤에서 따라가던 길남이 예민하게 귀를 쫑긋거렸다.

'도시 개발…!'

상하이에서 가깝고, 아름다운 호수가 있으며, 한국 관광객이 반드시 둘러봐야 하는 중요한 유적지가 있는 곳이라면…, 투자의 가치가 있는 지역이다. 그러니 벌써 개발 바람이 이 곳에서도 불고 있는 게 아닐까.

생각이 여기에 미치자, 길남의 가슴은 뛰기 시작했다.

일행이 골목을 지나 버스가 대기하고 있는 마을 큰길로 걸어 나갈 때, 길남이 살그머니 기쁨 곁으로 다가갔다.

"달콤 씨."

바로 귓전에서 속삭이듯 자신을 부르는 소리에, 기쁨은 깜짝 놀라며 걸음을 멈추었고, 다음 순간 목소리의 주인공이 흰 구두 아저씨임을 알자, 본능적으로 몸을 도사렸다.

"백 선생님, 왜 그러세요?"

"저기 말이지요, 중국에도 부동산중개업소가 있겠지요?"

"부동산… 중개업소요? 그건 왜요?"

"이 동네 땅을 좀 알아보고 싶어서요."

중국은 사회주의 국가라서, 한국처럼 땅을 민간인이 마음대로 사고 팔 수 있는 나라가 아니다. 더구나 외국인이, 건축물이라면 모를까, 땅을 따로 소유한다는 것은 불가능하다.

기쁨은 이런 사실을 길남한테 설명하느라 진땀을 뺐다. 두 사람 등 뒤에서 따라 오던 한솔의 귀에도 둘이 하는 얘기가 들렸다.

버스에 오른 뒤에 한솔이 길남한테 물었다.

"아저씬 부동산 업자신가 봐요?"

"부동산 업자가 아니라 부동산 사업가라네. 그래, 난 부동산을 사고 파는 일을 하지. 서울이고 지방이고 어디서든 말야. 참, 자네도 날 잘 알아 두면 나중에 도움 받을 일이 꼭 있을 거네."

"아, 잘됐네요. 저 복학하면 방을 하나 구해야 하는데….'

이 말에 길남은 더는 대꾸를 하지 않았다. 젊은 친구가 무식해서 그랬는지, 아니면 자기를 얕보아서 그런 말을 했는지, 얼핏 판단이 서질 않았다. 좌우지간 길남은 기분이 상했다.

이 날 이후 일행은 모두 백길남의 직업을 알게 됐다. 본인의 말대로 부동산 사업가인지 아니면 단순히 중개업자에 불과한지는 몰라도, 그가 그런 일에 종사하는 사람인 것만큼은 확실해 보였다.

아침 식사를 일찍 한 탓에 다들 배가 고프다고 했다. 버스가 쟈싱 시내로 들어섰지만 식당은 쉽게 눈에 띄지 않았다. 도시가 복잡하지 않고 일행 수도 많지 않아서, 기쁨은 처음부터 식당 예약을 하지 않았다.

그런데 식당을 찾기도 전에 버스 안에서 작은 소동이 일었다. 매만가 마을에서부터 안절부절못하던 황금희가 마침내 더는 참지 못하겠다고 자리에서 벌떡 일어나면서부터 일이 벌어졌다.

운전수가 맨 먼저 눈에 띄는 공중변소 앞에다 차를 세웠다. 기쁨이 금희와 함께 차에서 내렸다. 체면 차릴 처지가 못 되는 금희는 기쁨이 손으로 일러 주는 작은 건물로 달려가, 금세 안으로 사라졌다.

그리고, 기쁨이 차가 있는 쪽으로 막 돌아서려는 순간, 작은 건물 안에서 여자의 비명 소리가 나며, 금희가 그 문으로 다시 뛰어나왔다. 버스에 앉아 있던 사람들도 놀라긴 기쁨과 마찬가지, 몇 사람은 밖으로 달려나갔다.

"저, 저게… 화, 화장실 맞아요?"

충격으로 울상이 된 금희가 소리쳤다. 그제야 전후 사정을 눈치챈 기쁨의 입에서 푹 하는 웃음이 터졌다.

"어머, 황 여사님. 죄송해요. 중국 공중변소 첨이셨을 텐데……."

"첨이고 아니고 간에, 대체 화장실에 문이 하나도 없다는 게 말이나 돼? 야만인들 같으니라구!"

민규 뒤를 따라 차에서 내린 내리는, 금희가 들어갔다 되나온 공중변소 건물을 바라봤다. 입구엔 여자용 변소라는 뜻의 한자 '女廁'이 붓글씨로 적혀 있었다. 호기심 많은 내리가 건물로 다가갔다. 그리고 입구로 들어가서 안을 들여다봤다. '이럴 수가…!' 대변소 서너 칸만이 나란히 붙어 있는 것이 여자 화장실은 분명한데, 하나같이 좌우 칸막이는 야트막하고, 문짝이라곤 아예 없는, 낯선 구조가 한눈에 들어왔다. 중국 여행 책자에서 읽은 적이 있지만 막상 그 현장을 확인하고 보니, 내리 자신으로서도 그런 곳에서는 결코 볼일을 볼 수 없을 것이란 생각이 들었다.

고개를 흔들며 밖으로 나오는 내리한테, 민규가 태연스레 말했다.

"익숙해지면 괜찮다구. 냄새도 덜 나고 말야."

금희는 너무 놀란 탓인지, 다시 버스를 타고 적당한 식당을 찾아 그 집의 화장실로 들기까지 이십여 분이 더 걸렸지만, 그 때까지 별 탈이 없었다. 오히려 초조한 마음에 자신의 바지를 조금 적신 사람은 노기만이었다.

식사 중에 유 교수는, 이 곳 남호에 대한 설명에서 이 작가가 빠뜨린 것이 있다며 한 마디를 보탰다. 1935년 늦가을, 호수에 놀잇배를 띄우고 거기서 김구를 비롯한 요인들이 비밀리에 의정원회의를 개최한 적이 있다는 것이었다.

점심을 마친 일행을 태운 버스는 남쪽을 향해 두 시간 정도 시골길을 달렸다. 해안 지방 하이얜현(海鹽縣)의 최남단에 거대한 호수 남북호(南北湖)가 있는데, 그 호수를 끼고 도는 산 자락에 김구의 두 번째 은신처가 있었다. 김구는 쟈싱까지 일본 정탐꾼들의 발길이 미치자, 이 곳으로 다시 피신을 해야 했었다.

하이앤현은 바다와 접한 지역이라 그런지 날씨가 상하이보다 훨씬 따뜻했고, 논밭에는 벼와 목화가 한창 자라고 있었다.

백범일지에 써 있는 대로, 일행은 산길을 따라 호수 쪽으로 버스를 몰았다. 노리언(盧里堰)을 지나 호수에 거의 이르자, 과연 한 채의 고택 지붕이 길 옆 대나무 숲 사이로 보였다. 버스를 길에 세우고 차에서 내린 일행이 비탈길로 내려갔다. 그러자 이내 긴 담장에 둘러싸인 중국 전통 가옥이 이들을 맞았다. 출입문에는 '載靑別墅'(재청별서)라는 현판 글씨가 새겨져 있었다.

원래는 피서용 별장으로 지은 집이었는데, 김구가 도착했을 때는 제사를 지내는 사당으로 바뀌어 있었고, 지금은 김구의 기념관이 돼 있었다.

관리인의 안내로 일행은 집안을 둘러봤다. 한국의 혁명가가 사용했다는 침대와 책상은 보존 상태가 좋아 지금 써도 될 만큼 멀쩡하고 깨끗했다.

침실 창문을 열자, 그림 같은 호수가 보였다. 수면에 반사된 하얀 햇빛이 창 밖에 있는 나뭇가지 사이에서 반짝거렸다. 매송이 일행을 향해 입을 열었다.

"김구 선생께서는, 비록 짧은 기간이긴 했지만, 이 곳에서 참으로 오랜만에 휴식을 취하신 것 같습니다. 지금 우리처럼, 주변의 산과 호수가 이루는 빼어난 경관을 즐기시면서, 고단한 십사 년의 망명 생활에서 쌓인 피로와 긴장을 조금이나마 풀 수가 있으셨을 겁니다."

일행은 창문을 통해 호수를 구경했다. 백범이 보았을 그때의 모습과 크게 다를 것이 없을 오늘의 호수는 앞으로도 변함없이 늘 그 자리에 그렇게 있을 것이다.

교수와 매송이 옆방으로 들어가자, 다른 이들도 뒤를 따랐다. 기다리고 있던 관리인이 방명록을 그들 앞에 펼쳐 놓았다. 교수가 일행을 대표해 기념서명을 했고, 기만은 아낌없이 지갑을 열어 관리인을 감격시켰다.

한솔이 일행을 둘러보다가 한 사람이 보이지 않는 것을 알고는, 방금 나온 방으로 다시 들어갔다. 창가에는 오늘따라 더욱 말이 없는 주승이 혼자서 바깥을 내다보고 있었다.

"선배님, 왜 혼자 거기 계세요?"

한솔은 주승을 부를 때 마땅한 호칭이 생각나지 않자, 막연히 '선배'로 부르기 시작했고, 주승도 별로 개의치 않는 듯했다. 사실 나이가 많은 윗사람이면 다 인생 선배일 테니까.

한솔이 가까이 다가가 붙임성 있게 말을 걸어도, 주승은 입을 다문 채 고개만 끄덕였다.

"중국엔 정말 호수가 많아요…!"

한솔은 대꾸가 없어도 상관없는 말을 한 마디 더 했다.

그 때였다.

"막내! 다들 밖으로 나갔는데 거기서 뭘 하고 있어?"

길남이 고개를 디밀며 큰 소리를 치자, 그제서야 주승은 창가를 떠났고, 한솔도 뒤따랐다.

밖으로 나온 일행은 앞마당과 뒤뜰로 각기 흩어졌다. 내리와 기쁨이 뒤뜰로 들어서자, 언제부터 그 곳에 있었는지, 민규가 손전화로 누군지와 통화를 하고 있었다.

"여기 있었어?"

내리가 반갑게 말을 건넸다. 그런데 이상한 일은, 이들이 나타나자,

민규는 몹시 당황하며 서둘러 앞마당 쪽으로 걸어가는 것이었다. 분명 두 사람을 피하는 눈치였다.

민규의 심상치 않은 표정과 행동에 놀란 내리가 기쁨을 쳐다봤다. 기쁨 또한 이해할 수 없다는 듯 불안한 눈길로 내리를 바라봤다.

"무슨 일일까요? 서울서 온 전화 같은데…?"

민규는 중국에서도 국내와 통화할 수 있는 손전화를 가지고 있어서, 수시로 서울에 있는 여행사 직원들과 전화를 하고 있었다.

별장을 나온 일행이 버스가 있는 곳으로 걸어갈 때까지도 민규는 저 만치 혼자 떨어져서 계속 통화를 했다. 다른 사람이 모두 제 자리를 찾아서 앉은 뒤에야 전화를 끊은 민규는, 굳은 얼굴로 차에 올랐다. 그리고는 버스가 항쩌우에 도착할 때까지 입을 열지 않았다.

오후 5시가 조금 안 돼, 일행은 저쟝성의 성도 항쩌우(杭州)에 도착했다. 삼국지에 나오는 오ㆍ월(吳越)과 남송(南宋)의 도읍지였던 이 곳은 역사의 도시이면서 천하 절경을 많이 품고 있어, 오늘날엔 관광 도시로 더욱 유명하다.

"중국사람들은 태어날 때부터 네 가지 소원을 가지고 있답니다. 쑤쩌우에서 태어나, 항쩌우에서 살고, 광쩌우에서 먹다가, 마지막으로 류쩌우에서 죽는 거예요. 그만큼 항쩌우란 도시는 중국에서 가장 아름다우면서 살기도 좋은 고장이란 뜻입니다."

항쩌우 시내로 들어오면서, 기쁨의 입에선 침이 마르도록 이 도시를 칭송하는 수사가 이어졌지만, 그런 동안에도, 두 사람, 민규와 내리의 얼굴에선, 남북호에서 생긴 그늘이 영 지워지질 않았다.

시내 중심지 해방로에 있는 한 관광호텔에서 일행은 짐을 풀었다.

호텔 식당에서 저녁 식사를 하고, 제각기 장거리 버스 여행에 지친 심신을 쉬고 있을 때, 기쁨의 방에선 민규와 매송, 내리, 기쁨이 모여 긴급 논의에 들어갔다.

마음을 정리한 민규가 먼저 입을 열었다.

"이미 눈치챈 분도 있겠지만, 제가 별장에서 서울 전화를 받았습니다."

"서울 전화라면 회사에서 걸려 온…?"

무슨 영문인지 전혀 모르고 있는 매송이 물었다.

"네."

민규가 말머리를 여는 동안, 기쁨이 찻잔 네 개에 전기 주전자로 끓인 물을 부었다. 모든 중국 호텔의 방엔 뜨거운 물과 낱개로 된 중국차가 몇 봉지씩 항상 준비돼 있다. 매송은 기쁨이 맨 먼저 건네주는 찻잔을 받아 바짝 마른 목구멍을 축였다.

"저희 여행사에서 보낸 대학생들이 오늘 오전 지안현에 있는 광개토대왕 능비 근처에서 시위를 하다가, 중국 경찰에 체포됐답니다."

매송이 찻잔을 입에서 떼고, 민규의 다음 말에 귀를 바짝 기울였다. 민규가 말을 이었다.

"고구려여행사의 대표적 여행 상품이며 인기 상품이 '중국 내 고구려 유적지 답사'라는 건 다들 알고 계실 거고요. 바로 이 답사단에서 사고가 난 겁니다. 대학생 다섯 명이, '고구려는 한민족의 역사'라고 쓴 펼침막을 펴 들고 유적지에서 시위를 벌였다는군요."

이 말을 듣는 순간, 내리의 머릿속에선, '민규가 우리와 함께 더는 여행을 계속할 수 없겠구나.' 하는 걱정과 함께, '이런 일이 생길 수 있다는 것을 민규는 왜 진작에 예상하지 못했을까?' 하는 의구심이 동시에 들었다.

중국 정부는 2002년부터 엄청난 예산을 쏟아 부으며 동북공정(東北工程)이란 이름의 국책 사업을 추진해 왔다. 핵심 내용은, 현재의 중국 국경 안에서 전개된 모든 역사를 중국의 역사로 만들고자 하는 것이다. 다시 말하면, 고구려사를 비롯해서 고조선사, 발해사를 모두 자의적으로 해석해, 한민족의 정체성과 정통성을 부정하고, 한국의 고대사를 중국 변방의 역사로 편입하겠다는 것이 주된 내용이다.

중국 정부의 이러한 음모가 2004년 연초부터 한국에 본격적으로 알려지면서, 고구려여행사 누리집에는 그것을 반박하고 규탄하는 누리꾼들의 글들이 꼬리를 물고 올라왔다.

'중국은 한반도가 통일이 되면 통일 한국정부가 한중 국경을 다시 긋자고 할까 봐, 미리 쐐기를 박으려는 것이다!' (1909년 중국과 일본 사이에 체결된 간도협약에 따라 백두산과 두만강 북쪽 지역이 중국으로 넘어갔다. 그런데 문제의 간도협약이란 것이 본디 조선을 강점하고 있던 일본이 만주철도 설치권 등의 이권을 얻기 위해 조선의 영토였던 간도를 제 마음대로 중국에 넘겨 준다는 것이었기 때문에, 이 협약은 원천적으로 무효이다.)

'남한과 북한은 힘을 합해 공동 대응해야 한다. 국제 학술대회를 열어 중국의 역사 왜곡을 전 세계에 고발하자!'

'한국은 방어전에만 매달릴 것이 아니라, 이 참에 차라리 실지 회복 운동을 거족적으로 벌여 나가야 한다. 역공에 나서자!'

이런 내용들로 도배가 된 고구려여행사 누리집을 드나든 한국의 피끓는 대학생이라면, 설사 적진에서일지라도, 시위와 저항을 하고도 남을 일이라고, 내리는 생각했다. 그러나 지금은 그런 말을 할 때가 아니어서 입을 닫았다.

다들 아무 말이 없자, 민규가 다시 입을 열었다.

"중국 정부는 이번 일을 가지고, 마침내 자신들이 우려하던 사태가 생각보다 일찍 나타나기 시작한 것으로 받아들일 거예요. 그러면서, '한국 대학생놈들, 겁도 없이 중국에까지 와서 결사반대를 외치다니…! 두 번 다시 그런 짓을 못 하게끔 처음부터 단단히 혼을 내야 한다.' 이렇게 벼르겠지요."

잠시 침묵이 또 흐르고 나서, 이들 중 나이가 가장 많은 매송이 한숨을 쉬고는 나직이 한 마디 했다.

"내 생각에도 그럴 것 같소."

민규는 내일 항쩌우를 떠나는 첫 비행기로, 우리 나라 총영사관이 있는 썬양(瀋陽)으로 가겠다고 말했다. 지린성(吉林省) 지안현(集安縣)도 썬양 총영사관 관할일 테니, 우선 거기부터 들러 협의하고 도움을 청하는 게 순서일 것이란 판단에서였다.

"제가 다시 여행에 합류할 수 있을지도 모르겠어요. 그러니 여기 계신 세 분께서 임시정부 유적지 답사가 무사히 끝날 수 있도록 도와 주셔야겠습니다. 제가 하던 일은 내리 씨가 대신 수고를 좀 해 주고, 이 선생님과 기쁨 씨는 지금 하시는 것처럼 계속 잘 해 주시면 됩니다."

그래서 내리는 이 시간부터 전혀 생각지도 않은 여행사 경리직원 노릇을 여행이 끝날 때까지 하게 됐다.

회의를 끝내고, 민규가 내리를 따로 불러 간곡한 당부의 말을 한 마디 더 남겼다.

"이번 답사단은 인원이 많지는 않아도 신분과 나이가 너무 달라서 걱정이 돼. 그래서 하는 말인데, 서로 화목한 가운데서 다들 끝까지 즐겁고 뜻있는 여행을 할 수 있게끔, 네가 각별히 관심을 가져 줬으면 해."

"그래, 알았어. 여긴 너무 걱정 말고 저쪽 일이나 잘 수습해."

민규한테서 현금과 여행자수표를 인수한 내리는 자기 방으로 가서 가방을 찾아 다시 기쁨의 방으로 돌아왔다. 김순례 여사한테는 주무실 시간에 불 밝히고 컴퓨터 자판을 두드리는 게 죄송해서 방을 옮기는 것이라고 말했다.

다음 날 오전 8시, 일행은 호텔 식당에서 뷔페식으로 아침 식사를 했다. 그 자리에서 민규는, 회사에 급한 일이 생겨 서울로 돌아가야 한다며, 일행의 양해를 구했다. 복잡하고 심란한 얘기는 하지 않았다. 사정을 모르는 나머지 사람들도 서운해하기는 마찬가지였다.

먼저 자리에서 일어난 민규를 내리가 호텔 현관 앞까지 배웅했다. 택시 한 대가 기다렸다는 듯 달려와 민규 앞에 멈춰 섰지만, 민규는 움직이지 않았다. 내리가 차문을 열었다.

"어서 타."

"미안해."

민규의 목소리엔 미안함보다 아쉬움이 더 묻어 있었다.

"미안하긴…, 어쩔 수 없는 일인데 뭐."

민규를 태운 택시가 항쩌우공항으로 떠났다. 다시 식당으로 돌아서는 내리의 발걸음이 무거웠다. 눈에선 까닭 없이 눈물이 나려 하고….

이 날의 첫 답사지는, 상하이를 탈출한 임시정부가 첫 피난지 항쩌우에 도착해 맨 처음 짐을 풀고 집무한 곳, 청태제2여사(淸泰第二旅社) 건물이었다. 그때 국무위원 김철은 김구가 상하이를 탈출하기 사흘 전 항쩌우로 먼저 피신한 뒤, 이 곳 32호실에 임시정부의 판공처를 개설했다. 이시영, 조완구 같은 국무위원도 주로 이 곳에서 함께 숙식을 하며 임시정부를 지켰다.

버스는 호텔에서 걸어도 될 만한 아주 가까운 거리로 일행을 태우고 갔다. 인화로(仁和路) 22번지, 거기에는 오래 된 2층 여관 건물이 한 채 자리잡고 있었다. 입구에 걸린 간판은 '群英飯店'(군영반점). 현관으로 들어서자, 커다란 파초가 시원하게 서 있는 작은 뜰이 나타나고, 사방으로 2층 목조건물이 맞물려 있는데, 처마에 매달린 커다란 등롱 두 개가 이방인들의 눈길을 끌었다.

"이 선생, 여기가 대관절 어디요? 난 호변촌으로 가는 줄 알았는데…?"

버스에서 내릴 때부터 어리둥절하던 유 교수가 짜증스럽게 말했다.

"교수님, 어디라니요? 여기가 바로 청태제이여사지요."

"무슨 말이요, 그게? 어디에 그런 표식이 있소?"

교수는 얼굴색까지 붉히며 당혹감과 불쾌감을 드러냈다. 답사지 안내자로서 매송의 권위가 순간 무너지는 듯했다. 당황한 기쁨이 내리를 돌아봤다. 다른 사람들도 혼란스럽긴 마찬가지. 내리는 침을 한 번 꼴깍 삼키고는 매송을 응원하는 심정으로 바라봤다. 솔직히 두 사람의 대화를 좀 더 지켜볼 수밖에….

"배 양, 여기서 일하는 사람한테 한번 물어 봐요. 청태제이여사를 아느냐고?"

교수는 매송의 말은 더 들어 볼 것이 없다는 듯이 기쁨에게 명령조로 말했다. 갑자기 사람들이 몰려와 시끄럽게 하자, 여관의 젊은 종업원 한 명이 눈이 동그래져서 다가왔다. 기쁨이 중국말로 교수의 뜻을 전하자, 종업원은 고개를 갸웃거렸다. 그 역시 처음 들어 보는 말인 양,

국제 언어인 몸짓이 그러했다. 기쁨이 종업원의 말을 통역했다.

"모르겠다는데요."

교수가 의기양양해서 매송을 돌아다봤다. 매송은 잠시 난감한 표정을 짓더니, 느닷없이 중국말로 종업원한테 뭐라 했다.

"퉁쯔, 워 샹 잰맨 징리, (이봐요, 지배인을 만나고 싶소.)"

매송의 입에서 뜻밖에 유창한 중국말이 튀어나오자, 다들 놀라는 표정으로 두 사람을 주시했다.

"칭 떵 이샤. (잠시만 기다려 주세요.)"

종업원이 알아들은 듯 대꾸를 하고, 급히 안쪽으로 달려갔다.

"와아, 이 선생님 중국말 잘 하시네요!"

한솔이 입을 딱 벌리며 감탄했다. 그러자 오히려 당황하는 건 매송 쪽이다. 손을 설레설레 저으며 기쁨한테 응원을 청한다.

"기쁨 씨, 미안해요. 내 실력은 이게 다요. 다른 분들도 제게 더는 기대하지 말아 주세요."

중국 여행을 자주 하다 보면 급할 때 자신도 모르게 중국말이 몇 마디 튀어나오는 수가 있다면서, 매송은 무척 계면쩍어했다.

이내 안채에서 나이 지긋한 지배인이 나타났다. 기쁨의 통역으로 매송과 간단히 몇 마디를 나눴다. 사람 좋아 보이는 지배인은 "하오 하오"를 연발하며, 일행을 건물 안으로 안내했다. 뒤뜰이 보이는 통로를 지나자, 구석진 곳에 창고가 있었다.

지배인이 문기둥에 달린 스위치를 올리자, 전등불이 켜지고 창고 안이 밝아졌다. 지배인은 한쪽 벽에 기대어 놓은 커다란 유리문짝 앞으로 걸어갔다. 일행도 뒤를 따랐다. 지배인이 주변에 놓여 있는 대걸레를 집어 들어 두 개의 문짝 중 하나의 문 유리를 닦기 시작했다. 하얗게 달라붙어 있던 먼지층이 벗겨지면서 이내 두꺼운 반투명 유리에 새겨져 있던 글씨가 서서히 모습을 드러내기 시작했다.

"청…!"

구경을 하던 몇 사람의 입에서 동시에 소리가 튀어나왔다.

"태…!"

유리에 음각된 한문자가 한 글자씩 제 모습을 드러내고 있었다.

마침내 지배인이 걸레를 한옆으로 치우고 보란 듯이 일행을 돌아봤다. 유리문에 나타난 글씨는 '淸泰第二旅社' 여섯 글자가 분명했다. 일행의 눈길은 자연스럽게 유 교수한테로 돌아갔다. 교수의 얼굴은 창백해져 있었다.

"이럴 수가…! 대관절 어찌 된 영문이오? 이게 어디 있던 거요? 그러면 이 곳이 정말 청태제이여사란 말이오?"

매송이 겸손하면서도 차분하게 설명을 했다.

"그렇습니다. 바로 이 여관이 청태제이여사입니다. 지금은 군영여관으로 이름이 바뀌었지만 말이지요."

지배인이 좀더 자세한 설명을 했다. 기쁨이 신이 나서 통역을 했다.

"이 여관은 1910년에 설립됐는데, 1933년에 청태여관으로 이름이 한 번 바뀌었답니다. 그리고 다시, 문화혁명 시기인 1967년에 두 번째로 이름이 바뀌어 지금의 군영반점이 됐다는군요. 그런데 초창기에는 여관보다도 고급식당으로 더 유명했는데, 중국의 국부인 쑨원(孫文) 선생이 숙박한 적도 있답니다."

군영여관이 예전의 청태제2여사란 증거는 그 밖에도 또 있었다. 창고에는 너무 낡아서 떼다 놓은 객실 거울도 몇 개 있었는데, 그 거울면에도 빨간 색 페인트로 쓴 똑같은 한자 여섯 글자가 흐릿하긴 해도 읽을 수 있을 만큼 남아 있었다.

유 교수가 헛기침을 몇 차례 하더니, 바싹 마른 입을 열고 매송한테 물었다.

"참 이상한 일이오. 몇 해 전에도 이런 얘기가 있어서, 젊은 연구원 몇이서 일부러 항쩌우에 들러 다 확인을 한 것으로 아는데…, 분명히 그 사람들 얘기로는, 이 곳 군영여관이 예전의 청태여관이었다는 증거를 찾을 수가 없었다고 했단 말이오."

매송이 대답했다.

"이 곳이 청태여관이었다는 사실을 제가 알게 된 건 1994년 봄, 그러니까 제가 임시정부 유적지를 처음 답사하던 때였지요. 자료에 나와 있는 주소를 가지고는 도저히 찾을 수가 없더군요. 그런 주소가 아예 없는 거예요. 그래서 하는 수 없이 나이 많은 분들을 무작정 찾아다니며 수소문을 했습니다. 중화민국 시절에 있던 청태제이여사란 곳을 아느냐고요. 그랬더니 시 변두리에 있는 다리 밑에서 바둑을 두던 노인한 분이 여길 가르쳐 주더군요. 그때는 현관문이 입구에 하나 더 있었는데, 바로 거기에 이 유리문짝이 달려 있었습니다. 그때도 물론 이 곳 종업원들은 청태제이여사를 들어 본 적이 없다고 하더군요. 그래서 실망을 하고 돌아서서 다시 밖으로 나가는데, 순간 현관 유리문이 문뜩 제 눈에 띄지 않겠어요! 햇빛을 받은 유리에는 하얀 글자들이 어른거리고 있고…, 그게 바로 '청태제이여사' 여섯 글자였습니다. 정말 그때의 감격이란…! 아마도 선열님들께서 제 눈길을 그리로 인도하신 게 아닌가 싶었어요."

내리가 물었다.

"그런데 조금 전 교수님께서 우리 나라 연구원들이 여기를 방문했다고 하셨는데, 그땐 왜 확인이 안 됐을까요?"

"내가 서울에 돌아가서 백범기념사업회에 이 곳의 사진과 주소를 제공한 적이 있어요. 그래서 소문이 났을 겁니다. 그런데 그분들이 예까지 와서 어떻게 확인을 못 하고 돌아갔는지, 그건 저로서도 수수께끼군요."

교수는, 늘 어깨에 메고 다니는 조그만 가죽가방에서 구식 카메라를 꺼내, 글자가 새겨진 현관 유리문짝을 촬영했다. 다른 사람들은 곰팡이 냄새 나는 곳에 더 있고 싶지 않았는지, 슬금슬금 모두 창고에서 나갔다. 노기만과 황금희는 어느 새 차도에까지 나가, 여관 건물을 배경으로 기념사진을 찍고 있었다.

유 교수와 매송, 내리, 기쁨도 지배인과 함께 창고 밖으로 나왔다. 그리고 이들은 다시 좁은 나무 계단을 밟고 위로 올라갔다.

위층은 아래층과는 전혀 딴판이어서, 마치 별개의 단층 기와집 여관에 들어선 것 같았다. 생각보다 객실이 많아 보였고, 특히 복도의 낡은 마룻바닥과, 작은 시멘트 마당을 끼고 사방에서 서로 마주보고 있는 복도의 허름한 문짝들은, 수상한 자들의 거동을 미리 살피는 데는 편리할 듯했다.

네 사람은 비어 있는 일반 객실의 문을 열고 안을 들여다봤다. 작은 방에 간단한 옷장과 책상이 하나씩, 그리고 초라한 일인용 침대와 걸상이 각기 두 개씩 놓여 있었다. 오늘날 외국 여행객들이 주로 묵는 관광호텔과는 비교가 안 될 정도로 시설이 열악했다. 하지만 그때엔 가장 화려한 식당을 갖춘 이 지방 최고의 숙박업소였을 텐데, 그만 긴 세월이 지금에 와선 내국인이나 겨우 들 정도의 3급 업소로 전락시켰으리라. 하지만 건물 자체만은 95년 전과 비교해 거의 변한 게 없다고, 지배인은 말했다.

그때의 방 32호실을 찾을 수 없겠냐고 내리가 물었지만, 지배인은 그 동안 방 번호가 여러 차례 바뀐 것으로 안다면서, 고개를 가로저었다.

일행은 군영여관에서 나와 두 번째 판공처가 자리했던 장생로(長生 路) 호변촌(湖邊忖)으로 갔다. 청태제2여사에서 은밀히 정무를 봤던 망명객들은, 그 곳이 많은 사람이 드나드는 여관인 탓에 일본 정탐꾼들에게 노출될 염려가 생기자, 평범한 주택지로 이사를 했던 것이다.

호변촌, 이 동네엔 지금도 백 년 전에 건립된 연립주택들이 그대로 남아 있었다. 낡고 추저분한 것이 금방이라도 무너질 것 같아, 한국 같으면 재개발 영 순위의 주택 단지겠지만, 신기하게도 가난한 주민들은 평화롭게 살고 있었다.

임시판공처로 썼던 23호 주택은 3층 목조 건물로 쉽게 찾을 수 있었다. 노인 부부가 살고 있었는데, 가끔 들르는 한국사람들한테서 들은 사연이 있어선지, 집 안 구경을 선선히 허락했다. 상하이 시절의 임시정부 청사들보다는 작고 빈약한 시설에 불편한 환경이었지만, 그래도 망명정부 인사들은 항쩌우 시절 이 집에서 가장 오랫동안 머물며, 가쁜 숨을 잠시나마 고를 수가 있었다고, 매송이 설명했다.

망명정부는 여기서 한 차례 더 이사를 했다. 하지만 그 곳의 건물은 수년 전에 이미 철거가 됐다는 매송의 말에, 일행은 오전 답사를 호변촌에서 끝내기로 하고, 버스에 올랐다.

점심을 먹고 나서, 일행은 기다렸던 서호 관광에 나섰다. 삼면이 산으로 둘러싸인 서호는 둘레만 15킬로미터에 달할 정도로 드넓은 타원형의 호수다. 시내 서쪽에 있어서 서호(西湖)란 이름이 붙었다지만, 이

고장에서 태어난 월(越)나라 때 미녀 시스(西施)를 비유해 그렇게 부른다는 말도 있다. 임시정부의 판공처가 있던 인화로나 호변촌에서도 매우 가깝다.

백제(白堤)라는 산책로 들머리에 놓인 무지개 모양의 돌다리(斷橋殘雪)는 서호의 10대 절경을 구경하는 첫 출발점이다. 이 곳에서 일행은 시계 반대 방향으로 호수를 한 바퀴 도는 유람선을 탔다.

유람선이 출발하자, 기쁨의 청산유수가 다시 쏟아졌다.

"항쩌우가 지상의 낙원으로 불리는 첫째 이유는 바로 서호가 있기 때문이죠. 아침에도 좋고, 저녁에도 좋고, 비 오는 날에도 좋다는 서호…! 그러나 이 호수가 정말로 아름다운 때는 안개가 끼었을 때나 달 밝은 밤 또는 해가 뜰 때인데, 그 때라야 비로소 서호의 진면목을 볼 수 있다고 합니다."

"그럼 우리 다시 돌아갔다가 밤에 와야 하는 거 아네요? 아니면 새벽에든지…?"

세계적인 명승지를 구경한다는 생각에 어린애처럼 마음이 들떠 있던 황금희가 큰 입을 열었다. 그러자 백길남이 맞장구를 쳤다.

"황 여사님, 그럴 필요 있겠어요? 달 뜰 때까지 여기서 죽치고 있죠 뭐."

한솔이 끼아들었다.

"밤이 아니라도 달 구경은 할 수 있을 거예요. 제가 이따가 보여 드리지요."

"막내, 그게 정말인가?"

길남이 또 내기하자고 제안했고, 한솔은 좋다고 대답했다. 이렇게 다들 떠들어대며 즐거워했지만, 유 교수만큼은 여전히 시무룩한 채 말이 없었다. 인화로 군영여관을 나온 뒤부터 그랬다.

과연 서호는 소문대로 옛 동양화 같은 신비로운 모습들을 사방에서 수시로 드러냈다. 시인이 아닌 사람들도 시 한 수 남기지 않으면 결코 돌려보내지 않을 듯이, 사면의 풍경은 계속 새롭게 바뀌어 가며 나타났다가 사라졌다.

삼십 분쯤 지나서 유람선은 중간 기착지인, 호수 안에 떠 있는 세 개의 섬 가운데 가장 큰 섬, 소영주(小瀛洲)에 도착했다. 4백 년 전 호수 바닥을 퍼낸 흙으로 조성한 인공 섬인데, 삼담인월(三潭印月)이란 별칭으로도 불린다. 동서로 대나무 숲길이 나 있고, 남북으로 굽이진 긴 다리가 놓여 있어, 섬 전체는 다시 네 구역으로 나뉘는데, 각 구역은 작은 호수를 하나씩 품고 있었다.

배에서 내린 일행은 먼저 섬의 남쪽 끝머리에 있는 작은 정자 앞으로 이동했다. 이 섬의 상징인, 호수면에 솟아 있는 돌탑 세 개를 보기 위해서였다.

높이가 사람 키 정도 돼 보이는 돌탑은 금세 이들의 눈에 띄었다. 둥근 모양의 탑머리는 속이 비었는데 겉으로 모두 다섯 개의 구멍이 뚫려 있어, 달이 뜨면 윗 구멍으로 흘러 들어간 달빛이 옆으로 난 네 개의 구멍을 통해 다시 수면을 비추게 된다고, 기쁨이 설명을 했다.

"서호에 열두 개의 달이 뜬다는 말은 그래서 생겨난 거랍니다."

기쁨이 말을 맺자, 김순례가 바로 말을 받았다.

"중국사람들의 과장은 정말 알아 줘야 해요."

다들 같은 생각인지 한바탕 웃음바다를 이뤘다. 그러고 나자, 아까부터 계속 사방을 두리번거리던 길남이 한솔을 불러 세웠다.

"자, 막내, 이제 우리 슬슬 아까 했던 내기로 돌아가 볼까."

"그럽시다, 아저씨."

한솔이 자신 있다는 투로 대꾸하자, 나머지 사람들은 둘의 대결을 흥미로운 눈길로 주시했다.

"밤이 아니라도 달 구경을 할 수 있다고 했겠다. 자, 그럼 어디 지금 우리한테 한번 보여 주시지?"

"좋아요, 그럼 먼저 심판을 정해야 하는데 누구로 할까요?"

"내가 하겠소."

벌써 필름 한 통을 다 찍은 기만이 갈아끼울 새 필름을 손에 들고 말했다.

심판이 정해지자, 한솔은 뭔지 생각하는 듯 잠시 눈을 감았다. 길남은 이긴 거나 다름없다는 듯 빙긋이 웃었다. 그 때 고개를 쳐든 한솔이 손으로 기쁨을 가리키며 말했다.

"여기 있잖아요, 달…! 왜 먼 데서만 찾지요?"

처음엔 무슨 소린지 잘 몰랐던 사람들이 이내 그 말뜻을 알아채고는 손뼉을 치며 공감을 표시했다.

"맞고말구! 아암, 달이지! 우리의 예쁜 달!"

심판 기만이 큰 소리로 웃으며 한솔의 손을 들어 줬다. 길남은 억울해했지만, 그의 편을 드는 사람은 아무도 없었다.

"이제 여기서 자유 시간을 드리겠어요. 아까 말씀 드린 대로, 세시 이십분까지 섬 선착장으로 돌아오시면 됩니다."

잠시 얼굴을 붉혔던 기쁨이 경쾌한 목소리로 일행에게 자유 시간을 선포했다. 삼담인월 역시 사람이 많이 모이는 유원지이기 때문에 각별히 소매치기를 조심해야 한다, 식수대가 곳곳에 있지만 되도록이면 광천수를 사 마시라는 등, 몇 가지 주의사항도 일러 줬다. 그러고는 한솔 곁으로 다가갔다. 다시는 사람들 앞에서 자길 난처하게 하지 말아 달라고 당부할 참이었다. 그런데 기쁨을 보자 한솔이 먼저 말을 꺼냈다.

"기쁨 씨, 최 선배 못 보셨어요?"

"글쎄요. 배에서 내려 이리로 올 때까지도 계셨는데……."

기쁨이 주변을 둘러보며 대답했다. 두 사람의 대화를 엿들은 김순례가 가다 말고 섰다.

"그 사람은 왜? 아까 혼자서 슬그머니 어디론지 가던데……."

이렇게 해서, 김 여사와 한솔, 기쁨이 한 조가 되고, 내리는 유 교수와 이매송과 한 조가 돼서 각기 흩어졌다. 물론 노기만과 황금희는 다른 사람이 끼어들 처지가 아니어서 일찌감치 짝을 이루고 먼저 사라졌다. 뒤늦게 자기만 혼자 남은 걸 발견한 백길남이 허겁지겁 기쁨이 속해 있는 쪽으로 달려가며 소리쳤다.

"기쁨 달콤 씨, 나도 같이 갑시다!"

한 시간 남짓 일행은 인공 섬에서 제각기 자유 시간을 마음껏 즐겼다. 사진도 찍고, 따뜻한 차도 사 마시고, 기념품점에 들러 중국 토산품을 구경했다. 국내외 각처에서 모여든 수많은 행락객을 구경하는 재미도 색달랐다.

약속한 시간이 되자, 다들 선착장 앞으로 모여들었다. 단 한 사람 최주승을 제외하고는.

"최 선생님만 안 보여요. 누구 보신 분 없어요?"

일행은 서로 얼굴만 쳐다볼 뿐, 기쁨의 물음에 대답하는 사람이 없었다.

"좀 더 기다려 봅시다. 약속한 시간이 있는데 곧 나타나겠지요."

누군지 이렇게 말했지만, 주승은 십 분이 더 지나도록 모습을 보이지 않았다. 일행은 차츰 초조해지기 시작했다.

"혹시 화장실에 계신지, 제가 가 보겠어요."

한솔이 공중화장실이 있는 쪽으로 달려갔다. 그러나 잠시 뒤 그는 혼자 돌아왔다.

"이러고만 있을 게 아니라, 모두 나서서 함께 찾아 보는 게 어떨까요?"

순례가 말했다. 다들 좋다고 하며 찾아 나설 기색을 보이자, 매송이 말렸다.

"아닙니다. 모두 나서면 일이 더 복잡해질 수가 있어요. 기쁨 씨와 막내 그리고 제가 찾아 볼 테니, 다른 분들은 여기서 기다리고 계세요."

그리고 셋이서 떠나려고 하자, 내리도 따라 나섰다.

"저도 갈게요."

"그럼 우리 두 팀으로 나눠 찾아 봅시다."

그래서 두 개의 수색조가 짜였다. 선착장을 벗어나자 길이 몇 갈래로 나뉘었다. 사람이 많이 오가는 화장실과 매점이 있는 안쪽보다는 인적이 드문 바깥쪽부터 찾아보는 게 나을 성싶었다. 그래서 매송과 내리는 오른쪽 길로 가고, 기쁨과 한솔은 왼쪽 길로 갔다

남아 있는 사람들도 불안하긴 마찬가지였다.

"경찰에 신고해야 하는 거 아녜요?"

금희가 말하자, 길남이 펄쩍 뛰었다.

"그게 무슨 소리요? 경찰이 출동하면 골치 아픈 게 한두 가지가 아닐 텐데…!"

"그냥 좀 기다려 봅시다. 조그만 섬인데 사라진들 어디로 가겠어요?"

순례가 말했다.

"김 여사님 말이 맞아요. 찾으러 간 사람들한테서 소식이 올 때까지, 우린 예서 조용히 기다리기나 합시다."

오랜만에 유 교수가 입을 뗐다. 기만은 길남이 자기 안식구한테 무안을 줬다고 생각했는지, 길남을 향해 조금 언성을 높혔다.

"백 선생은 경찰이 귀찮은 거요 아니면 두려운 거요? 사고가 생기면 현지 경찰에 신고하는 게 당연한 일인데, 뭐 그리 예민하게 반응을 하오?"

"뭐, 뭐라고요? 내가 왜 거, 경찰을 두려워합니까? 그 말 당장 취소하세요!"

벌겋게 상기된 길남이 씩씩댔다. 주변 사람들이 말리지 않았다면 당장 멱살잡이라도 벌일 기세였다. 그 때, 뜻밖에도 금희가 나서서 험악해진 두 사람 사이를 진정시켰다.

"두 분 다 그만 하세요! 저 역시 경찰관은 싫거든요. 외국에까지 와서 또 그런 사람들한테 시달려야 하다니…! 저도 경찰이라면 딱 질색이랍니다. 백 선생님 말이 맞아요. 제가 실수를 한 거라고요."

애교까지 섞인 금희의 사과 발언은 길남의 체면을 세워 주고도 남았다. 하지만 기만은 자기 편을 들어 줄 줄 알았던 사람이 그러지 않은 것이 영 편치 않은 듯, 헛기침을 한두 차례 하고는 고개를 돌렸다.

한편, 최주승을 찾아 나선 매송과 내리는 멀리 도시의 지붕 선이 아름답게 바라보이는 인공 섬 동쪽 호숫가를 살피고 있었다. 물론 길만 따라 가지는 않았다. 울타리가 막았어도 사람들의 출입 흔적이 있는 곳은 들어가 봤다. 나무에 가려 잘 보이지 않는 뒤쪽도 유심히 살폈다. 인적이 뜸하고 은폐된 곳은 대부분 중국의 젊은 연인들이 독차지하고 있었다. 낯뜨거운 장면들도 심심찮게 두 사람의 눈에 띄었다.

"중국사람들이 우리보다 훨씬 더 개방적인 것 같아요"

내리가 쑥스러운지 한 마디 했다.

"내 생각도 그렇소. 특히 이 도시 항쩌우는 중국에서도 젊은이들의 애정 표현이 매우 심한 곳으로 유명하지요."

사회주의 국가라는 데서 오는 많은 선입견 가운데 하나가 무너지는, 묘한 기분에 내리가 잠시 빠져드는 순간, 한 발 앞서 걷던 매송이 무얼 봤는지 갑자기 걸음을 멈췄다. 이내 내리의 눈길도 매송을 따라 한 곳에 못박혔다.

사람이 있을 것 같지 않은 후미진 호숫가에서, 웬 남자들이 나뭇가지들 사이로 어른거리고 있는데, 아무래도 시비가 벌어진 듯, 심상치가 않아 보였다.

"가만! 저 사람…?"

매송의 낯빛이 흐려졌다.

"틀림없어요! 최 선생님이에요!"

내리가 숨가쁘게 속삭였다. 이어 두 사람은 나무에 몸을 숨겨 가며 천천히 괴한들이 있는 쪽으로 다가갔다. 건장한 중국 남자 세 명이 다른 한 남자, 주승을 윽박지르고 있는 게 분명했다.

매송이 주변을 급히 둘러본다. 무기가 될 만한 것을 찾고 있음이 틀림없다고 생각한 내리가, 마침 발 옆에 떨어져 있는 막대기 하나를 집어, 얼른 매송에게 건네 줬다.

두 괴한이 양 옆에서 주승의 팔을 옥죄고 있는 동안, 주범으로 보이는 자는 주승의 옷 주머니를 뒤지고 있었다. 옴짝달싹 못 하게 된 주승이 겁먹은 얼굴로 무슨 말을 하려고 하자, 오른쪽 팔을 잡고 있던 괴한

이 느닷없이 주먹을 날려 주승의 아랫배를 쳤다. 얕은 신음을 토하며 주승의 몸이 앞으로 꺾였다. 다른 한 명이 주승의 뒷덜미를 잡아 상체를 일으키자, 주범이 다시 주머니를 뒤져 지갑과 여권을 찾아 냈다. 그러자 두 괴한은 팔을 풀고, 더는 쓸모가 없어진 주승을 냅다 밀쳐 버렸다. 뒤로 나동그라진 주승은 하마터면 호숫물 속으로 처박힐 뻔했다.

나무 뒤에서 몸을 숨긴 채 기회를 엿보고 있던 매송이 앞으로 뛰어나갔다.

"이 나쁜 놈들!"

고성에 이어, 번쩍 치켜진 막대기가 맨 앞에 있는 주범의 머리통을 향해 날았다.

"엇!"

주범이 외마디 소리를 냈다. 그런데 뭔지 이상했다. 선제 공격을 받은 주범이 멀쩡한 것이다. 쓰러지지도 않았고, 비틀대지도 않았다. 썩은 막대기가 주범의 머리에 부딪는 순간 힘없이 부러진 것이었다.

내리가 발을 동동 굴렀다. 매송도 내리도 처음 겪는 다급한 상황이라서 둘 다 제 정신이 아니었다. 그래서 그런 실수를 한 것이다.

이제 수세에 몰리는 건 매송 쪽이었다. 화가 난 주범이 부하 두 명한테 공격하라는 명령을 내렸다. 두 괴한이 주먹을 불끈 쥐고 한 발짝 한 발짝 접근해 왔다. 매송은 방어 자세를 취하며 몇 걸음 뒤로 물러났다.

바로 그 때였다. 어디선지 날아온 한 남자의 두 발이 잇달아 허공을 가르자, 괴한 둘이 거의 동시에 비명을 지르며 뒤로 고꾸라졌다. 구원 투수는 한솔이었다. 반대편에서 호숫가를 훑으며 오다가 이들을 본 것이었다.

다시 자세를 바로잡은 한솔이 이번엔 어리둥절해 서 있는 주범을 향해 다시 한 번 몸을 날렸다. 그 자 역시 한솔의 발질을 피할 수는 없었다. 주범이 얼굴을 감싸며 비틀거렸다. 그런 중에도 한 손에 움켜쥔 여권과 지갑은 놓지를 않았다. 한솔이 마지막 일격을 추가하고 나서야 그것들은 회수됐다.

"조심해요! 저 사람이 칼을 가졌어요!"

한솔과 함께 나타났던 기쁨이 다급하게 소리쳤다. 첫 발질에 쓰러졌던 괴한 하나가 정신을 차리고 품에서 칼을 뽑아 든 것이다.

"알았어요!"

한솔이 대답하고 다시 공격 자세를 취하는 순간, 흉기는 남자의 손에서 멀리 날아갔다. 그 자의 바로 뒤에서, 아직도 충격에서 못 벗어나고 있는 주승을 일으켜 세우던 매송이 재빨리 달려들어 발로 걸어찬 것이다. 전의를 완전히 상실한 괴한들은 한 명씩 일어나 달아나고, 상황은 이내 끝이 났다.

몇 분 뒤, 다섯 사람은, 섬 선착장에서 초조하게 자신들을 기다리고 있는, 나머지 다섯 사람 곁으로 돌아갔다.

"여권을 빼앗는 강도들이었어요. 한국 여권이 비싼 값에 거래가 되면서 관광지에서 이따금씩 이런 사건이 발생한다고 듣긴 했지만, 저로서도 첨 있는 일이라서……. 죄송합니다. 아무튼 다 제 불찰이에요."

아직도 놀란 가슴이 진정되지 않았는지, 일행에게 사과하는 기쁨의 목소리가 자못 떨렸다.

"달콤 씨가 사과할 일은 아니지요. 그런 호젓한 곳을 혼자 다니는 것이 애초에 잘못된 일이지."

길남이 못마땅한 눈초리로 주승을 흘겨보며 말했다.

"그건 그렇소. 앞으로는 서로 조심합시다."

114

기만까지 동조하고 나서자 당황한 기쁨이, 분위기를 바꿀 양으로, 한솔을 향해 뒤늦은 인사를 했다.

"한솔 씨의 태권도 실력은 정말 멋졌어요. 발차기 한 번에 두 사람이 동시에 쓰러졌다니까요."

기쁨의 칭찬에 한솔의 입이 크게 벌어졌고, 다른 이들은 탄성을 내느라 입이 벌어졌다. 그러나 매송만은 그렇지가 못했다. 내리는 자기 때문에 그가 남자 체면을 세우지 못한 것 같아서, 다시금 죄스러움을 느꼈다.

얼굴색이 여전히 흙빛인 주승이 그 무렵 조금 진정이 됐는지, 떠듬떠듬 입을 열었다.

"여러분께… 걱정을 끼쳐 드려서… 면목이 없습니다."

하지만 자신이 왜 그런 후미진 곳에 혼자 있었는지, 집합시간을 놓칠 만큼 무엇에 열중하고 있었는지에 관해선 일절 말이 없었다. 다른 이들도 그런 것은 묻지를 않았다.

일행은 다음 배를 탔다. 유람선은 서호의 남쪽과 동쪽에 있는 절경들을 마저 선보이며, 느긋이 단교 선착장으로 돌아갔다.

버스가 주차장에서 이들을 기다리고 있었다. 다음 행선지를 기대하며 모두 차에 오르는데, 주승만 혼자 호텔로 돌아가 쉬고 싶다며, 차 밖에 남았다. 다들 굳이 그를 붙잡지 않았다. 오히려 한솔은 자신도 주승과 함께 호텔로 가겠다며 차에서 내렸다. 기쁨이 근처에 있는 택시를 불러서 두 사람을 태웠다. 그리고 그들이 떠나는 것을 지켜본 뒤에 버스를 탔다.

택시가 출발하자, 한솔은 깜박 잊고 있었다는 듯 서둘러 사진 한 장을 꺼내 주승 앞에 내밀었다.

"참, 선배님, 혹시 이 사진… 선배님 것 아닌가요?"

여인이 혼자 호숫가에서 자세를 취하고 있는 사진이었다. 멀리 보이는 배경이 서호에서 보는 도시의 지붕 선과 똑같은 것으로 보아, 격투가 벌어졌던 곳에서 찍은 듯싶은 사진, 아니 틀림없이 그 자리에서 찍은 것이 분명한 사진이었다.

"아니, 이걸 어떻게 자네가…?"

"아까 거기서 내리 누나가 주운 거예요, 선배님 건지 모르니까 나중에 여쭤 보고 드리라며, 제게 맡겼어요."

주승은 여권 강도한테 봉변을 당할 때 이상으로 당황하며, 얼른 사진을 받아 자기 주머니에 집어 넣었다.

"경황 중에 내가 떨어뜨렸었나 보이."

한솔은 사진 속의 여인이 궁금해졌다.

"부인이신가 보죠? 아니면 애인? … 상당한 미인이세요."

그 말에 주승은 대꾸를 않았다. 대신 말머리를 돌렸다.

"자네, 아깐 참 고마웠네."

단교 주차장을 출발한 버스는 서호 동쪽에 있는 큰길을 따라 관광지들이 몰려 있는 남쪽으로 달렸다. 차 안에서 기쁨은, 서호에서 예정 시간을 초과한 탓에 남은 일정을 일부 조정할 수밖에 없다고 말했다. 그래서 일행은 잠시 논의 끝에, 관광은 한 군데만 더 하기로 하고, 이 시간에 어디가 좋을지, 항쩌우가 고향이라는 버스 운전 기사한테 물었다.

중국인 기사는 잠시의 머뭇거림도 없이, 용정산 자락에 널려 있는 용정차밭을 추천했다. 거리도 멀지 않은 데다가, 길도 좋고, 특히 용정차

맛을 볼 수 있는 시음장까지 있다며, 신이 나서 말했다. 평소 중국차를 즐겨 마신다는 김 여사가 가장 먼저 적극적인 찬성의 뜻을 표시했다.

"항쩌우까지 와서, 중국 최고의 명차를 생산하는 용정차 산지를 보지 않고 간다면 평생 후회가 될 거예요."

모두 좋다고 손뼉을 쳤다. 그래서 버스는 호수 남쪽에서 큰길을 벗어나 서쪽으로 뻗은 산길로 들어섰다. 이윽고 길 옆으로, 두터운 연녹색의 이불을 끝간데 없이 펼쳐 놓은 것 같은, 산비탈의 차밭들이 보이기 시작했다. 기쁨이 따로 설명하지 않아도, 다들 그 지역이 용정차의 특산지임을 이내 알 수 있었다.

일행이 버스 기사의 안내를 받아 들어간 한 시음장에서, 중국 황실의 궁녀 복장을 한 여인에게서, 청나라 때는 궁중에서만 마실 수 있었다는 용정차를 한 잔씩 대접 받고 있는 동안, 호텔 휴게실에서는 주승과 한솔이 커피를 마시고 있었다. 두 사람이 이렇게 한 자리에 다정히 앉아 있기는 처음이었다.

"실은 난 이미 중국에 한 번 온 적이 있다네. 베이징과 항쩌우, 꾸이린(桂林)을 구경했지. 신혼여행이었네."

"그러면 아까 그 사진 속의 여자 분은…?"

"맞네. 내 아낼세."

한솔은 갑자기 혼란스러워졌다. 뭐가 뭔지 모를 지경으로, 사고가 갑자기 정지된 느낌이랄까.

"이쯤 되면 자네도 짐작하겠지만, 그 사람은 지금 이 세상 사람이 아니라네."

주승의 두 눈은 어느 새 촉촉이 젖어 있었다.

"…형수님을 많이 사랑하셨군요!"

한솔이 겨우 입을 열어 마지막으로 한 말은 이것이 전부였다.

두 사람만이 나눈 모처럼의 대화는 그렇게 끝이 났다. 주승이 더는 아무 얘기도 하고 싶지 않은 듯, 방으로 올라가겠다며 자리에서 일어났기 때문이었다. 그러나 혼자 남은 한솔은 차밭에 간 일행이 돌아올 때까지 그 자리에서 꼼짝을 하지 않았다.

사람들이 호텔로 돌아온 때는 저녁 6시가 조금 넘어서였다. 각자 자기네 방에 들어가 반 시간쯤 쉬었다가, 호텔 밖으로 나가 저녁식사를 했다.

일행은 이 지방의 명주인 소홍주(紹興酒)를 곁들여 항쩌우 요리를 먹으며, 아름다운 도시 항쩌우의 마지막 밤을 즐겼다. 주승과 한솔도 물론 합류했지만, 두 사람은 식사 내내 말이 없었다. 식당에서 나오며 내리가 사진에 관해 물었을 때도, 한솔은 주승의 것이 맞다고 아주 짤막하게 말했을 뿐이었다.

민규가 없어도 기쁨 방 저녁 회의는 이 날도 열렸다. 매송과 내리, 기쁨이 참석했다. 함께 오늘 하루 있었던 일들을 정리하고 내일 일정을 검토한 뒤, 내리는 기쁨의 손전화로 민규와 통화를 했다. 썬양에 간 일은 역시 예상대로 시간이 좀 걸릴 것 같다고 했고, 학생들이 풀려나도 자기는 학생들과 함께 서울로 돌아가서 관계 기관의 조사를 받아야 할 거라고, 민규는 말했다.

내리는 공식 일정 외에 이 날에 생긴 사사로운 일들에 대해선 민규한테 말하지 않았다. 대학생 일로만도 머리가 복잡할 그에게 최주승의 아리송한 행동까지 일일이 고해 바칠 필요를 느끼지 않았기 때문이었다.

회의가 끝나고, 매송은 자기 방으로 갔다. 여자들만 남자, 기쁨 보고 먼저 씻으라고 한 내리는, 물 먹은 솜처럼 무거워진 자신의 몸을 침대 위로 던졌다.

"민규가 떠난 첫날부터 대체 이게 무슨 난리람!"

그만큼 이 날 하루는 내리한테 힘겨운 날이었다. 크게는 일정에까지 차질이 올 수 있는 아찔한 사고가 터졌고, 작게는 일행끼리 서로 티격 태격하는 마찰이 있었다. 그러나 그런 중에도 하나 다행한 일은, 괴짜로 알려진 최주승이 한솔한테만이라도 마음의 문을 조금 열었다는 것이다.

사실 내리는 한솔이 주승과 친해지려고 처음부터 은근히 애를 써 온 사실을 알고 있었다. 그가 왜 그러는지는 전혀 모르지만서도.

07
(쩐쟝) 살인 예언

"기쁨 씨, 우리 쑤쩌우에는 가지 않는 건가요?"

버스가 쑤쩌우(蘇州) 나들목을 예고하는 표지판 옆을 지날 때, 한솔이 큰 소리로 물었다.

아침에 항쩌우 호텔을 출발한 임시정부 유적지 답사 여행단은 상하이 인근에 있는 고속도로 휴게소에서 점심을 먹었다. 그리고 나서 그들은 다시 임시정부의 세 번째 피난지였던 쩐쟝을 향해 출발했다. 비록 항쩌우에서 난징까지 고속도로가 생겼고, 쩐쟝은 난징보다 조금 가깝다지만, 그래도 그 거리가 서울서 부산 가는 것보다 조금 멀다 보니, 장거리 버스 여행이 지루하고 힘들 수밖에 없었다.

"왜요, 한솔 씨? 쑤쩌우에 가고 싶으세요?"

앞쪽에 앉아 있던 기쁨이 뒤를 돌아보며 되물었다.

"그럼요. 항쩌우에 있는 동안 신물 나도록 들었잖아요, 하늘에는 천당이 있고, 땅에는 쑤쩌우와 항쩌우가 있다는 말…. 그리고 중국사람들 소원이 쑤쩌우에서 태어나길 바란다고도 했고요. 그건 또 무슨 뜻이지요?"

"아무래도 한솔 씨는 나중에라도 따로 쑤쩌우엔 꼭 한번 가 보셔야겠군요."

기쁨이 마이크를 잡고 자리에서 일어났다. 비록 이번 여행에서는 아쉽게도 쑤쩌우가 경유지에서 빠졌지만, 그 도시에 대한 궁금증만은 풀어 주는 게 낫겠다고 생각한 것이다.

"쑤쩌우 역시 역사의 도시이면서 물의 도시로 잘 알려져 있지요. 수로가 발달해 동양의 베니스란 말도 있지만, 무엇보다도 이 도시가 옛날부터 명성을 얻은 것은 이 지역에서 미인들이 많이 태어난다는 소문 때문입니다."

"미인이 많다고요?"

귀가 번쩍 뜨인 길남이 큰 소리로 물었다. 기쁨이 웃으며 대답했다.

"이번에 못 들른다고 해서 너무 실망들 하지 마세요. 우리가 지금 가는 쩐쟝이란 도시도 쑤쩌우와 가까운 도시라서 그런지, 미인이 아주 많답니다."

"그렇다면 다행이군요. 난 또⋯⋯."

기대감에 부풀어오른 길남이 매우 만족스런 얼굴로 의자 등받이에 느긋이 몸을 붙였다.

기쁨의 뒷자리에 앉아 있던 김순례가 마이크를 넘겨 달라는 손짓을 했다. 기쁨이 넘겨 주자, 순례가 입을 열었다.

"중국 미인들한테 기대가 많으신 것 같은 백 선생께는 좀 안됐지만, 내가 그 환상을 조금 깰 수도 있는 얘기를 잠시 할까 해요. 여러분, 괜찮겠지요?"

"물론 괜찮고말고요. 어서 들려 주세요. 중국 미인들도 단점이 있겠지요?"

금희가 반색을 하며 귀를 쫑긋 세웠다. 순례는 학생들 앞에서 강의하듯 차분히 말했다.

"중국 역사에서 으뜸으로 치는 4대 미녀가 누구누군지는 아시겠지요? 월나라 때의 시스, 전한 때의 왕짜오쥔, 후한 때의 따오찬 그리고 당나라 때의 양꾸이페이…"

"저, 그런데 김 여사님, 양꾸이페이란 혹시 양귀비를 말씀하시는 건가요? 전 모두 첨 듣는 이름들이라서요."

길남이 진지한 태도로 물었다.

"아, 참, 미안합니다. 우리식의 한자 발음으로 중국 이름에 익숙하신 분들은 그렇겠군요. 양귀비라고 하면 우리 나라 사람들도 모르는 이가 없을 거예요."

그러면서 순례는 미녀 한 명씩 단점을 열거해 나갔다.

"먼저 우리가 항쩌우에서 본 서호 있잖아요. 그 서호의 신비로움과 아름다움에 견줄 정도로 미모가 빼어났다는 월나라 미인 서시(西施)는 말이지요. 눈살을 찌푸리는 버릇이 있고, 발이 매우 컸다고 합니다. 그리고 한 나라 때의 왕소군(王昭君)은 날아가던 제비가 다 그 미모에 놀라 떨어질 정도였는데, 젖가슴이 작았다는군요. 비슷한 시대의 미녀 초선(貂蟬) 역시 보름달이 부끄러워 숨을 정도로 자태가 뛰어났는데, 한쪽 어깨가 찌그러진 것이 흠이었고요. 마지막으로, 비록 살은 쪘어도, 꽃이 수줍어 시들 정도로 아름다웠다는 양귀비한테선 겨드랑이 냄새가 아주 심했다고 합니다."

"김 여사님, 양귀비의 몸에서 그렇게 심한 냄새가 나는데도, 당나라

현종이 그를 애첩으로 삼았을까요?"

늘 점잖게만 있던 유 교수가 모처럼 관심을 표시했다.

"교수님은 혹시 그 현종이 축농증 환자였을 거란 생각은 안 해 보셨나요?"

순례의 대답이 떨어지기 무섭게 다들 폭소를 터뜨렸다. 이번에도 웃지 못한 사람은 금희 한 사람뿐, 주승까지도 창 밖을 보며 웃음을 입가에 흘렸다. 순례의 특강이 끝나자, 길남은 자기 평생에 그런 미녀들의 후손이라도 한번 만나 보면 원이 없겠다고 말했다.

이렇게 해서 쑤쩌우는 잘 지나갔는데, 우시(無錫)를 지날 때쯤엔 다시금 다들 지쳐 버렸다. 그래서 기쁨이 다시 마이크를 잡았다. 그러고는 각자 자신을 소개하는 시간을 가지면 어떻겠냐고 물었다. 첫날 간단히 서로 통성명은 했지만, 장기간 여행을 함께 하는 일행으로선 좀 부족하지 않냐는 것이다. 그러면서 자신은 이미 더 소개할 말이 없으니, 대신 중국 노래나 한 곡 들려 주겠다며, '짜이 나 야오 왠 더 디 팡, 여우 웨이 하오 꾸 냥… (저 먼 곳에 예쁜 아가씨가 산다네.)'으로 시작하는 중국의 대표적인 민요를 노래했다.

두 번째로 마이크는 김순례한테 돌아갔다. 순례는, 중학교에서 국어를 가르쳤고, 지금은 퇴직한 신분이며, 중국 문화에 관심이 많다는 말로, 자기 소개를 했다.

내리도 자신을 간단히 소개한 뒤에, 답사단 전원이 즐겁고도 무탈한 여행을 하길 바라는, 사장의 인사와 당부를 전했다.

매송은 자기 소개에 이어 유 교수까지 소개했다. 교수의 아버님께선 훌륭한 독립운동가셨고, 교수님 역시 평생을 한민족의 긍지를 되살리는 연구에 진력해 오신 대학자라고 잔뜩 추켜세웠다.

기분이 좋아진 교수는 안 잡을 것 같았던 마이크를 선뜻 잡고는, 선대의 독립운동에 관심이 많은 분들과 여행을 함께 하게 돼 매우 기쁘다고, 말머리를 열었다. 그러고는 이어, 앞으로는 우리 나라도 독립유공자와 그 후손이 제대로 대접을 받는, 정의로운 사회가 돼야 한다는 요지의 말을 했다.

기만은 교수님 말씀에 감동 받았다면서, 자기 집사람이 독립운동가의 후손임을 재차 강조했다. 그러자 금희는 "그래서 남자는 여자를 잘 만나야 한다잖아요? 당신은 내 덕에 출세를 할 거예요." 하고 말했다. 그 말에 조금 들뜬 기만이 자신의 속내를 은근슬쩍 비쳤다.

"제 나이 비록 환갑을 몇 해 안 남기고 있긴 하지만요, 지금이라도 남자로 태어난 보람을 찾아 큰 뜻 한번 펴 볼까 합니다. 삼 년 뒤에 제가 찾아 뵈면 다들 힘 좀 보태 주시길 바랍니다."

순례가 말을 받았다.

"삼 년 뒤라면 총선이 있는 해인데, 노 사장님께선 국회의원 출마를 염두에 두고 계신 것 같군요."

금희가 신이 나서 다시 입을 열었다.

"그렇다니까요. 우리 사장님은 벌써 여러 해 전부터 준비를 해 오셨답니다. 이번에 이런 여행을 무리해서 하시는 속셈도…"

금희가 자랑스럽게 말하는 것을 기만이 제지했다.

"이 사람, 무슨 소릴 그렇게 하나! 속셈이라니…!"

유 교수가 끼어들었다.

"노 사장, 감출 게 뭐 있어요. 그러하다고 솔직히 말씀하시지요. 한국 정치인들은 새롭게 어떤 일을 시작할 때에 국립묘지를 참배하는 버릇이 있는데, 앞으로는 그 정도 가지곤 국민들의 관심을 끌지 못하지

124

요. 그런 점에서 노 사장께선 아주 탁월한 선택을 하신 겁니다. 선열님들의 고귀한 발자취를 따라 중국 대륙을 한 달씩이나 여행하는 것이 어디 아무나 할 수 있는 일입니까? 선거구민들이 이 사실을 알게 되면 크게 감동할 것이 분명합니다."

기만은 교수의 말에 몸이 부르르 떨릴 만큼 감격했다. 그래서 용기를 내어 자신의 포부를 솔직히 밝히려는데, 길남이 김을 뺐다.

"돈이 있다고 해서 누구나 국회의원을 할 수 있는 세월은 이미 지났지요. 제 생각엔, 차라리 노 사장님보다는 황 여사님이 출마를 하시는 게 더 나을 성싶군요. 독립운동가 후손이신 데다가 인상도 좋으시고, 든든한 후원자도 있으시겠다. 요샌 여자가 훨씬 더 유리한 세상 아닙니까?"

길남의 엉뚱한 말 속엔 분명 빈정거림이 들어 있었다. 기만의 얼굴에서 불쾌한 기색이 스쳤다. 그러나 금희는 싫지 않은 표정으로 길남을 처다봤다.

기만은 애써 자신을 진정시켰다. 큰일을 도모하는 사람으로서, 또다시 남들 앞에서 어린 사람과 말씨름이나 하는, 그런 너그럽지 못한 행동을 보일 수는 없다고 생각했기 때문이다.

"허어, 백 선생이 우리 집사람을 그렇게 평가하시다니, 고맙기 짝이 없구려."

그러고는 헛기침을 요란하게 한 차례 했다. 갑자기 어색해진 버스 안 분위기에 다른 이들은 숨을 죽였다.

매송이 조금 수다스럽게 입을 열었다.

"훌륭한 정치인 뒤에는 훌륭한 부인의 내조가 있다는 말을 하시려는 것 같군요. 그렇지 않은가요, 백 선생님? 하하하…"

길남도 꼬리를 내렸다.

"실은 제 말씀도 바로 그겁니다. 달리 오해는 말아 주십시오. 그럼 제 차례인 것 같으니, 저도 간단히 인사를 올리겠습니다."

기쁨이 마이크를 가져다 줬다.

"에… 저는 충남 천안에서 부동산 사업을 하고 있습니다. 사기도 하고 팔기도 하고, 때론 중개인 노릇도 하지요. 제가 이 여행에 참여하게 된 진짜 동기는, 좋은 구경도 하면서 중국의 부동산 실태를 살피기 위한 것인데, 막상 와서 보니, 우리하고는 실정이 많이 다르군요. 투자를 하고 싶어도 외국인이라 안 된다면, 천상 이 곳 정치인부터 몇 명 사귀어야 할 것도 같고…, 여러 모로 궁리가 많습니다."

길남은 마치 대단한 사업가라도 되는 양 거드름을 피웠다. 그러나 그의 말을 곧이곧대로 믿는 사람은 아무도 없었다. 다만 한 사람, 금희만은 그가 자신을 대단한 사람으로 추켜세워 준 때문인지, 길남을 바라보는 눈길이 다른 이들과는 달랐다.

길남의 횡설수설이 끝나자, 마이크는 그 옆에 앉아 있는 한솔한테로 갔다. 한솔은 예의 바른 청년답게 자리에서 일어나, 앞쪽에다 대고 꾸벅 절부터 했다.

"전 군대를 다녀와 복학을 준비 중인 대학 휴학생입니다. 전공과 특기는 연극이고요."

"어머! 그럼 배우란 말이에요? 어쩐지… 첨부터 남다른 데가 있더라니. 그러면 연기 한 토막 부탁해도 돼요?"

금희가 아주 신이 났다. 기쁨도 한솔을 부추겼다.

"그래요. 기억 나는 대사라도 있으면 들려 주세요."

몇 사람이 손뼉까지 쳤다. 그래서 한솔은 생각지도 않게 중국 땅 고속도로 위에서 즉석 연기를 하게 됐다. 내용은 유명한 영국의 추리극 '쥐덫'에 출연했을 때 맡았던 배역의 대사라고 했다.

"… 흥미진진한 멜로 드라마. 그 형사 얼굴 보셨어요? 어쩜 그렇게 근사하죠. 꼭 배우 같아요. 전 어렸을 때부터 경찰관을 존경했죠. 강직과 근엄의 대표니까요. …"

목소리가 갑자기 바뀌더니, 한솔은 마이크 앞에서 소리로나마 열연을 했다.

기만이 낯을 찡그렸다.

"이보게, 총각, 왜 또 하필 경찰인가? 형사고 경찰이고 간에, 제발 그런 말일랑 더는 하지 말게. 우리 속에 아주 싫어하는 사람이 있거든."

한솔은 무슨 소린지 몰라 어리둥절해하고, 길남은 복수의 화살이 금방 이렇게 날아오는구나 생각하며, 기만처럼 헛기침을 두어 번 했다. 그러나 웃는 이는 아무도 없었다.

뭔지 확실히는 모르겠지만 아무튼 빨리 벗어나야 할 상황임을 간파한 한솔이 다시 입을 열었다.

"좋습니다. 그럼 다른 대사를 하나 더 하겠어요. … (감정을 다시 잡고) … 긴 수염의 근엄한 아버지, 애기 잘 낳는 그러나 이젠 좀 지친 어머니, 연년생으로 태어난 열한 명의 형제들, 무뚝뚝한 가정교사, 아, 불쌍한 크리스토퍼 렌이여! …"

박수가 터지려는 순간, 아주 뜻밖의 일이 일어났다. 통로를 사이에 두고 한솔과 나란히 앉아 있던 최주승이 한솔의 손에 들려 있는 마이크를 빼앗아 들고는, 마치 자신이 상대 배역인 것처럼, 맞대사를 하는 것이다.

"… 아무리 옛날 일이라도, 잊을 수가 없고 또 잊어서도 결코 안 되는 그런 일이 있지요. 불행이나 절망을 갖다 준 그때 그 사건들…!"

다들 무슨 말인지 해서 어리둥절해하는데, 한솔이 뛸 듯이 반색을 하며, 주승의 손을 덥석 잡는다.

"트롯터…! 범인의 대사죠?"

주승 역시 대학 시절 자신이 들었던 연극반에서 '쥐덫'을 공연한 적이 있는데, 그때 그는 범인 트롯터 역을 맡았던 것이었다.

두 사람은 자신들만이 드나들 수 있는 특별한 추억의 세계가 있다는 사실에 기뻐했고, 다른 사람들은, 이것이 계기가 되어 주승이 마음의 빗장을 열고 일행 속으로 들어오기를 내심 바랐다.

항쩌우를 출발한 지 여섯 시간 만에, 일행은 쟝쑤성(江蘇省)의 도시 쩐쟝(鎭江)에 도착했다. 강남 운하가 시작하는 곳이라서, 각종 자원과 물품의 집산지로 번영할 수 있었던 도시의 첫 인상은 차분하면서도 활기가 넘쳐 보였다.

일행을 태운 버스는 예약해 둔 호텔로 곧장 향했다. 십여 층 되는 호텔이 지은 지 오래지 않아 보였다.

버스에서 내리는 사람들…, 길남을 빼고는, 다들 장거리 여행에 피곤한 기색이 뚜렷했다.

"모두 힘드셨죠? 오늘은 호텔에서 푹 쉬시고, 이 곳 답사는 내일 오전에 하겠습니다. 호텔 지하실에 사우나탕과 마사지실이 있다니까, 거기를 이용하셔도 좋을 것 같습니다."

방 배정을 하면서 기쁨이 말했다.

일행의 객실은 모두 같은 층에 있어 함께 승강기를 타고 7층에서 내렸다. 복도 어귀에는 각층을 담당하는 호텔 직원이 쓰는 작은 공간이 따로 있는데, 그 곳에 있던 예쁘장한 여자가 일행을 반갑게 맞았다. 일층 접수대에서 근무하는 여직원들을 처음 대면할 때부터 다들 내심으로 '역시 미인의 고장이구나!' 하며 감탄했는데, 7층 아가씨 역시 동그란 얼굴을 가진 전형적인 중국 여자였다. 제각기 "하이!" 또는 "니 하오?", "안녕하세요?" 등, 세 나라 말로 그와 인사를 나눴다. 그런데 길남만은 언제 배웠는지, 중국말로 "니 퍄올량! (당신 아름다워요.)" 하고 인사를 해서, 예쁜 종업원의 눈길을 한 번 더 받았다. 안내자 책상 위에는 '방에서도 안마를 받을 수 있다.'는 내용의 글이 한자와 영어로 적혀 있었다.

매송이 배정된 방의 문을 열고 한 발 옆으로 물러서자, 유 교수가 먼저 안으로 들어갔다. 교수의 제의로, 이 날부터는 둘이 한 방을 쓰기로 했다. 교수는 잘 정돈된 침대 위에 털썩 주저앉으며, 조금 짜증이 묻은 목소리를 냈다.

"이젠 내 몸이 예전과 같질 않아요. 이제 겨우 시작인데 앞으로가 걱정이오."

매송은 그렇게 말을 하는 교수가 이해가 됐다. 육십대 어른 두 사람이 앞으로 남은 긴 여정을 무사히 마칠 수 있을지, 출발 전부터 적지 않이 우려했던 것이 마침내 현실로 다가오기 시작한 것이다.

"사장하고 의논해 보겠어요."

유 교수는 조금만 더 쉬었다가 사우나 하러 지하로 내려가겠다고 했다. 매송은 밖으로 나와 기쁨 방으로 갔다. 기쁨과 내리 또한 같은 걱정을 하고 있었는지, 옷을 갈아입지도 않고, 각기 침대 끝에 걸터앉아 있었다.

"제 생각도 그래요. 이제 시작일 뿐인데, 벌써부터 지치시기라도 하면 큰일이잖아요."

내리가 말했다.

"젊은이들로만 구성한 답사단이라면, 옛날 임시정부가 이용한 수송 수단을 똑같이 이용해서 하루 온종일 또는 며칠이라도 계속 이동할 수 있겠지만, 아무래도 나이 드신 분들은 무리예요."

기쁨 또한 공감을 표시했다. 그래서 매송은 당장 기쁨의 손전화로 민규한테 전화를 걸었다. 민규는 계획의 일부 조정을 선선히 승인했다.

"다음부터는 청년층과 중장년층을 구분해서 답사단을 구성해야 할 것 같군요. 그래서 중장년층의 답사는 비행기나 기차를 적절히 이용하고, 휴식 시간도 좀더 많이 가질 수 있게, 별도의 프로그램을 짜겠습니다."

"좋은 생각이네."

"그러니 이 선생님, 경비가 초과하는 것은 염려 마시고, 아무쪼록 첫 답사 여행이 무사히 끝날 수 있도록만 최대한 애써 주시기 바랍니다."

매송은 안심이 됐다. 그러면서도 다른 한편으로는 적자 여행에 다시 부담을 주는 것이 자못 미안스러웠다.

세 사람은 남은 일정과 노정을 검토했다. 교통 수단을 변경해야 할 구간을 찾아, 추가 경비를 책정하고, 교통편 예약에도 실수가 없도록 미리 대비했다.

그러는 동안, 기만과 금희, 순례, 주승, 한솔은 지하층으로 내려갔고, 유 교수 또한 그들보다 한 발 늦게 혼자 지하 사우나탕을 찾았다. 기쁨 방에서 나온 매송은 내일 일정 관계로 찾아 볼 사람이 있다며, 혼자 호텔 밖으로 나갔고, 내리는 온누리소식에 보낼 원고를 작성했다. 이 호텔에도 인터넷 시설이 돼 있어, 내리는 어렵지 않게 기사와 사진을 신향식 국장한테 보낼 수 있었다.

한편 한솔의 등을 떠밀어 지하 휴게실로 보낸 길남은, 자기 방 침대에 혼자 누워, 살구빛 공상에 빠져 있었다.

방문 두드리는 소리가 나자, 길남이 자리에서 벌떡 일어났다. 단숨에 달려가 문을 여니, 흰색 근무복을 단정히 입은 청년 한 명이 문 밖에 서 있었다. 눈이 둥그래진 길남이 말을 못 하고 머뭇거리자, 청년은 "니 하오?" 하며, 방 안으로 성큼 들어왔다.

청년은 남자 안마사였다. 길남은 한솔이 나가자마자 누가 볼세라 살그머니 복도 안내자한테로 가서, 안마를 방에서 받고 싶다는 뜻을 전했었다. "룸 마사지!" 라고 말하자, 그한테서 예쁘단 말을 들었던 여직원은 금세 알아채고는 지하 안마실로 전화를 걸었고, 그래서 남자 안마사가 올라오게 된 것이었다.

황당해진 길남은, 의사 소통까지 잘 되지 않는 바람에, 어쩔 수 없이 청년이 가져온 안마복으로 갈아입고, 침대에 누울 수밖에 없었다. 입에서 침은 마르고 속은 무척 쓰렸지만, 이미 엎질러진 물. 자기가 의사 전달을 제대로 하지 못한 탓이라 여겼다. 대신 길남은 다짐하고 또 다짐했다. '이따가 밤에 한 차례 더 받으면 될 걸 뭐. 그 때는 그냥 룸 마사지라고만 할 게 아니라, 마사지 걸이라고 분명히 말해야지. 그래서 미녀가 가장 많이 난다는 고장에서 중국 미인의 손길을 꼭 한번 느껴봐야지.' 하는 결심을 수도 없이 하면서, 남자 안마사의 부드러운 손길에 차츰 적응해 가기 시작했다. 그러는 동안, 자신도 모르게 길남의 몸은 한결 나른해지면서 이윽고 깊은 잠 속으로 빠져들었다.

그런데 문제가 생겼다. 40분 단위로 봉사료를 계산하는데, 한번 잠에 빠진 길남이 깨어나질 않은 것이다. 그렇다고 곤히 잠든 고객을 깨울 수도 없고 해서, 안마사는 그냥 안마를 계속했다. 그런데 길남이 잠에서 깨어난 때는 예정 시간보다 30분이 더 지나서였다. 당연히 안마사는 초과 봉사료를 달라고 했고, 길남은 40분이 되면 마땅히 깨웠어야 할 것이 아니냐며, 더 줄 수 없다고 완강히 거절했다. 물론 말이 서로 통하지 않아 시간은 좀 더 걸렸지만, 상황이 상황인지라, 두 사람은 손짓 몸짓만으로도 그 정도의 의사 소통은 서로 가능했다. 결국 남자 안마사는 추가 봉사료를 받지 못한 채 씩씩대며 방을 나갔다.

'그런 유치한 수작에 내가 넘어갈 줄 알구? 어리석은 놈⋯!'

길남은 중국인의 얄팍한 상술에 자신이 넘어가지 않은 것이 못내 흐뭇했다.

외출했던 매송이 돌아온 뒤에, 사우나와 안마로 몸의 노곤함을 푼 답사단 일행은 호텔 밖으로 나가 저녁 식사를 했다. 남자들은 쟝쑤성의 명주 양하대곡주(洋河大曲酒)도 한 잔씩 맛보며, 요리 위주의 중국 식사를 즐겼다. 술은 길남이 가장 좋아하는 편이지만, 그 역시 취할 정도로는 마시지 않았다.

식사를 끝내고 호텔로 돌아온 일행 가운데 몇몇이, 그냥 방으로 들어가기엔 저녁 시간이 너무 길다고 말했다. 그래서 유 교수와 최주승을 뺀 나머지 사람들은 꼭대기층에 있는 라운지로 올라갔다.

색조명이 제법 현란한 라운지 무대에선 화려한 의상을 입은 남자 가수가 흘러간 서양 노래를 부르고 있었고, 홀 가운데선 몇 쌍의 남녀가 서로 부둥켜안은 채 춤을 추고 있었다. 일행이 빈 의자를 찾아 자리를 잡자, 이내 한쪽 허벅지가 드러난 붉은 색의 중국 전통옷을 입은 여자 종업원이 다가와, 음료수 주문을 받았다. 일행은 각기 뜨거운 녹차나 찬 맥주를 시켰다.

작은 병 맥주를 반쯤 마신 길남이 한솔의 옆구리를 툭 치며, 밖으로 나가자는 신호를 보냈다. 그리고 둘은 십 분 남짓 지나, 호텔 뒷골목에서 노래방 한 곳을 찾아 내고 안으로 들어갔다. 간판엔 '卡拉OK'라고 적혀 있었지만, 그 곳이 노래방인 것은 입구의 분위기로 금세 알 수 있었다.

안내하는 여자를 따라서 둘이 빈 방으로 들어가자, 이내 짧은 치마를 입은 날씬한 아가씨 두 명이 뒤따라 들어왔다. 첫눈에 벌써 이들이 마음에 들었는지, 길남은 연신 싱글벙글했다. 익숙하지 않은 분위기에 조금 위축돼 있던 한솔은, 그들이 영어를 조금씩 한다는 사실을 발견하곤, 이내 기운이 났다. 맥주와 과일 안주를 시키자, 다른 음료수도 서비스라며 함께 나왔다. 노래 선곡집에는 중국 노래말고도 영어 노래와 일본 노래가 있었다.

한솔이 영어 노래 제목들을 살피고 있는 동안, 길남은 제 짝이 마음에 들었는지, 급히 비운 맥주잔을 아가씨한테 권했다.

"막내, 여기 오길 정말 잘했지? 자, 어서 한 곡 멋들어지게 뽑아 보라구."

한솔이 비틀즈의 대표 곡인 '예스터데이'를 부르자, 두 아가씨가 경탄의 눈빛으로 한솔을 쳐다봤다. 길남의 짝은 가만히 입 속으로 따라 부르기까지 하며, 한솔의 기분을 돋워 줬다. 그런 모습이 싫었는지, 길남은 자기 짝을 일으켜 세우고 빈 공간으로 데리고 나갔다. 그리고 둘은 달콤한 노래에 맞춰 춤을 추었다. 춤이라기보다는 그냥 서로 부둥켜안고 엉덩이만 흔드는 형국이었지만.

한솔이 네 번째 영어 노래를 시작했을 때, 자리로 돌아온 길남이 한솔의 귀에 대고 속삭였다.

"막내, 나 쟤하고 잠깐 밖에 나갔다 올 테니까, 그런 줄 알게. 자네도에서 재미 좀 보라는 뜻이야."

"아저씨, 너무 늦지는 마세요. 제 노래가 곧 바닥나거든요."

"알았어, 막내."

한창 제 노래에 빠져 있던 한솔이 건성으로 대답하고, 길남은 아가 씨를 데리고 밖으로 나갔다.

복도로 나온 여자는 길남한테 옷 갈아입고 오겠다는 몸짓을 하고 내 실로 들어갔다. 내실에는 아직 배정을 받지 못한 여자들이 트럼프 놀 이를 하고 있었다. 길남의 짝은 전등불 아래서 가슴 속에 넣어 뒀던 백 달러 짜리 지폐 한 장을 꺼내 환한 불빛에 슬쩍 비춰서 진짜임을 확인 한 뒤, 자기 옷장을 열고 손가방을 꺼내 그 안에 집어넣었다.

잠시 뒤 겉옷을 하나 더 걸친 여자는, 골목에서 기다리고 있는 길남 을 따라서, 그가 묵고 있는 호텔로 함께 걸어갔다.

7층에서 두 사람은 지하층에서 올라오는 승강기를 탔다. 승강기 안 에는 먼저 탄 중국인 청년 한 사람이 있었다. 아까 길남을 안마하고 추 가 봉사료를 받지 못한 남자 안마사였다. 하지만 매우 들떠 있던 길남 은 그를 알아보질 못했다.

칠층에서 승강기가 멎자, 길남과 여자는 복도로 나왔다. 그리고 길 남은 다른 사람이 볼까 조심하며, 서둘러 자기 방으로 여자를 데리고 들어갔다.

여자가 먼저 욕실에 들어가 샤워를 하고 나오자, 이번엔 길남이 들 어갔다.

길남이 휘파람을 불며 샤워를 하는 동안, 호텔 현관으로 공안요원 두 명이 들이닥쳤다. 남자 안마사의 신고를 받고 출동한 중국 경찰관 들이다.

라운지에 있던 황금희가 피곤하다며 먼저 자리에서 일어났다. 그리고 승강기를 타고 7층에서 내려 복도를 걸어가는데, 한 방 앞에 사람들이 모여 있는 것이 심상치가 않아 보였다. 다가가 열린 문으로 안을 들여다보니, 낯익은 얼굴이 중국 경찰관 앞에서 새파랗게 질린 채 바들바들 떨고 있었다. 그리고 그 옆에는 속옷 차림의 한 여자가 무릎을 꿇은 채 앉아 있고.

"백 선생님!"

금희가 소리쳐 부르자, 길남은 구세주라도 만난 양 울먹였다.

"황 여사님…!"

라운지에 남아 있던 나머지 다섯 명도 금희가 돌아간 뒤 얼마 안 돼 자리에서 일어났다. 그리고 승강기를 타고 가다 7층에서 내려 복도에 들어섰을 때는, 중국 경찰관들이 돌아가고, 사태가 완전히 수습된 뒤였다. 그러나 그때까지도 복도에서 서성이던 호기심 많은 다른 투숙객들 덕분에, 이들은 길남의 방 앞을 그냥 지나칠 수가 없었다.

외국인이 호텔 방으로 매춘부를 불렀다가 적발되면, 중국 경찰은 남자 여권에 '好色漢'(호색한)이란 붉은 도장을 찍어 버린다고 하는데, 백 선생한텐 아무 탈이 없어서 정말 천만다행이라고…, 매송이 짐짓 놀리는 말을 하는 동안에도, 침대에 걸터앉은 길남은 고개를 들지 못했다.

"그런데 어떻게…? 말도 잘 통하지 않았을 텐데요."

내리가 조심스럽게 길남한테 물었다. 그러자 길남과 함께 그 방에 있던 금희가, 마치 자신이 그의 보호자이기라도 한 것처럼 으쓱대며 말했다.

"한국이나 중국이나 사람 사는 덴 다 마찬가지 아닌가요? 내가 간단히 해결했어요."

금희 또한 중국 경찰과 말이 통하지 않기로는 길남과 다름이 없었을 텐데, 어떻게 해결사 노릇을 했단 말인가? 내리는 도무지 이해가 되지 않았다.

금희가 의기양양한 모습으로 기만을 따라 자기 방으로 돌아간 뒤에야, 내리는 그의 숨은 실력을 어렴풋이 알아차릴 수 있었다.

달러! 다음 날 안 것이지만, 길남이 아가씨한테 준 것의 다섯 배가 되는 달러를 금희가 중국 경찰관한테 집어준 덕분에, 길남은 여권에 붉은 도장 찍히는 수모를 벗어날 수가 있었던 것이었다.

"그럼 잘 쉬시고, 우린 내일 다시 봅시다."

순례와 매송, 내리, 기쁨이 길남과 밤 인사를 나누고 문 밖으로 나가려는 순간, 느닷없이 길남이 침대에서 벌떡 몸을 일으키며 소리를 질렀다.

"아, 참! 막내가…!"

그제서야 길남은 여태껏 뒷골목 노래방에 묶여 있을 한솔이 생각이 난 것이다. 정신없이 승강기 쪽으로 달려가는 길남의 뒷모습을, 어이가 없는 네 사람의 눈길이 함께 뒤쫓았다.

"어딜 또 가시는 거예요, 백 선생님?"

기쁨이 소리쳐 물었지만, 길남한테선 대답이 없었다.

다음 날, 호텔 일층 로비, 안락의자에 앉아 있던 오십대 중국인 남자 한 사람이 자리에서 벌떡 일어났다. 그러고는 반색을 하며 그의 앞으로 다가오는 사람을 향해 손을 내밀었다.

"리 섄셩! 니 하오 마?" (이 선생, 안녕하십니까?)

매송도 반갑게 그의 손을 잡았다.

"루 섄성, 잰 터우 니 헌 까오 싱." (루 선생, 다시 뵙게 돼 기쁩니다.)

매송이 반갑게 악수하는 이 중국인은 쩐쟝 시에서 역사연구원으로 일하고 있는 루차오홍(陸潮洪)이다. 여섯 해 전 매송이 이 도시를 두 번째 방문했을 때 처음 만난 이 지방의 향토사학자인데, 오늘 그의 안내를 받고 싶어 간밤에 연락을 했었다.

매송은 루를 유 교수한테 데리고 가서 인사를 시켰고, 그 자리에서, 루는 한국의 저명한 사학자를 뵙게 돼 영광이라고 말했다.

일행과 함께 아침을 먹은 뒤, 루는 버스 앞자리에 타고, 일행을 안내했다. 일요일 오전이라서 도시의 거리는 전날보다 한결 한적했다. 수륙사항 거리를 달린 버스는 이내 한 주택가 어귀에 도착했다. 호텔에서는 그리 멀지 않은 곳이었다. 조그만 짐차와 자전거가 많이 다니는, 그래서 시장처럼 조금은 어수선한 길 가에 유아원 정문이 있었다. 철제 문 위에는 커다란 한자로 '机關幼儿園'(궤관유아원)이라 적혀 있고.

"임시정부 요인과 그 가족들이 썼던 건물이 여기에 있었습니다. 현재는 유아원이 들어서 있지요."

기쁨이 루의 말을 우리말로 통역했다.

수륙사항(水陸寺巷) 서단(西端) 공익리(公益里) 58호 주소에 자리잡은 유아원은 이 날 따라 휴일이라서 정문이 닫혀 있었다. 중국인 안내자 루가 일행을 문 앞에서 기다리게 한 뒤, 혼자서 정문 옆으로 나 있는 쪽문을 열고 운동장 안으로 들어갔다. 잠시 뒤, 루가 데리고 나온 당직이 철제 문을 열었다.

유아원이라고 하기엔 규모가 매우 컸다. 지은 지 오래지 않아 보이는 현대식 3층 건물 벽은 알록달록한 색채 그림으로 단장을 했고, 건물

앞 운동장에는 각종 어린이 놀이시설이 잘 갖춰져 있었다.

매송이 먼저 설명을 했다.

"항쩌우에 있던 임시정부가 중국 국민당정부가 있는 난징과 가까운 이 곳으로 이전한 때는 1935년 11월이었습니다. 그러나 그때 이삿짐을 푼 장소가 어디인지는 아직껏 공식적으로 확인된 바가 없습니다."

유병도 교수가 그렇다는 뜻으로 고개를 끄덕였다.

"그래요. 임시정부는 그때부터 두 해 동안 이 도시에 체류했는데, 그 간에도 세 번 이상 장소를 옮긴 것으로 알고 있습니다. 하지만 방금 이 작가께서 말씀하신 대로, 임시 청사로 썼던 건물의 주소는 어떻게 되는 지, 또 어떤 형태의 건물에 들었었는지에 관해선 전혀 알 길이 없어요."

유 교수가 보충 설명을 하자, 김순례가 물었다.

"여기서도 이사를 자주 했다면 분명 이 도시 역시 그다지 안전하지가 않았다는 말씀이군요?"

"그렇습니다. 중일전쟁 때는 난징보다도 여기가 먼저 파괴됐다고 합니다. 그만큼 그때 이 도시는 일본군에게 난징 침공에 앞선 교두보가 될 수 있었기 때문에 그들의 첩자가 많았을 겁니다."

교수의 말에 이어, 일행은 중국인 루의 설명을 기쁨의 통역으로 들었다.

"대한민국 임시정부가 1935년에 항쩌우에서 이 곳 쩐쟝으로 이전했다는 말을 듣고, 이 지역의 향토사를 연구하는 사람들이 여러 해에 걸쳐 추적하고 연구했습니다. 그런 뒤에 내린 결론은, 그때 임시정부의 중요한 인물 대부분이 이 자리에 있던 한 건물에서 숙식하며 사무를 보았다는 겁니다. 그렇게 추정하는 근거로는, 첫째 이 곳에 있던 건물은 방이 열두 개나 되는 매우 큰 집이었기 때문에, 많은 사람이 숙식을 해야 하는 일차 조건에 부합했고, 둘째는 이 곳이 국민당의 쟝쑤성 성정부와도 가까워 서로 연락하기가 편리했다는 겁니다. 그리고 셋째는, 실은 이것이 가장 중요한 근거가 될 수 있었는데요, 임시정부가 항쩌우에서 이 도시로 이사를 할 때 경호를 위해 함께 따라온 국민당 군관한 분을 어렵사리 만날 수가 있었습니다."

팔짱을 낀 채 진지하게 듣고 있던 유 교수가 입을 열었다.

"그러니까 우리 임시정부가 이 도시로 올 때 함께 따라온 사람이 그렇게 기억을 한단 말이지요?"

"그렇습니다. 같은 증언을 남긴 분은 또 있습니다. 쟝졔스의 지원을 받고 있던 한국의 망명정부가 쩐쟝으로 이전하자, 이 곳 성정부 역시 가만히 있을 수가 없었겠지요. 그래서 성정부의 보안처장은 비밀보안대를 파견해 임시정부 성원들을 보호했습니다. 그때 그 일을 맡았던 보안대 책임자도 국민당 군관의 기억을 뒷받침했습니다."

얼굴이 조금 상기된 교수가 한숨을 쉬고 나서 루한테 물었다.

"혹시 그분들 가운데 생존해 계시는 이는 없습니까?"

"유감스럽게도, 두 분 다 이미 작고하셨습니다. 하지만 고인들의 말씀을 대신 증언할 수 있는 가족이 있습니다."

중국인 향토사학자는 한순간 당황하긴 했지만, 자신의 주장에는 확신이 있어 보였다. 그러나 권위 있는 한국의 사학자를 설득시키기엔 아무래도 힘이 부족했다.

"그건 참으로 유감스러운 일이군요. 그렇다면… 이 곳이 임시정부의 유적지란 사실을 입증하는 증거 자료가 아직은 미흡하다고 할 수밖에… 없겠습니다."

교수의 말에 루는 매우 실망스러운 표정을 지었다. 실망스럽긴 일행 모두 마찬가지였다. 다들 말을 잃고 묵묵히 서 있을 뿐인데, 금희가 뜬금없이 순례의 귀에 대고 조그만 소리로 속삭였다.

"증거란 것이 중요하긴 중요한가 봐요. 청산리전투에서 공을 많이 세우신 우리 할아버지한테도 증거가 없다고 정부가 훈장을 안 준다니까요."

순례가 정색을 하고 돌아보자, 금희는 갑자기 딴전을 피웠다. 큰 소리로 사람들한테 이렇게 말하는 것이다.

"그래도요, 우리 나라 사람도 아닌 저분이 연구를 많이 하고서 하시는 말씀 같은데요, 우리 다 그렇게 믿어야 하는 거 아닌가요?"

교수가 금희를 흘겨보며 단호하게 말했다.

"학문은 그렇게 하는 게 아닙니다."

그러자 이번엔 노기만이 나섰다.

"제 생각엔 교수님 말씀도 일리가 있지만, 이 사람들이 그간 애쓴 것을 생각해서라도, 너무 쉽게 아니라고 단정을 내리면 안 된다고 봅니다. 그렇지 않습니까, 김 여사님?"

"네. 제 생각에도 성급하게 단정을 내릴 사안은 아닌 것 같군요. 그분들의 증언이 만일 사실이라면 우리로서도 얼마나 다행한 일입니까?"

유적지에 관련한 중국인들의 연구 성과를 작은 공책에 꼼꼼이 적고 있던 기쁨이 이제 어떻게 해야 할지 몰라 난감한 표정을 지었다. 다음부터는 이매송 같은 전문가가 없이 자기 혼자 답사단을 안내해야 하기 때문에, 유적지마다 필요한 내용들을 일일이 기록하고 있는 기쁨으로서, 혼란을 느끼는 것은 당연했다.

매송이 정리를 했다.

"중국인 향토사학자들이 이 정도 연구한 것도 대단한 일입니다. 그리고 우리로서는 매우 고마운 일이고요. 마침 유 교수님께서 이 자리를 함께 하셨으니만큼, 앞으로 교수님의 지도 아래 한중 합작 연구가 실시된다면, 사실이 밝혀지리라 믿습니다. 우린 그 날을 기대하기로 하고, 이 곳 답사는 여기서 이만 끝내기로 하지요."

일행은 운동장을 다시 한 번 둘러보고 기념사진을 찍었다. 문 닫힌 건물 안으로는 들어가지 않았다.

내리가 미리 준비한 작은 선물 하나를 당직한테 주고, 일행은 발길을 돌렸다. 운동장 한쪽에 설치된 놀이기구에선 언제 들어왔는지 동네 꼬마 몇이서 놀고 있었다.

루차오훙한테는 기분 상하지 않도록 매송이 말을 잘 하고, 일행은 점심을 먹으러 도심으로 다시 나갔다. 루도 기꺼이 식사를 함께 했다. 그러나 식사가 끝난 뒤 감사의 뜻으로 내리가 슬그머니 건넨 백 달러 지폐만큼은 완곡히 거절했다. 다행한 일은, 유 교수가 꼭 한 번 다시 만나자며 그에게 악수를 청한 것이었다. 교수 역시 내심으로는 루의 말에 무게를 두고 있음을 매송은 느낄 수 있었다.

"참, 쩐쟝을 떠나기 전에 잠시 들러 보고 싶은 곳이 있는데, 여러분 생각은 어떤지요?"

식당 앞에서 루와 작별한 일행이 난징으로 가기 위해 버스에 오르자, 매송이 갑작스런 제안을 했다. 쩐쟝에 아주 유명한 주역의 대가가 있는데, 관심 있는 분은 잠깐 만나 봐도 좋을 것이라고 말했다.

"일찍이 장제스, 마오쩌뚱, 떵샤오핑 같은 중국 현대사 영웅들의 사망 연도를 정확히 예언해서 명성을 날리기 시작한 사람이지요. 그래서 지금도 그를 만나러 중국 각지에서 많은 사람이 이 도시로 모여든답니다."

금희가 가장 먼저 반색하며 환영했다. 백길남도 그런 사람이라면 일부러라도 꼭 만나 보고 싶다고 말했다.

그래서 일행은 차 머리를 돌려 역술인들이 모여 산다는 북고산(北固山) 골짜기로 향했다. 십여 분 만에 버스는 강바람이 산허리를 휘감아 도는 산길로 들어섰다. 이윽고 역술 간판을 내건 집이 몇 채 옹기종기 모여 있는 중턱에 당도했다. 유 교수와 최주승을 뺀 나머지 여덟 사람만 차에서 내렸다.

앞장 선 매송은 처마에 감로(甘露)라고 쓴 붉은색 등롱을 매단 한 역술관의 현관문을 두드렸다. 문이 열리며, 젊은 여인이 나와 일행을 맞았다. 여인을 따라 중국 향내가 진동하는 방 안으로 한 무리의 이방인이 들어서자, 대기실인 듯, 중국인 몇이서 차를 마시고 있다가 놀란 눈으로 쳐다봤다.

역술관의 주인은 일흔이 안 돼 보이는 남자였다. 벽에는 중국 역사에 나오는 영웅들의 초상화만 빼곡이 걸려 있을 뿐, 도인의 방은 한국의 점집처럼 요란한 치장을 하지 않았다. 그런데 이상한 일은, 여인이 마룻바닥에 깔아 주는 방석을 여덟 명이 하나씩 차지하며 모두 앉을 때까지도 도인은 눈을 감은 채 미동도 하지 않는 것이었다.

여인이 다소곳이 밖으로 나간 뒤, 성미 급한 길남이 헛기침을 크게 한두 차례 했다. 그러자 실눈을 뜬 도인은 이들을 무섭게 노려보다가, 고개를 옆으로 휙 돌리며, 뭐라고 고음의 목소리를 냈다. 순간 기쁨의 얼굴색이 변했다.

"뭐라 하는 거요, 저 사람이…?"

뭔지 좋지 않은 쪽으로 일이 돌아가고 있음을 눈치 챈 기만이 기쁨을 향해 조그만 소리로 물었다.

"우리보고 돌아가래요. 아무도 봐 줄 수 없다나 봐요."

기쁨이 매송을 쳐다보며 겁먹은 소리로 말했다. 그 때 도인이 다시 뭐라고 말을 했다. 이번엔 조금 길었다. 그런데 그것은 말이라기보다는 기분 나쁜 호통에 가까웠다. 얼굴색이 흙빛으로 변한 기쁨이 울상을 지며 매송을 쳐다봤다. 매송이 그냥 통역을 하라고 눈짓을 했다. 기쁨이 마지못해 입을 열었다.

"우리들 속에서 살기가 느껴진대요! 한 사람이 다른 사람을 살해할 거라고…, 열이란 숫자 때문이래요. 일행에서 한 명이 늘든지 줄든지 해야, 나머지 아홉 사람이 탈이 없게 된다며…"

기쁨이 말을 더 잇지 못하고 끝내 울음을 터뜨렸다. 놀라고 충격을 받기는 매송 또한 마찬가지, 내리는 매송이 몹시 당황하는 모습에서 눈길을 뗄 수가 없었다.

도망치듯이 역술관을 빠져 나온 여덟 사람은 버스에 올라서도 한동안 아무도 입을 열지 않았다. 그만큼 그들의 충격은 컸다. 차에 남아 있던 두 사람 또한 심상치 않은 일행의 분위기에 속이 탔다.

"대관절 왜들 그래요? 안에서 무슨 일이 있었소?"

유 교수가 물었다.

"점쟁이가 우리들 안에서 살인사건이 난다고 했단 말이에요!"

금희가 신경질적으로 울부짖었다.

"뭐요? 허, 이런!"

교수가 어이가 없다는 듯이 혀를 찼다. 주승도 기가 찬 듯 헛웃음을 날렸다. 그러자 기만이 입을 열었다.

"그렇지가 않습니다, 박사님. 도사께선 방 안에 있으면서도 우리 일행이 열 명인 줄 알고 있었어요. 어떻게 그게 가능하지요? 두 분은 계속 차에 계셨잖아요."

길남이 말을 받았다.

"그래요. 그것만 봐도 그 사람 얘기가 전혀 허튼 소리는 아니라는 증거지요."

차 안의 분위기는 더욱 얼어붙었다. 공포의 찬 바람이 열 사람의 가슴을 한바탕 회오리쳤다.

불안한 침묵을 금희가 깨뜨렸다.

"아, 좋은 수가 있어요! 누구 한 사람이 우리 여행에서 빠지는 거예요. 그럼 괜찮을 것 아니에요?"

입술까지 파래져 있던 금희의 얼굴에 화색이 돌았다. 자신의 기특한 생각이 궁지에 빠진 일행을 구할 수 있어 보였기 때문이었다.

순례가 말을 받았다.

"그럼 우리 가운데서 누가 빠져야 한단 말이오?"

이 말에는 아무도 대답을 하지 않았다. 잘못하다간 스스로 살인 예비범임을 드러낼지도 모르는 일이라서일까?

마침내 매송이 단호하게 입을 열었다.

"다들 진정하세요. 그런 일은 결코 없을 겁니다. 저 사람이 어쩌다가 유명 정치인들의 죽음은 예언했는지 몰라도, 평범한 사람들의 앞날까지야 어찌 알겠어요? 그것도 관상만 보고 말이지요."

금희가 다시 입을 열었다.

"관상도 안 봤어요. 우리가 방에 들어갈 때부터 도사님은 계속 눈을 감고 계셨다고요."

순례가 매송의 말에 동조하고 나섰다.

144

"우리 모두 침착합시다. 방금 하신 이 작가님의 말이 옳습니다. 말도 안 되는 얘기를 더는 귀에 담아 둘 필요가 없단 뜻이에요."

매송이 다시 일행을 설득했다.

"그렇습니다. 이제 다 잊어 버립시다. 처음부터 시간이 좀 남아서 재미로 잠깐 들렀던 것뿐인데……. 어쨌거나 죄송하게 됐습니다. 제가 너무 경솔했어요. 여러분의 용서를 바랍니다."

내리도 매송의 말이 맞다고 거들었고, 특히 유 교수가 흥분한 사람들을 나무라는 발언까지 하자, 술렁이었던 버스 안 분위기는 그제야 겨우 평온을 되찾았다.

일행은 인근에 있는 북고산공원에 들러, 놀란 가슴을 한 번 더 진정시켰다. 공원에서 한 시간쯤 시간을 보낸 뒤, 일행은 난징을 향해 출발했다.

오후 3시, 버스는 한 시간 남짓 걸려 난징 시내에 있는 한 호텔에 무사히 도착했다. 그리고 답사단 열 명은 저녁 식사 시간까지 충분히 휴식하기로 하고, 각자 열쇠를 받아 자신들의 방으로 흩어졌다.

내리와 기쁨은 가장 늦게 방으로 들어갔다. 어느 날보다 여유가 있은 하루였음에도 두 사람의 몸은 물 먹은 솜처럼 무거웠고, 머리도 지끈거리며 아팠다.

내리가 꿈 같은 낮잠에서 깨어난 때는 오후 5시 무렵, 기쁨의 손전화에서 울리는 벨소리 때문이었다. 내리가 가만히 전화기를 집어 들자, 기쁨도 눈을 떴다.

"안 깨우려고 했는데……."

"고마워요, 언니."

기쁨이 살포시 웃으며 전화기를 건네 받아 귀에 댔다.

"웨이?"

중국말로 응답하던 기쁨이 이내 한국말로 소리쳤다.

"사장님!"

하마터면 울음을 터뜨릴 뻔했던 기쁨이, 민규와 간단한 몇 마디로 인사만을 나눈 뒤, 전화기를 내리한테 넘겼다.

"민규, 지금 어디야? 일은 잘 되고 있는 거야?"

썬양에서 전화를 하고 있다는 민규의 목소리는 밝았다. 학생들이 오늘 석방 돼 내일 낮 12시 비행기 편으로 함께 귀국할 것이라고 했다.

"잘됐네. 그런데 넌 어떡할 거야? 아무래도 계속 서울에 있어야겠지?"

민규는 그렇다고 했다. 당분간 여기 저기 다니며 조사도 받아야 하겠지만, 이번 사태로 오히려 회사 선전이 됐는지, 갑자기 고객 숫자가 부쩍 늘어났다는 것이다. 그래서 일단 들어가면 아무래도 사장실을 지켜야 할 것 같다고 말했다. 민규가 다시 임시정부 유적지 답사 여행에 합류할 수는 없을 것으로, 막연히 예상하기는 했지만, 통화를 끝낸 내리는 맥이 풀렸다.

내리의 표정에서 허전한 기분을 눈치챈 기쁨이 내리의 손을 잡으며 위로의 말을 던졌다.

"언니, 우리 저녁 먹고 노래방 갈래요?"

"노래방?"

"네, 어제 언니가 저한테 중국 노래 하나 가르쳐 달라고 하지 않으셨어요? 오늘 당장 가르쳐 드릴게요."

8시쯤, 저녁 식사와 3인 회의를 모두 끝낸 내리와 기쁨은, 경호원 삼아 한솔 한 명만을 더 데리고, 다른 이들 모르게 호텔 근처에 있는 중국 노래방에 갔다.

146

그런데 아주 다행스럽게도 그 노래방 선곡집에는 중국어와 영어 노래말고도 한국 노래와 일본 노래까지 다 들어 있었다. 손님들과 동석하지 못한 중국 아가씨들이 눈총을 주었지만, 셋은 상관하지 않았다. 내리와 한솔은 기쁨이 버스에서 불렀던 중국 민요를 배웠고, 기쁨은 요즘 한국에서 유행하는 젊은 가수들의 노래를 두 사람한테서 배웠다. 기분 나쁜 쩐쟝의 역술인 말을 잊기 위해서도 그들은 노래 부르기에 더욱 깊이 빠져들었다.

(난징) 사라진 금장시계

    대륙의 젖줄 장강(長江) 남안에 자리잡은 쟝쑤성(江蘇省)의 성도 난징(南京)은 방대한 중국 역사의 한가운데에 있는 큰 도시다. 삼국시대 오(吳)나라가 처음 도읍으로 정한 이래 모두 열 개의 왕조 또는 정부가 이 곳을 도읍지로 삼았다. 청나라 말기 태평천국 운동을 일으킨 봉기군 또한 이 곳을 수도로 정했고, 신해혁명이 있은 이듬해인 1912년엔 쑨원도 이 곳을 중화민국 임시정부의 수도로 정했으며, 중일전쟁 때는 국민당정부가 일본군에게 점령될 때까지 이 곳에 있었다.

    그런데 이 도시의 한복판에 명나라 때 처음 조성된 황실 정원, 난징후원(南京煦園)이 있다. 그리고 그 안에는 태평천국의 천왕 홍슈췐(洪秀全)이 신축해 천왕부로 사용한 단층 건물이 한 채 있는데, 뒤에는 쑨원이 총통관공실로 썼기 때문에, 이 건물은 난징총통부로 더 잘 알려져 있다. 이 건물은 국민당정부 주석이었던 장제스(蔣介石)도 1927년부터 1937년까지 사용했는데, 그가 그때 관저로 썼던 건물은 총통부

바로 뒤뜰에 따로 있다.

4층 현대식 건물인 관저의 2층에는 장제스의 소접견실이 있는데, 바로 이 곳에서 김구와 장제스가 처음으로 만났다. 그때가 1933년 5월. 이봉창 의거 때부터 김구의 명성을 듣고 있던 장제스가 김구의 회담 제의를 쾌히 수락해서 열린, 최초의 김·장회담이다.

김구와 장제스는 배석자를 물리친 채 밀담을 나눴다. 먼저 김구가 특무공작에 사용할 자금을 요구하자, 장제스는 한국청년들을 모아 무관 훈련부터 시킬 것을 권했다.

그 결과, 이듬해인 1934년 3월, 중앙육군군관학교 뤄양(洛陽)분교에는 한국 청년들을 위한 특별반이 개설됐다. 교관은 만주 독립군 출신인 지청천, 이범석, 오광선이었고, 학생 수는 백 명이 조금 넘었다. 그런데 이 사실을 안 일제가 중국 국민당정부에 압력을 넣었다. 그래서 한인특별반은 1년 만에 폐쇄됐고, 학생들은 난징에 있는 육군군관학교에 개별적으로 다시 입학해야 했다.

일제의 방해 책동은 여기서 그치지 않았다. 대한민국 임시정부가 항쩌우에서 난징으로 옮기려는 계획을 알아채고는, 만일 그런 사태가 일어나면, 일본 해군이 장강을 거슬러 올라와 난징 성내를 포격하겠다고, 국민당정부를 위협했다. 그것 때문에 우리의 임시정부는 어쩔 수 없이 난징 대신 전장에 머물렀어야 했던 것이다.

한 때는 난징 시의 시주석이 소접견실로 쓰기도 했다는 그때의 회담 장소는 지금도 멀쩡했다. 공간에 비해 실내등과 안락의자가 매우 많다는 느낌이 들었지만, 밀담을 나누기엔 아주 적합해 보이는 조그만 방이 관저 집무실 바로 옆에 붙어 있었다.

임시정부 유적지 답사단 일행은, 월요일 오전, 관계 직원의 안내로 역사적인 방을 구경할 수 있었다.

"두 지도자 간의 비밀 회동은 이 방에서 한 차례 더 있었습니다. 중일전쟁이 터진 직후, 일본에 대한 결사항전을 선언한 장제스는 김구를 비밀리에 불러 의견을 교환했는데, 이 두 번째 회동을 계기로, 김구는 여러 단체로 흩어져 있던 독립운동 민족진영들을 모아서 '광복진선' 을 결성하게 됩니다. 대일항전에서 중국과 공동보조를 취할 필요가 있다고 생각한 결과였지요."

이매송의 설명은 어느 때보다 뜨거웠고 목소리에 힘이 들어 있었다.

광복진선이란 '한국광복운동단체연합회' 의 약칭이다. 1937년 8월에 임시정부 주변 단체들인 한국국민당, 한국독립당, 조선혁명당이 먼저 합의하고, 미주 하와에 있는 여섯 단체가 가담해 만든, 우익 민족주의 계열의 독립운동 연합체였다.

매송의 현장 설명이 끝난 뒤, 유 교수는 아무 말 없이 방안 구석구석을 자세히 살폈다. 그러고는, 김구와 장제스 두 사람이 회담할 때 찍은 사진이 한 장 남아 있는데, 그 사진 속의 배경이 이 방과 비슷하다고만, 짤막하게 말했다.

일행은 명나라 때의 건축 자재로 지었다는 난징총통부를 구경하고, 황실 정원에서 잠시 휴식한 뒤, 다시 거리로 나왔다.

오후에는 김구가 살던 회청교(淮清橋)부터 답사를 시작했다. 회청교 마을에는 그때에도 있었음직한 조그만 다리가 하나 있는데, 그 아래로 흐르는 개천 가 축대 위에는 몹시 추레한 낡은 집들이 다닥다닥 붙어 있었다.

샤싱에서 난징으로 비밀리에 은신처를 옮긴 김구는 이 마을에서 고

물상 행세를 하며 지냈었다고, 매송이 말하자, 내리는 아마도 저런 집들 가운데 한 집에서 사셨으려니 생각했다.

인근에는 다른 독립운동가 가족들이 살았던 마도가(馬道街)란 동네가 있었다. 김구 어머니 곽씨도 어린 두 손자를 데리고 이 곳에서 살았다고, 유 교수가 말했다.

그 밖에 임시정부 요인 가족들이 살았던 광화문(光華門) 안 남기가(藍旗街)에도 가 봤지만, 거기엔 이미 아파트가 들어서 있어 옛 흔적을 찾을 길이 없었다.

다만 한 곳, 김구가 이끌던 한국국민당 청년들이 모여 살았던, 중화문(中華門) 안에 있는 동관두(東關頭) 32호 주택은, 비록 바깥채는 헐렸지만 안채는 옛 모습이 그대로 남아 있어서, 일행의 허전했던 마음을 조금은 달래 줬다.

"그때 난징에는, 한국국민당 같은 민족주의 계열의 독립운동 단체말고도, 진보적 성향이 강한 사회주의 계열의 독립운동 단체가 함께머물고 있었습니다."

일행을 태운 버스가 금릉대학(金陵大學)으로 가는 동안, 매송이 마이크를 잡고 말했다.

"금릉대학은, 스물두 살 때 의열단을 조직해 일제와 싸우기 시작한, 진보적 민족주의자 김원봉이 다녔던 학교인데, 그 곳에서 1935년 7월에 의열단이 주축이 된 민족혁명당이 탄생했습니다."

난징에서도 유서 깊은 대학인 금릉대학 구내를 구경한 뒤, 일행은이 날 마지막 일정으로 민족혁명당의 거점이었던 호가화원(湖家花園)으로 갔다.

1935년 4월 낙양분교 한인특별반을 졸업한 김원봉 계열 학생들과 김원봉을 비롯한 민족혁명당 인사들이 거주하던 마을인데, 지금은 그 때 있었다는 사원 두 채가 흔적도 없이 사라졌고, 연못 주위에는 빈민 촌이 형성돼 있었다.

중국의 큰 도시 난징은 분명히 한민족 독립운동사에서 매우 중요한 지역이긴 하지만, 관련 유적들이 거의 사라지고 없어, 답사단의 실망 은 적지 않았다. 하지만 유적지의 훼손이나 상실이 어디 여기뿐이랴. 우리 나라 안에 있는 상당수의 유적지도 각종 개발 사업에 밀려 철거 되거나 훼손되고 있거늘, 어찌 남의 나라 안에서 그런 일이 일어나고 있음을 탓하고 슬퍼하리오. 호가화원을 마지막으로 하루 일정을 마치 고 버스에 오르는 일행의 마음은 그저 안타깝고 안타까울 따름이었다.

"오늘 하루는 여러 곳을 다니시느라 많이 피곤하실 거예요. 대신 내 일은 여유롭게 난징 시내를 관광하도록 하겠습니다."

호텔로 돌아오는 버스 안에서 기쁨이 말했다.

"내일 배는 몇 시에 떠나요?"

순례가 물었다.

"오후 여섯시니까 시간은 충분해요."

기쁨이 웃으며 대답했다. 다음 목적지는 우한(武漢)인데, 여객선으 로 이동한다는 것을 다들 알고 있었다.

"그럼 내일 아침엔 늦잠 좀 자도 되겠네요."

금희가 하품을 하며 말했다.

"황 여사님, 이런 데까지 오셔서 잠만 주무시면 어떡해요? 난징의 밤 도 오늘이 마지막인데요."

내리가 말을 받았다.

"내리 양, 그 말 한번 잘 했소. 오늘 밤엔 우리 모두 유쾌한 시간을 가져 봅시다."

금희 대신 기만이 화답했다. 그러자 길남이 볼멘소리로 끼어들었다.

"그런데 말이지요. 끼리끼리 놀지는 말기로 합시다. 그건 편을 가르는 일인데, 열 명밖에 안 되는 우리가 그래서야 되겠어요?"

어젯밤 내리와 기쁨, 한솔 셋이서만 노래방에 갔던 사실을 알고 있던 길남이 잔뜩 약이 올라 꺼낸 폭로성 발언이었다. 그러자 사정을 전혀 모르는 여섯 사람은 의아스런 표정을 지었고, 당사자 세 사람은 눈길을 아래로 떨구었다.

'끼리끼리는 누가 먼저 했는데……'

쩐장에서 있었던 일을 두고, 내리가 조그만 소리로 중얼거리자, 옆자리에 있던 기쁨이 쿡 하고 웃음을 터뜨렸다.

이 날 밤 답사단 일행은 간밤에 세 사람이 갔었던 그 노래방으로 몰려갔다. 기만이 모든 비용을 부담하겠다며 앞장을 섰고, 주승도 마지못해 따라 나섰다.

노래방 지배인은 일행을 특실로 안내하면서, 최신 한국 가요까지 준비돼 있다고 자랑했다. 기만이 맥주와 음료수, 과일 들을 시킨 뒤, 아가씨는 필요하면 나중에 부르겠다고, 기쁨을 통해 지배인에게 말했다.

한솔이 먼저 마이크를 잡고 한국 노래를 한 곡 부르자, 다른 사람들도 차례로 노래 실력을 뽐냈다. 유 교수와 순례도 사양하지 않았고, 주승도 가곡을 한 곡 불렀다.

빈 맥주 병이 하나씩 둘씩 늘어나면서, 취기가 오른 길남이 가운데로 나와 혼자서 춤을 추기 시작했다. 그러자 금희가 달려나와 같이 춤을 췄다. 처음엔 따로 추던 두 사람이 이내 한 몸이 됐고, 마이크를 잡은 매송은 그들을 위해 흘러간 옛 가요를 불렀다. 그러자 언짢아진 기만이 기쁨한테 중국 아가씨들을 부르라고 했다. 곁에 있던 순례가 기쁨을 말렸다. 여자들이 들어오면 자기는 호텔로 돌아가겠다고 했다.

한창 흥이 난 길남과 금희가 이번에는 블루스를 추기 시작했다. 가수가 없어도 느린 박자의 춤곡은 두 사람을 몰아경에 빠뜨렸다. 연거푸 술잔을 기울이던 기만이 이윽고 자리에서 일어났다.

"나 먼저 호텔로 가겠소."

한 박자 늦게 분위기를 간파한 금희가 길남의 품에서 살그머니 빠져나와, 기만 곁으로 다가갔다.

"왜, 벌써? 많이 피곤하세요?"

"이 곳 호텔에도 마사지실이 있는 것 같았소. 거기 좀 들렀다가 방으로 올라갈 테니, 당신은 나중에 와요."

기만이 막무가내로 나가겠다고 하자, 교수와 순례도 덩달아 자리에서 일어났다. 그러자 기만은 애써 그들을 만류했다.

"지금 이 자리가 파하게 되면 저 때문에 그렇게 되는 겁니다. 그러니 반 시간이라도 더 놀다 오세요. 그래야 제 마음이 편하지요. 제발 부탁합니다."

기만의 간곡한 말에 두 사람은 어쩔 수 없이 엉거주춤 다시 자리에 앉았다. 아쉬움이 가득한 눈으로 이들을 주시하고 있던 몇 사람의 표정이 순간 밝아졌다.

기만이 주머니에서 지갑을 꺼냈다. 그리고 그 속에서 안마비로 쓸 중국 지폐 한두 장을 뽑아 내고는, 나머지 돈이 든 자신의 두툼한 지갑을 통째로 금희한테 줬다.

"이따가 지불해요."

"알았어요."

지갑을 받아 든 금희가 문 쪽으로 걸어가는 기만을 뒤따라가는데, 문 앞에서 기만이 갑자기 걸음을 멈추더니, 손목에 차고 있던 금장시계를 풀었다.

"참, 이것도 당신이 가지고 있어요."

"정말 우리 영감의 조심성만큼은 알아 줘야 한다니까요!"

금희가 번쩍거리는 시계를 보란 듯이 사람들 쪽으로 흔들어 보이며 말했다.

기만이 나간 뒤 식었던 분위기는 금방 다시 뜨거워졌다. 한솔이 적극적으로 분위기를 이끌었고, 교수와 순례도 기꺼이 협조했다. 맥주를 서너 잔이나 비운 금희가 화장실을 다녀온 뒤에도, 일행은 삼십 분을 더 유쾌히 놀았다.

일행이 묵고 있는 난징호텔 신관 5층, 술과 여흥으로 기분 좋게 취한 금희가 기쁨과 내리의 부축을 받으며, 호텔 복도를 걸었다.

"오백…팔 호…, 여기예요."

금희의 손가방을 들고서 한 발 앞서 방 번호를 살피며 걷던 내리가 걸음을 멈췄다.

"노 사장님이 들어오셨을까요?"

기쁨이 내리한테 가만히 묻는데, 금희가 혀 꼬부라지는 소리를 냈다.

"언니들…, 열쇠… 내 가방 안에 있어요…."

내리가 금희 가방에서 카드열쇠를 찾아 문을 열었다. 방에는 불이 켜져 있었다. 기만이 먼저 들어와 있는 것이 분명했다.

"황 여사님, 편히 쉬세요."

둘이 조그만 소리로 밤 인사를 했다.

"고마워, 예쁜 언니들…."

금희도 답례를 하고 안으로 들어간 뒤, 문이 철컥 소리를 내며 닫혔다.

기만은 이미 방에 들어와 있었다.

"미안해요. 제가 더 늦었네요."

금희가 정신을 가다듬으며 조금은 미안함이 묻은 목소리로 먼저 입을 열었다. 그런데 되돌아온 남자의 목소리는 빈정거림이었다.

"황 여사 춤 솜씨가 꽤 좋던데…! 어디서 배운 거요?"

알아듣지도 못하는 중국 텔레비전을 켜 놓은 채, 혼자서 녹차를 홀짝거리고 있던 기만이 그답지 않은 반응을 보였다.

"어머, 제가 뭐 카바레나 드나드는 여잔 줄 아셨어요? 구청 문화회관에서 잠깐 배운 실력을 선보인 것뿐이라고요."

금희가 기만을 등 뒤에서 끌어안으며 짐짓 교태를 부렸다. 그 바람에 기만의 손에 들려 있던 찻잔이 출렁였고, 찻물이 조금 바닥으로 쏟아졌다. 순간 제 풀에 놀란 기만이 벌떡 의자에서 일어나며 버럭 소리를 질렀다.

"아니, 이 사람이! 대체 술을 얼마나 마셨길래…!"

그 소리에 술 취한 금희가 화가 났다. 조금 전까지 지니고 있던 여성의 부드러움은 어디론지 사라지고, 성난 고양이처럼 두 눈 부릅뜬 여인의 얼굴에는 노여움이 가득 찼다. 다음 순간 기만의 귀중품이 들어 있는 여인의 손가방은 침대 위로 날아가 떨어졌다.

"당신 그렇게 옹졸한 사람인 줄 몰랐어요! 정치하겠다는 분이 그리 마음이 좁아 가지고서야 어떻게 민심을 얻는단 말예요?"

생각 밖으로 강하게 나오는 금희의 태도에 본전도 못 찾고 기가 꺾인 기만은, 몹시 당황하며 꼬리를 내렸다.

"아, 알았소, 황 여사. 내가 자, 잘못했소. 그냥 한번 해 본 소리니 괘, 괘념치 말아요."

그러고는 침대 위에 팽개쳐져 있는 금희의 손가방을 집어 화장대 위에다 얌전히 올려 놓으려는데, 금희의 날렵한 손이 그의 손에서 손가방을 가로챘다. 머쓱해진 기만이 멀뚱히 처다보자, 금희는 가방을 열고 기만의 지갑을 꺼내 기만의 눈앞으로 던졌다.

"노래방 비용말고는 쓴 데 없어요!"

남들 앞에선 제법 당당한 사업가이자 정치 지망생이며 한 여자의 바깥양반으로 비쳤던 초로의 신사 노기만이 어쩌다 이런 지경에까지 이르렀는지…! 그러나 불행 중에 다행인 것은, 답사단 일행 가운데는 아무도 둘 사이의 이런 관계를 아직까진 아는 사람이 없다는 사실이었다.

이미 위신이고 체면이고 다 까 먹은 기만이 그래도 할 말은 해야겠다는 듯, 금희의 눈치를 보며 더듬거렸다.

"내 시계는… 어디 있소?"

"시계요? 네에, 당연히 돌려 드려야지요. 당신의 전 부인이 결혼 이십 주년에 준 선물인 것을 감히 내가 어쩌겠어요?"

여전히 분이 안 풀린 금희가 연신 시부렁대며 손가방 속을 뒤적였다. 그런데 취기와 노여움으로 벌겋게 상기돼 있던 금희의 얼굴이 차츰 굳어지는가 싶더니 이내 창백해졌다.

"저…, 다, 당신 아까 나한테 시계 준 거… 트, 틀림없지요?"

이제는 금희가 더듬거리기 시작했다.

"무슨 소리요, 지금? 시계를 준 게 틀림없다니…?"

뭔지 불길한 예감이 스쳐 오는지, 기만의 두 눈이 네모를 그리며 목소리가 다시 커졌다.

시계가 없다! 다이아몬드로 잔뜩 치장한 최고급 외제 시계가 감쪽같이 금희의 손가방에서 사라진 것이다.

상황은 완전히 역전됐고, 이제 고양이 앞에 쥐 꼴이 된 사람은 금희였다.

두 사람에 이어 나머지 여덟 사람도 한 밤중에 혼이 빠져 나가긴 마찬가지였다. 느닷없는 기쁨의 비상 호출에 다들 깜짝 놀라 두 사람 방으로 정신없이 달려왔다. 그러나 기만의 금장시계가 실종된 사실에 관련한 정보를 제공하는 이는 아무도 없었다.

금희는 자신의 손가방을 뒤집어 내용물을 몽땅 침대 위에 쏟아 놓은 채 넋이 나가 있었다. 내용물에는 여자들이 가지고 다니는 일반 용품 밖에는 아무것도 없었다.

"내가 넣으면 가방 안에나 넣지, 달리 어디다 두겠어요."

금희가 울먹이며 말했다. 언제 취했고 언제 또 큰 소리를 냈던가 싶을 정도로, 그는 이미 본 정신으로 돌아와 있었다.

매송과 길남, 주승, 한솔이 기쁨을 앞세우고 노래방을 향해 달렸다. 노래방 지배인은 이들의 요구에 최대한 협조했다. 그들이 놀았던 방은 물론 여자 화장실과 복도, 심지어 각 방에서 나온 쓰레기들을 모아 놓은 커다란 자루 속까지 함께 살폈다.

"원하시면 경찰에 신고하세요."

이들이 힘없이 노래방을 떠날 때, 지배인은 이렇게 말했다.

호텔로 돌아온 남자들이 빈손임을 안 금희는 중국 경찰에 신고하겠다고 했다. 하지만 무슨 생각에선지 기만이 그것을 말렸다.

사람들은, 내일 아침에 다시 함께 찾아 보자고 서로 다짐하며, 각자의 방으로 흩어졌다.

내리는 자정이 넘고 새벽이 가까워지도록 잠을 이룰 수가 없었다. 날이 밝으면 모두 나서서 다시 한 번 노래방을 뒤지기로 했지만, 찾을 가능성은 거의 없어 보였다.

'황 여사가 설마 거짓말을…?'

그러나 그런 가정은 처음부터 제쳐 놔야 마땅했다. 금희는 호텔로 돌아올 때까지 화장실을 갔을 때말고는 늘 이들과 함께 어울려 있었다.

"화장실 갈 때만 가방하고 내가 떨어져 있었어요. 내가 앉았던 자리에 놔 둔 채 갔었으니까. 맞아요, 틀림없어요. 그렇다고 그 때 도둑놈이 들어와서 내 가방을 뒤졌다고 할 수도 없잖아요?"

아까 금희가 한 말이다. 그렇다면, 노래방 특실에 있었던 일행 가운데 어느 한 사람이, 어둡고 현란한 조명과 찢어질 듯 강렬한 기계 음악, 몽롱해진 두뇌와 초점 잃은 눈길들 그리고 시큼씁쓸한 알코올 냄새로 뒤엉킨 혼돈의 분위기를 이용해, 금희의 가방을 열었단 말인데, 과연 그럴 사람이 일행 속에 있을까? 아니다. 결코 있을 수 없는 가정이다. 하지만 기만과 금희… 피해 당사자들의 언행으로 볼 때, 두 사람은 일행을 의심하는 것도 같았다. 그러니까 기만이 금희한테 경찰에 신고하지 말자고 한 것이 아닐까?

그래도 혹시 모르는 일, 내리는 한 사람씩 가능성을 짚어 보기로 했다.

우선 분실의 일차 책임자인 황금희는 금장시계를 빼돌릴 틈이 전혀 없었다. 또 그럴 필요도 없는 사람이 아닌가. 미스 배 또한 용의자 명단에서 제외해야 할 것 같았다. 왜냐 하면, 비틀거리는 황 여사가 화장실을 갈 때 그도 함께 따라갔었기 때문이다. 그렇지만 노래방을 나올 때, 계산대 앞에서 황 여사가 남편 지갑에서 돈을 꺼내 비용을 지불할 때, 곁에서 그를 도와 준 사람은 미스 배, 바로 기쁨이었다. 그러니까 그 때 마음만 먹으면 기회는 있었다고 할 수가 있다. 그러나 기쁨만큼은 절대로 아니다. 직업 정신 투철한 여행사 직원이, 그렇게 착하고 순수한 조선족 처녀가 그런 불순한 마음을 품을 수는 없는 노릇이다.

유 교수와 이 작가 그리고 김 여사님 또한 마찬가지다. 그분들이 가방에 손을 댔다는 것은 결단코 상상할 수도 없는 일. 물론 그 어수선한 분위기에서 누구라도 뜻만 있으면 가방에 손을 댈 기회는 얼마든지 있었다. 술에 취한 금희가 춤을 추러 자주 방 가운데로 나왔었고, 춤이 끝난 뒤엔 빈 자리면 아무 곳에나 가서 앉았었다. 그래서 일행의 자리 배치는 수시로 바뀌었었다. 그런 중에 누구라도 한 번쯤은 가방 곁에 앉았을 것이다.

그럼 이제 남은 사람은 내리 자신을 포함해 네 명인데…. 먼저 백길남은, 비록 술과 여자를 좋아하고 좌충우돌하는 성격이긴 하지만, 본성은 선량해 보이는 인물이다. 그리고 무엇보다도 그 날 그는 술이 많이 취했었다. 그런 몸으로 민첩함이 요구되는 그런 행동을 과연 할 수가 있었을까? 다음은 최주승…, 비록 남과 잘 어울리지 않고 혼자 있기를 좋아하는 사람이지만, 지적이면서도 깔끔한 용모와 고독감이 짙게 밴 그의 풍모에선 범죄 냄새를 맡을 수가 없다. 대학생 한솔 역시 그렇다. 심성이 고운 데다가 정의감도 있는 훌륭한 청년이 아니던가. 그리고… 마지막으로 남은 한 사람은 내리 자신이다. 노래방에서는 아니라해도, 그 곳에서 밖으로 나와 걷는 동안에는 술 취한 금희의 손가방을 내리 자신이 들고 있었다. 그러니까 마음만 먹으면 내리 역시 가방을 열 수 있는 위치에 있었던 것이다.

'그럼 내가…? 다른 사람들이 나를 의심할까? 혹시 미스 배도 그런 생각을 하지 않을까?'

무엇이 무엇인지 도무지 모르겠다. 내리는 그런 생각을 하는 자신이 기가 차기도 하고 우습기도 했다. 머리가 지끈거리며 아파 왔다. 기쁨이 있는 쪽으로 고개를 돌리자, 벽을 향해 누워 있는 기쁨의 모습이 희미한 불빛 속에 어렴풋이 보였다. 잠잘 때 내는 숨소리는 들리지 않았다. 내리는 가느다란 한숨을 내쉬며 허공을 향해 다시 바로 누웠다.

과연 진실은 무엇일까? 황 여사가 거짓말을 한 것일까? 아니면 노 사장이 의심하는 것처럼, 그 방에 있던 여덟 명 가운데 어느 한 사람이 다이아몬드 시계를 훔친 것일까? 그들의 방과 각자의 여행가방, 소지품들을 모두 조사하자고 해야 하나? 아니 차라리 중국 경찰에 신고하는 것이 지혜로운 일이 아닐까?

만약에 진상을 밝히지 못한 채 이대로 난징을 떠난다면, 앞으로 여행을 하는 동안 내내 서로 의심하고 경계하는 불편한 관계가 지속될 것이다. 그런 상황에서 임시정부 유적지 답사 여행은 무슨 의미가 있을 것이며, 과연 스무일곱 날 일정을 모두 채우고 무사히 귀국하게나 될는지, 내리의 걱정은 끝이 없었다.

'왜 이렇게 불안하지? 조짐이 안 좋아. 쩐짱의 역술가는 왜 그런 말을 했을까? 무섭다. 이럴 때 민규가 있었으면…!'

무수한 상념과 깊은 근심 속에 내리는 잠이 들었다가는 깨고, 깨어난 내리는 다시 고민의 수렁을 헤매고…, 그렇게 밤새 뒤척이는 속에도 대륙의 새벽은 어김없이 달려왔다.

다음 날 오전, 사람들은 난징 시내 관광을 포기한 채 호텔 방에 틀어박혀 꼼짝하지 않았다. 특별한 까닭이 있어서가 아니라, 다들 그냥 쉬고 싶어했다. 아침 식사를 거른 사람도 있었다. 그래서 매송, 내리, 기뿜, 한솔… 넷이서만 다시 문제의 노래방에 갔다. 그리고 한 시간도 안돼, 그들은 별 소득 없이 거기서 나왔다.

이미 쩐쟝에서 길남이 일으킨 소동의 화근이었던 중국 노래방을, 일행이 그 교훈을 망각한 채 무리지어 갔던 것이 실수였을까? 어쨌거나 이 날 이후 답사단 가운데 그 누구도 여행이 끝날 때까지 중국 노래방을 다시 간 사람은 없었다.

점심을 먹고, 오후 2시 30분쯤 일행은 모두 짐을 챙겨 호텔을 나왔다. 버스에 타서도 다들 말이 없었다. 그런데 조금 뜻밖인 것은, 기만과 금희의 표정이 그다지 어둡지가 않았다. 기회를 봐서 내리가 금희한테 어찌 된 일이냐고 슬쩍 물어 봤다. 그랬더니 금희의 대답은 선선했다.

"뭘요, 서울 가면 내가 그것과 똑같은 시계를 선물로 사 주겠다고 약속했지요."

일행을 태운 버스는 남서쪽으로 달려 도시 변두리에 있는 강동문(江東門)으로 향했다. 다른 곳은 생략하더라도 이 곳만은 꼭 들를 필요가 있다는 매송의 제안에 따라, 난징대학살조난동포기념관을 방문하기 위해서였다.

사람들의 발길이 뜸한 탓인지 아니면 장소가 주는 선입견 때문인지, 조금은 을씨년스런 기분으로, 일행은 기념관 정문을 들어섰다. 그러자 맨 먼저 보이는 것은 커다란 돌에 새긴 '희생자 300,000명'이란 글이었다.

중일전쟁은 예정된 전쟁이었다. 중국의 수도 베이징 남서쪽 변두리에는 8백 년이 넘는 매우 큰 돌다리 노구교(蘆溝橋)가 있는데, 1937년 7월 7일, 이 곳에서 일제는 의도적으로 중국에 전쟁을 도발했다. 그리고 그것은 중국현대사 아니 세계현대사에 한 획을 긋는 중일전쟁의 발단이 됐고, 그 전쟁은 일본이 항복할 때까지 장장 8년 간 지속했다.

그 해 11월, 중일전쟁이 강남으로 확대되자, 중국정부는 난징을 떠나 쓰촨성 충칭으로 천도했다. 그렇게 되니, 한국의 임시정부와 성원들도 피난을 하지 않을 수 없게 됐다. 김구는 임시정부를 후난성 창사로 옮기기로 하고, 함께 있던 쭈 여인을 고향으로 돌려보냈다.

임시정부와 대가족이 난징을 탈출한 지 한 달이 안 돼, 중국 국민당 정부의 수도였던 난징은 일본군의 수중으로 넘어갔고, 잔인무도한 침략군은 중국사람 30만 명을 학살했다.

그러고 나서 반 세기 만에 세워진 희생자 위령탑. 그 앞에서, 답사단 일행은 고인들의 넋을 위해 잠시 묵념을 올렸다. 비록 이웃 나라가 겪은 비극이지만 한국인한테는 결코 남의 일일 수가 없는 불행한 역사의 현장, 동시에 인간이 얼마나 잔악할 수 있는지를 일깨워 주기도 하는, 동양의 아우슈비츠에서, 내리는 가슴으로 울었다.

야트막한 단층 건물이 전시관이고, 주변에는 파릇한 잔디밭이 깔려 있는데, 그 가장자리에는 참상을 표현한 조형물들이 담장처럼 서 있었다. 전시장 안에는, 실상을 증언하는 수많은 흑백사진과 학살에 쓰였던 일본군대의 무기류와 함께, 그때 죽은 사람들의 유골 일부가 전시돼 있었다.

기념관을 나와 버스에 오르는 사람들의 마음은 호텔을 나설 때보다 한결 무겁고 침울했다. 그런 분위기를 훔쳐보며, 내리는, 이 곳을 굳이 방문하도록 만든 이 작가의 생각이 옳은 것이었는지, 의문이 들었다. 그의 의도를 모르는 바는 아니지만, 가뜩이나 시계 분실 사건으로 마음이 편치 않은 일행에게 하필이면 끔찍한 유골 더미를 보여 주다니…!

"배 타려면 아직도 시간이 많이 남았는데, 우리 오전에 못 한 장강대교 구경이나 하지요?"

일행의 기분을 바꿀 필요가 있다고 생각한 내리가 제안했다. 그래서 버스는, 난징의 명물 가운데 하나로 꼽히는 장강대교를 향해, 강동로를 따라 북쪽으로 달렸다.

버스가 다리로 진입할 무렵, 한솔이 물었다.

"기쁨 씨, 장강은 뭐고 양자강은 또 뭐예요? 헷갈리거든요."

기쁨이 마이크를 잡았다.

"한국에서 오신 분들은 다 한 번씩 그런 질문을 하시데요. 어쨌거나 제가 우선 드릴 수 있는 대답은, 같은 강을 두고 부르는 두 개의 다른 이름이라는 거죠. 저기 보이는 바로 저 강이 중국에서 가장 길다고 해서 장강(長江)이라고 합니다. 티베트 고원 북동쪽에서 발원한 강물이, 충칭, 우한을 거쳐 이 곳으로 흘러오고, 다시 우리가 지나온 전장을 거쳐 마지막 도시 상하이에서 동중국해(東中國海)로 빠져나가지요. 그런데 양쯔강(揚子江)이란 이름은 이 곳 일부 지방에서 옛날부터 써 온 지방명에 불과한데, 무슨 까닭인지, 한국 분들한테는 이 이름이 더욱 친숙한 모양이에요. 참, 그게 정말인가요? 한국에는 양쯔강 아니 양자강이란 이름을 가진 중국음식점이 꽤 많다는데……"

기쁨이 열심히 설명했지만 반응은 신통치가 않았다. 한솔만 "아, 그렇군요!" 했고, 다른 이들은 창 밖으로 눈길을 준 채 고개도 끄덕이지 않았다.

장강의 물빛은 그들의 기분처럼 누렇고 탁했다. 하지만 대륙의 젖줄

164

이란 말을 실감할 수 있을 정도로, 수많은 화물선이 꼬리를 물고 다리 아래로 지나갔다. 버스를 타고 6,700미터나 되는 긴 다리 위를 왕복하는 동안, 일행의 기분은 차츰 나아졌고, 내리의 마음도 한결 가벼워졌다.

오후 5시가 조금 지나, 답사단이 탄 버스는 난징항구에 도착했다. 그리고 일행은 상하이에서부터 여드레 동안 일행의 발이 돼 준 중형 임대 버스와 작별하고, 난징항 4호 부두 여객터미널로 들어갔다.

임시정부와 그 대가족이 68년 전 난징을 탈출하기 위해 승선했던 곳은 수서문(水西門)부두인데, 지금은 폐쇄돼 흔적을 찾을 수가 없다고, 대기실에서 기쁨이 승선권을 나눠 줄 때, 매송이 말했다.

09
(장강 따라) 여객선의 밤

 오후 6시 정각, 일행을 태운 900마력급의 4층 여객선이 난징항을 떠났다. 승무원 70명을 포함해 1,600명의 승객을 실어 나를 수 있다는 거대한 배에는 2인실, 3인실, 4인실 선실이 갖춰져 있었다. 유 교수와 이 작가가 한 방, 기만과 금희 부부가 한 방, 순례와 내리 그리고 기쁨이 한 방, 길남과 한솔이 또 한 방을, 주승은 여느 날과 같이 혼자서 2인용 방 하나를 배정받았다.

 저녁 식사는 배 안에 있는 식당에서 했다. 배의 규모에 비해 시설은 초라하고 음식도 정갈하지 못했다. 그래선지 식당 음식을 이용하는 사람은 많지 않아 보였고, 자장면 같은 국수를 비닐 봉지에 싸 가지고 와서 먹는 사람들이 자주 눈에 띄었다. 나중에 안 사실이지만, 중국인 승객 대부분은 식사 대용으로 만두나 튀긴 빵, 삶은 달걀 따위의 음식을 미리 챙겨서 승선한다고 했다.

 식당 창문 밖으로 내다보이는 장강의 밤 풍경은 볼 것이 별로 없었다. 도시를 벗어난 강가의 양 언덕은 어둠에 잠겨 숨죽이고 있었고, 이 따금 나타나는 산등성이는 잠자는 괴물의 등처럼 조금씩 위아래로 움직일 뿐이었다.

식사를 끝내고 각자의 방으로 흩어지기 전에, 일행은 매송한테서 간략하게 강의를 들었다.

"그때도 지금처럼 밤이 이슥해서, 임시정부와 광복진선 3당의 성원과 가족 백여 명은 중국정부가 알선해 준 목선 한 척에 의탁해 양자강을 거슬러 올라갔습니다. 물론 임시정부의 주요 문헌과 물품 상자들도 함께 배에 실렸는데, 그것들은 그 뒤 먼 피난길에서도 늘 대가족의 보호를 받으며, 그들과 운명을 같이 했지요."

내리가 물었다.

"선생님께서 지난 달에 찾으셨다는 임시정부 국새도 그때 그 상자 속에 있었겠지요?"

"물론이오. 어려운 피난길에서도 국새는 잘 간수됐고, 임시정부가 해방된 조국으로 환국할 때도 그것은 분명히 쇠가죽 상자 속에 잘 들어 있었지요."

매송이 한숨을 한 차례 길게 내쉬고, 다시 말을 이었다.

"어찌 됐든 지사님들과 가족들은 그 날 밤 무사히 난징을 탈출할 수 있었습니다. 그때 배를 타신 어른 한 분한테서 듣기로는, 목선이란 게 사람의 힘으로 저어야 가는, 그야말로 원시적인 배였답니다. 그래서 상류를 거슬러 올라갈 땐 배 젓는 힘이 더욱 많이 들게 마련인데, 다행히 순풍을 만나면 돛을 달아 가기도 하지만, 역풍을 만나는 날에는 전혀 앞으로 나갈 수가 없었다고 하더군요. 그러면 뱃사공들이 언덕으로 내려가서 줄을 어깨에 메고 끌어야 하는데…, 그런 날은 조금밖에 가지를 못하니까, 우한까지 가는 데만도 얼마나 많은 날이 걸렸겠어요? 지금 이처럼 큰 배도 서른하고도 여덟 시간이나 걸리는데 말입니다."

"서른여덟 시간이라고요?"

금희가 비명을 지르듯 물었다. 이어 몇 사람의 웅성거림이 뒤따랐다. 유 교수 역시 잔뜩 이맛살을 찌푸린 채 눈을 감고 있었다. 당황한 매송이 입을 열었다.

"아, 잠깐만요. 우리가 서른여덟 시간 배를 탄다는 뜻은 아닙니다. 원래는 그래야 하지만, 연만하신 분들도 계시고 해서, 배 타는 시간을 줄였습니다."

기쁨이 나서서 바뀐 노정을 설명했다. 이미 승선권이 그렇게 돼 있었지만 아무도 자세히 보질 않았던 것이다.

"그러니까요, 배표에도 적혀 있듯이, 난징에서 우한 사이 3분의 2 지점에 있는 지우쟝까지만 배를 탈 거예요. 거기서 내려 하루 묵고, 다음 날 아침에 고속버스를 타면, 점심 때쯤 우리가 가려는 도시 우한에 도착합니다. 그러면 되겠지요, 여러분?"

"고속버스가 있다고…? 그럼 처음부터 그걸 타든지 할 것이지."

기만이 조금 볼멘소리를 냈다.

"노 사장님, 저희가 비행기도 탈 수가 있지만, 굳이 강을 따라서 배로 이동하는 건 이번 답사 여행의 취지 때문이지요. 좀 힘드시더라도 이해해 주시기 바랍니다."

매송이 간곡히 말하자, 기만이 한 발 물러섰다.

"유람선을 탔다고 생각하면, 거 뭐… 하루 이틀 정도야 못 견디겠소? 헌데, 문제는 식당 밥에 있어요. 호텔 음식에 비해 질이 떨어지는 건 당연하다 하더라도, 하루 세 끼니를 똑같은 중국음식만 먹어야 한다는 게 힘들 거라는 거지요. 안 그렇습니까, 김 여사님?"

순례는 기만의 말에 고개를 위 아래로 몇 번 끄덕였을 뿐, 말 대답은 하지 않았다. 교수의 표정도 다시 밝아졌다.

배에는 무료한 시간을 잊게 해 줄 특별한 오락 시설이 없었다. 설사 좋은 시설이 있다 해도, 쩐쟝의 악몽에서 아직 자유롭지 않은 일행에 겐 전혀 쓸모가 없을 터. 식당을 나온 사람들은 곧장 각자의 방으로 흩어졌다.

매송과 내리, 기쁨은 구석진 곳에 있는 빈 식탁으로 자리를 옮겼다. 매일 밤에 여는 세 사람만의 회의지만, 오늘은 여느 날보다 민규가 없는 빈 자리가 그들에겐 크게 느껴졌다.

"중국의 여객선은 비록 큰 배라 해도 서민이 주로 이용하는 대중교통 수단에 불과해요. 그런데 처음 이 배를 타는 사람들은 선진국의 호화 유람선 같은 시설을 기대하는 것 같아요."

이 날따라 유난히 피곤해 보이는 기쁨의 말 속엔 짜증이 조금 묻어 있었다. 내리가 말을 받았다.

"아무래도 그런 점이 있겠지요. 하지만 이 큰 배에 식당이 하나뿐이고, 음식마저 중국식으로 한정돼 있는 것은 문제가 아닐 수 없어요. 꼬박 하루를 배에서 먹어야 하는데……"

"식사가 문제가 아니오."

두 여자의 얘기를 가만히 듣고 있던 매송이 무겁게 입을 열었다.

"사람들이 모두 신경이 날카로워져서 그래요. 장시간의 배 여행이나 열악한 선내 식당 때문에 생기는 불편함 따위는 일행이 배에서 벗어나면 즉각 해결될 문제요. 하지만 시계 때문에 생긴 상호간의 불신은 쉽게 떨쳐 버릴 성질의 것이 아니지 않소?"

잠시 침묵이 흘렀다. 매송이 다시 말을 이었다.

"우릴 믿고 서울로 돌아간 강 사장을 생각해서도 이래선 안 돼요. 내 일부터라도 우리 셋이 적극적으로 나서서 분위기를 바꿔 봅시다. 아무리 작은 사고라도 또다시 일어나게 해서는 안 된단 말이오. 우리 세 사람의 책임이 큽니다."

한편 그 시간, 한솔은 주승의 방에 있었다. 주승이 자기 방에 가서 커피나 한 잔 하자고 그를 데리고 들어간 것이다.

주승은 배에서 제공하는 보온병의 물로 즉석 커피를 두 잔 타서, 한 잔을 한솔 앞에 내놓았다.

"난 원래 커피를 즐기는 편이 아닌데, 중국음식을 먹고 나서는 어쩔 수가 없네."

구수한 커피 냄새에 한솔은 코까지 벌름거리며 얼른 잔을 집어 들었다.

"잘 마시겠습니다, 선배님."

커피를 좋아하면서도 미리 챙기지 못했던 자신과 비교할 때, 준비성 많은 주승 선배가 한솔은 존경스럽기까지 했다.

주승이 찻숟가락으로 커피를 천천히 저으며, 다시 입을 열었다.

"사실 난 이런 골방은 딱 질색이라네. 너무 좁아서 숨이 막혀."

"그럼 좀더 큰 방을…?"

"4인실 방을 얻을까도 했지. 그렇지만 더는 남한테서 욕 먹을 짓 하고 싶지 않네. 늘 혼자서 방을 쓰는 것도 눈치가 보이는데……."

사실 선내의 객실은 호텔 객실과는 비교할 수 없을 정도로 작고 비좁았다. 지금 둘이 앉아 있는 방만 해도 작은 침대 두 개가 놓여 있어

말이 2인용 객실이지, 의자 하나도 더 들일 수 없는, 매우 협소한 공간이었다.

"트롯터도 골방은 싫다고 했던가요?"

주승의 귀족적인 취향에 달리 대꾸할 말을 찾지 못한 한솔의 입에서 조금 엉뚱한 말이 튀어나왔다. 연극 '쥐덫'에서 범인으로 뒤늦게 밝혀진 트롯터 형사, 주승이 대학연극에서 맡았던 배역 이름이다.

"맞네. 트롯터 역시 나처럼 작은 방을 싫어했지. 다만 나하고 다른 점은, 그는 어려서부터 남의 집 골방에서 천덕꾸러기로 자랐기 때문에 작은 공간이 싫었던 것이고, 나는 성인이 되어서 그렇게 됐다는 점이 다르다면 다를까…!"

대화가 둘만이 공유하는 멋진 추억거리 연극으로 옮아가자, 한솔은 신이 났다.

"선배님이야 원하시면 언제든지 큰 방에서 사실 수 있지만, 불쌍한 우리 트롯터는 살인으로 가족의 원수를 갚고 종국에 가선 본인이 그토록 싫어하던 작은 방에서 평생을 살게 되잖아요? 감방 말이에요."

한솔은 스스로 생각해도 자신이 한 말이 매우 재치가 있는 것 같아 기분이 좋았다. 그러나 그 말을 듣는 주승의 얼굴은 몹시 고통스러워 보였다. 그제서야 한솔은 자신이 뭔지 큰 실수를 했음을 깨달았다.

객실에 혼자 남은 길남은, 주승을 따라간 한솔이 한 시간이 넘도록 돌아오지 않자, 왠지 갑자기 불안해졌다. 그래서 문을 열고 복도로 나갔다. 긴 복도 천장에 드문드문 박혀 있는 희미한 전등 불들이 복도 바닥에다 여러 개의 그림자를 만들었다. 자신의 그림자지만 길남은 움직이는 그것들이 섬뜩했다. 다시 방으로 돌아갈까 망설이는데, 등 뒤에서 반가운 여자 목소리가 들렸다.

"백 선생님…?"

금희였다. 복도 끝에 있는 화장실에 갔다 오는 길이라고 했다.

"멀미는 안 하세요?"

길남이 물었다.

"배가 커서 그런지 잘 모르겠네요."

금희가 대답했다.

"쩐장에서 진 신세를 갚아야 하는데……."

"아이, 백 선생님도…! 신세라니요? 우린 한 배를 탄 가족이나 마찬가지 아네요? 그런 말씀 행여 다신 하지 마세요."

금희가 눈웃음을 치며 말했다. 눈가의 잔주름을 보면 마흔 살은 분명히 넘은 것 같은데, 걱정이 없는 사람이라 그런지, 가까이에서 보니, 지금까지 느꼈던 것보다 훨씬 더 균형 잡힌 얼굴을 여자는 지니고 있었다. 선이 굵은 육감적인 입술에, 피부는 뽀얗고 팽팽하기까지 했다. 게다가 중년 여인이 풍기는 짙은 살 냄새는 길남을 몹시 어지럽혔다.

"저, 괜찮으시면 잠깐 밖에 나가 함께 바람 좀 쐴까요?"

"괜찮고말고요! 그러잖아도 코딱지만한 방에 틀어박혀 있으려니, 갑갑해서 죽을 지경이었는데……."

두 남녀의 대화가 척척 맞아떨어지는 순간, 거친 남자의 목소리가 그들의 뒤통수를 쳤다.

"허, 이런! 화장실 간 사람이 여태 왜 안 오나 했더니, 여기 계셨구먼!"

금희를 찾아 복도로 나왔다가 이들을 발견하고 화가 난 기만이 내뱉는 소리였다.

172

난데없는 훼방꾼의 등장에 남녀는 죄 짓다 들킨 사람들처럼 화들짝 놀라 뒤로 한 발씩 물러섰다. 성큼성큼 다가온 기만은 다짜고짜로 금희의 손목을 잡고 자기들 방이 있는 쪽으로 끌고 갔다. 어쩔 수 없이 따라가는 여인의 발길도 아쉬움에 무거웠지만, 말 한 마디 못 하고 데이트 상대를 빼앗긴 길남의 모습은 바보스럽고 애처롭기까지 했다.

"지금 이 밤중에 누굴 믿고 어딜 따라가려고 하는 거요, 당신? 쩐쟝의 점쟁이 말 벌써 잊어버렸소?"

기만이 자기네 방 문을 열면서 이 말만 하지 않았어도, 또는 기만이 금희를 나무라며 한 이 말이, 그 때까지 복도에 그냥 서 있던 길남의 귀에까지 들려오지만 않았어도, 길남의 마음은 그렇게까지 상하진 않았을 것이다.

'두고 보자.'

길남은 입술을 깨물었다. 기회만 있으면 자신을 모욕하는 노기만…, 그가 없는 여행은 정말 행복할 것 같았다.

식당에서 객실로 돌아온 매송은 이미 침대에 든 유 교수가 코까지 골며 평온하게 잠자는 모습을 보고 저으기 안심했다. 교수가 생각보다 건강했고, 까탈스럽지도 않은 것은 참으로 다행스런 일이었다.

내리와 기쁨은 객실로 곧장 가지 않고 선체 측면에 있는 좁은 갑판 통로로 나갔다. 저만큼 떨어진 어둠 속에서 담뱃불이 하나 반짝거리고 있을 뿐, 사방이 캄캄하고 고요했다. 고요하다는 것은 눈에 보이는 것이 그렇다는 것이고, 실은 소리가 컸다. 기관이 내는 육중하면서도 쉼 없는 소음은 세찬 강바람 속에서도 배가 어디론지 가고 있다는 것을 두 여자한테 일깨워 줬다.

"좀 추워요."

양 손으로 쇠난간을 꼭 잡은 기쁨이 몸을 떨며 말했다.

"그럼 들어가요. 난 좀 무서운 걸요."

내리도 몸을 움추렸다.

두 여자가 다시 선내로 들어섰을 때, 기쁨의 손전화가 벨소리를 냈다. 기쁨이 뚜껑을 열고 전화를 받았다.

"네에, 사장님!"

서울서 걸려 온 민규의 전화였다. 기쁨이 먼저, 지난 이틀 동안 난징에서 있었던 답사 내용과 장강 노정에 대해 보고한 뒤에, 전화기를 내리한테 넘겼다. 내리는 몇 번 망설이다가 마음을 다잡고, 금장시계 분실 사건을 이야기했다.

잠시 말이 없던 민규가 아까와는 달리 물에 젖은 듯한 목소리를 냈다.

"내리, 내 말을 잘 들어. 시계 분실 사건과는 관계가 없을 것 같긴 하지만…, 내리만 참고로 알아 둬야 할 게 한 가지 있어."

"왜 그래, 갑자기 목소리까지 달라지구…?"

내리가 기쁨을 곁눈질하며 목소리를 낮춰 물었다. 기계 속에서 들려오는 민규의 말소리는 더욱 가라앉았다.

"놀라지 말아. 우리 답사단 일행 가운데 살인 피의자로 재판을 받은 사람이 있어."

하마터면 전화기가 내리 손에서 떨어질 뻔했다. 놀라기는 기쁨도 마찬가지, 창백해진 내리의 얼굴을 보며 소리쳤다.

"언니이, 왜 그래요? 무슨 일 있어요?"

내리가 넋이 나간 사람처럼 서 있자, 기쁨이 그의 손에서 전화기를 빼앗아 자기 귀에 가져다 댔다. 전화기에선 민규가 말하는 소리가 계속 들려 왔다.

"대학생들 시위 건 때문에 그간 내 신경이 좀 과민해졌었나 봐. 그래서 새로 떠나는 고구려 유적지 답사 여행자들에 한해 경찰청에 신원 조회를 의뢰하기 시작했어. 그러다가 임시정부 유적지 답사단까지 덧붙여 하게 된 건데……."

기쁨이 전화를 끊고, 내리를 식당으로 데리고 갔다. 뜨거운 녹차 한 잔을 얻어다가 내리한테 먹였다. 이내 마음을 진정한 내리는 기쁨과 함께 전화에서 민규가 한 말을 정리해 봤다.

우리 일행 가운데 부인을 죽이고 법정에 선 사람이 있다. 일심 재판에서는 죄가 인정돼 무기징역형을 선고 받았는데, 이심 재판에서 증거 불충분으로 석방됐다. 그가 누굴까? 민규는 한참을 망설이다가 끝내 그 이름만은 말하지 않았다. 그가 무죄로 나온 이상 섣불리 입 밖으로 거론할 수도 없는 일. 만일 그러다가 이 사람 저 사람 알게 되면, 본인의 명예가 훼손될 것은 물론이고, 답사 여행마저 제대로 진행될 수 없는 사태가 오리라는 것을, 민규는 우려한 것이 분명했다.

'그럴 바엔 차라리 아무 얘기도 말지.'

내리는 운만 띄운 민규가 원망스럽기까지 했다. 그렇다고 쩐쟝의 역술가가 한 말을 민규한테 그대로 전하고, 그 사람 이름을 일러 달라고 할 수도 없는 일. 만약 그렇게 되면 파장은 더욱 걷잡을 수 없이 커져서, 민규는 당장에 임시정부 유적지 답사 여행을 중단시킬지도 모른다.

그렇게 생각한 두 여자는, 일단 그 사실은 자기들만 알고 있으면서, 일행의 동태를 관찰하고 조심하는 수밖에 다른 방도가 없다고 결론을 내렸다.

식당을 나온 내리와 기쁨은 김 여사 혼자 잠들어 있을 자신들의 객실을 찾아 적막한 복도를 걸어갔다.

순례는 그 때까지 잠을 자지 않고, 두 처녀가 돌아오기를 기다리고 있었다.

"아직 안 주무시고 계셨어요?"

내리가 애써 웃음을 지으며, 혼자 있게 한 데 대한 미안스러움을 표시했다.

"다 큰 처녀들이 어디서 뭘 하다가 이제 들어오누?"

순례는 들여다보고 있던 여행책자를 내려 놓으며 말했다.

"아이, 김 여사님도…! 저희가 뭐 바람이라도 나서 밤늦게 돌아다니나요? 이런저런 문제도 상의하고…, 그러느라고 좀 늦었어요."

기쁨이 능청을 떠는데, 순례가 돋보기를 벗으며 정색을 하고 말했다.

"그래, 두 아씨께선 시계 분실 사건에 대해 어떤 생각을 하고 있는 거유? 우리 일행 중에 손을 댄 사람이 있다고 보오?"

내리와 기쁨은 서로 얼굴을 쳐다보며, 어떤 대답을 해야 할지 몰라 주저하는데, 순례 스스로 답을 했다.

"우리들 가운데 거짓말하는 사람이 있다면, 그 사람 짓이겠지!"

거짓말을 한 사람이 누굴까? 김 여사의 말투로 볼 때 그에겐 분명히 짚히는 사람이 있는 것 같았다.

세 여자 가운데서 마지막으로 잠이 든 내리는 꿈 속에서도 혼란스러운 세상에 있었다. 거리에 나온 모든 사람이 가면을 쓰고 있는데, 자신만 맨 얼굴로 아니, 옷을 다 벗어 버린 채 그들 사이를 활보하고 있었다.

새벽이 되자, 강변의 모습이 차츰 그 윤곽을 드러내고, 자연이 생기를 되찾기 시작했다. 강물에 드리운 몇 겹의 검은 산 그림자는 배가 상류로 꽤 많이 올라와 있음을 일러 주고 있었다.

밤새 어둠의 장막 속에 숨어 있던 다양한 선박들 또한 기지개를 켜며 움추렸던 속력을 다시 내기 시작하는 가운데, 장강의 새 아침은 이 날도 어김없이 밝아 왔다.

배 안에서 사람들이 부산하게 움직이기 시작할 무렵에는, 더 많은 배들이 꼬리를 물고 여객선 곁을 지나갔다. 컨테이너를 가득 실은 대형 화물선이 있는가 하면, 모래나 석탄 들을 나르는 소형 바지선도 보였다. 갖가지 색깔의 승용차를 여러 층으로 겹쳐 실은 자동차 전용 수송선은 마치 움직이는 주차 빌딩 같았다. 물론 답사단이 탄 배를 비켜서 하류로 내려가는 다른 여객선들도 자주 눈에 띄었다.

간밤에는 아무도 느끼지 못했던…, 경제 대국으로 용트림하는 중국의 힘이 실감나는 대륙의 큰 하천에서, 일행은 그렇게 새 날을 맞았다.

식당은 아침 7시부터 문을 열었다. 맨 먼저 유 교수와 이매송이 들어오고, 다음으로 김 여사와 내리, 기쁨이 들어와 합류했다.

내리는, 어제 전화에서 민규가 한 말 때문인지, 처음에는 교수와 매송의 얼굴을 똑바로 쳐다볼 수가 없었다. 어쨌거나 그들도 남자가 아닌가? 그러나 이내 내리의 마음 속에선, '이 두 분만은 민규가 말하는 그런 남자의 범주에 넣어선 안 된다.' 하는 강한 질책의 소리가 고개를 들며, 두 사람을 바라보는 내리의 눈길을 다시금 편안케 했다.

아침 식사는 음식을 주문하는 것이 아니라, 식당에서 미리 만들어놓은 음식들을 종업원이 밀차에 싣고 식탁 사이로 지나다니면, 먹을 사람이 골라서 자기 식탁에 올려 놓는 식이었다.

희멀건 쌀죽이 가장 잘 팔리고, 물만두와 완자, 달걀 부침 들이 인기 품목이었다. 장아찌를 담은 접시도 있었는데, 계산에 포함되긴 이것도 마찬가지였다.

다섯 사람이 막 식사를 시작하는데, 기만과 금희가 썩 내키지 않는 발걸음으로 천천히 식당 안으로 들어왔다.

"안녕히 주무셨어요? 어서 앉으세요."

기쁨이 먼저 인사하며 빈 자리를 권했다. 그런데 먼저 온 일행이 둘러앉아 있는 원형 식탁 위에, 기름기 많은 음식들 대신 맛깔스럽고 앙증맞은 여러 가지 음식들이 조그만 접시 위에 담겨져 있는 것을 보는 순간, 두 사람의 눈빛은 이내 달라졌다.

"어머, 오늘 아침은 웬일이에요? 음식이 맘에 들어요!"

금희가 호들갑을 떨며, 앉기도 전에 젓가락부터 집어 들었다. 기만도 전혀 기대하지 않았던 아침 식탁에 표정이 밝아지며, 내리 옆에 있는 빈 자리에 앉았다. 밀차 담당 종업원이 새로 온 두 사람을 발견하고는 다가왔다.

이들이 식사를 거의 끝냈을 무렵, 길남과 한솔, 주승이 거의 동시에 식당 안으로 들어왔다. 그들을 먼저 본 내리가 자신도 모르게 자리에서 벌떡 일어났다. 기만이 들어올 때도 그런대로 유지했던 평온한 마음이, 세 남자가 한꺼번에 나타나자 한순간에 깨진 것인지…. 그러나 타고난 내리의 상냥한 성품은 목소리까지 떨리게 하진 않았다.

"어서 오세요."

식사를 다 끝낸 기쁨과 순례가 의자에서 일어나며, 세 남자한테 자리를 양보했다.

"마침맞게 잘 오셨어요. 이리로 앉으세요."

그런데 맨 앞에서 걸어오던 길남이 멈칫하고 서더니, 옆에 있는 다른 식탁으로 발길을 돌렸다. 순간 내리 옆 자리에 앉아 있던 기만이 자기 때문이란 걸 알아챘는지 소리내어 헛기침을 했다. 한솔과 주승도 길남의 뒤를 따라 그 쪽 식탁으로 걸어갔다.

"커피라도 한 잔씩 하고 가세요. 제가 사지요."

어색해진 기만이 엉거주춤 서 있는 여자들한테 말을 붙였다. 달리 바쁠 것도 없는 세 여자는 다시 자리에 앉았다. 그 사이에 금희가 곁눈질로 길남을 훔쳐보는데…, 길남의 눈과 마주치자 한쪽 눈을 찡긋 했다. 그 모습을 다행히도 기만은 보지 못했다. 하지만 맞은편에 앉아 있던 순례의 눈에는 정확히 포착됐다.

일곱 사람은 취향에 따라 각자 커피와 중국차를 시켜 마셨다. 프림 없인 커피를 못 마시겠다고 했던 금희도 이젠 우유를 타서 먹는 커피 맛에 익숙해진 듯 불평이 없었다.

녹차를 한 모금 마신 순례가, 답사가 시작된 첫날부터 벼르고 있던 말 한 마디를 작정한 듯 꺼냈다.

"황 여사한테 물어볼 것이 있어요. 여사의 조부님께서 청산리전투 때 일본군대와 싸운 독립운동가라고 하셨는데…"

자기 존재를 다시 한 번 과시할 수 있는 기회가 온 것 같아 신이 난 금희는, 순례가 말을 끝내기도 전에 입을 열었다.

"그렇고말고요. 만주에서 우리 할아버질 모르면 조선사람이 아니라고 할 만큼 아주 유명하신 분이었지요."

기쁨도 정색을 하고 귀를 기울였다. 금희가 말을 이었다.

"참, 얼마 전에 라디오 방송에서도 나왔다던데요. 간도 지방의 호랑이란 별명을 가진, 대한독립군의 총사령관이라고요."

지금까지 몇 차례 답사단 안에서 금희의 가족사가 언급되기는 했지만, 별로 주의 깊게 듣지를 않았던 유 교수가 갑자기 두 눈을 크게 뜨고 금희를 쳐다봤다. 그러나 순례의 표정에선 별다른 변화가 보이지 않았다.

　금희 곁에 있던 기만이, 길남이 앉아 있는 옆 식탁 쪽을 의식하며, 큰 소리로 끼어들었다.

　"교육방송이었지요. 그걸 들은 사람이 바로 납니다. 거기 나온 아나운서 말이, 청산리전투말고도 일본 군대를 전멸시킨 봉오동인가 하는 전투가 또 있었는데, 그때 거기서 우리 독립군을 지휘한 대장이 바로 이 사람의 조부님이란 거였어요. 그러니 얼마나 자랑스러운 가문입니까?"

　같은 식탁에 앉아 있는 여섯 사람은 물론 건너편 식탁에 따로 앉아 있는 세 사람까지도 온 신경을 금희 부부한테 집중하고 있었다. 갑자기 스타라도 된 듯 우쭐해진 금희가 이번엔 누구의 눈치도 보지 않고 길남을 향해 마음껏 눈웃음을 보냈다.

　잠시 말이 없던 교수가 안경을 벗었다. 그러고는 손수건을 꺼내 안경알을 문지르며 마지막 질문을 던졌다.

　"혹시 황 여사의 조부님 존함이… 범짜 도짜신가요?"

　그 말이 끝나기가 무섭게 기만이 대신 대답했다.

　"아, 교수님께서도 알고 계셨군요? 맞습니다. 이 사람의 조부님은 범짜 도짜 어른이십니다. 그러니까 황범도… 장군이 되시는 거죠."

　그 때까지 조용히 지켜만 보고 있던 순례가 매섭게 입을 열었다.

　"홍범도 장군이 아니고, 황범도…이시라고요?"

　"물론이죠. 제가 황씬데 황범도 장군이라야 맞지요."

　금희가 어이가 없다는 듯이 순례 물음에 대꾸했다. 순간 두 식탁에

선 잠시 이상야릇한 침묵이 흘렀다.

교수가 다시 안경을 썼다. 그러고는 기만을 쳐다보며 말했다.

"노 사장께서 들은 라디오방송은 아마도 홍범도 장군에 관한 것이었을 겁니다. 제가 알기로는, 만주에서 일본군과 싸운 독립군 지도자들 가운데 황범도란 이름을 가진 분은 없어요. 두 분께서는 뭔지 착오를 일으키신 것 같습니다."

순례는 교수의 말을 귓전으로 들으며, 그런 줄 이미 알고 있었던 사람처럼, 여유롭게 찻잔을 들어 맛있게 한 모금을 마셨다. 그리고 그 잔을 다시 식탁 위에 내려 놓는 순간, 누군지가 자리를 박차고 일어나는 소리가 났다.

금희였다. 눈물이 그렁이는 눈으로 교수와 순례를 번갈아 노려보던 그는 끝내 울음을 터뜨리며 문 쪽으로 달려갔다. 충격을 받기는 기만 역시 마찬가지였다. 하지만 그는, 길남이 금희 뒤를 쫓아 식당 밖으로 나가는 것을 봤음에도, 자리를 지킨 채 꼼짝을 하지 않았다.

"자, 그럼 이만…."

교수가 먼저 자리에서 일어났다. 얼굴색이 흙빛이 돼 있던 기만이 고개를 번쩍 치켜들었다.

"교수님, 잠깐만요!"

유 교수를 비롯해 다들 엉거주춤하고 다시 자리에 앉았다. 그러자 기만이 정색을 하고 물었다.

"교수님, 독립운동을 하신 분들 가운데 황범도란 이름을 가진 사람이 없다는 게 확실합니까?"

"글쎄요. 물론 역사에 이름을 남기지 않은 수많은 독립운동가가 계시지요. 그분들 가운데 황범도란 이름을 가진 분이 혹시라도 계실 수는 있습니다. 다만 조금 전에 두 분이 말씀하신 것처럼 만주 지역에서 그런 업적을… 아니 그와 비슷한 활동을 하신 분으로는 홍범도 장군말고 제가 아는 사람이 없다는 뜻이지요."

기만의 실망은 이만저만이 아닌 듯했다. 입속말로 '황범도란 사람은 없다.'만을 계속 웅얼거리며 몹시 허탈해했다.

한편 식당을 뛰쳐나간 금희는 자기 방으로 들어가서 침대에 얼굴을 파묻고 울었다. 여러 사람 앞에서 망신을 당한 것도 창피하고 분한 일이지만, 지금까지 지녀 온 조부에 대한 자부심이 한순간에 무너지는 허망함은 정말로 슬픈 일이었다.

한국전쟁 때 북쪽에서 의용군으로 강제 징집돼 남쪽으로 내려온 아버지는 이내 포로가 됐고, 그 뒤 거제도수용소에서 반공포로 생활을 하다가 석방돼 남한에 정착했다. 미군 부대 주변에서 피엑스 물자를 빼돌려 한국 시장에 되파는 장사로 적지 않은 돈을 벌었고, 그때 그때 땅에 투자했다. 그 결과 아버지는 월남생활 사십 년 만에 꽤 많은 부동산을 소유한 재력가가 되었지만, 과로로 인해 생긴 병으로 시집 안 간 외동딸 하나만을 남기고 작고했다. 딸의 엄마는 일찍이 미군과 눈이 맞아 가출을 해 소식이 끊겼고, 공부에 흥미를 잃었던 외동딸은 고등학교를 마치자마자 결혼을 했는데 실패했다. 그리고 나서 쭉 혼자 살다가 지금 노기만과 만난 지는 일 년이 채 안 되었다.

금희를 뒤따라 온 길남이 문 밖에서 계속 문을 두드렸다.

"황 여사님! 황 여사님! 문 좀 열어 보세요, 어서요!"

금희가 손등으로 눈물을 훔치고 나서 문을 열었다. 복도에는 길남이 혼자 서 있었다.

"그이는요?"

기만이 보이지 않자, 금희는 잠시 실망스러운 표정을 지었지만, 방 안으로 성큼 들어서는 길남을 막지는 않았다.

"대관절 어떻게 된 일입니까? 왜 다들 황 여사님을 몰아세우는지 모르겠어요? 여사님 가족 일을 여사님만큼 잘 아는 사람이 어디 있다고?"

"앉으세요."

길남의 위로에 조금 진정이 된 금희가 자리를 권했다. 길남은 기만의 침대 위에 걸터앉았다. 그리고 금희의 비밀을 혼자 듣는 영광을 누렸다.

"초등학교 삼 학년 때 우리 반에 안중근이란 아이가 전학을 왔어요. 그러자 선생님께선 훌륭한 독립운동가 이름과 똑같다며 그 애를 매우 예뻐하셨어요. 그래서 전 집에 와서 아버지한테 그 얘길 했어요. 그랬더니 아버지는, '북한에 계시는 너희 할아버지도 만주에서 독립운동을 하신 분이다. 호랑이를 타고 다니며 수많은 일본군을 때려잡은 황범도 장군을 북한에선 모르는 사람이 없단다.' 하고 말씀하셨고, 저는 그때부터 우리 할아버지가 그런 분인 줄로만 알았어요."

"설마 아버지께서 거짓말을 하셨을라고요."

길남이 다정한 목소리로 말했다.

"저는 한 번도 아버지 말을 의심해 본 적이 없어요. 물론 할아버지가 독립운동을 하셨다는 사실을 확인하려고 애쓴 적도 없고요. 그게 확인되면 정부가 돈을 준다고 어떤 친구가 말했지만, 아버지는, 우린 그런 돈 없이도 잘 살지 않냐면서, 그런 데 관심 갖지 말라고 하시더군요. 그래서 그 뒤로는…"

점심 식사 시간에, 기만과 금희는 식당에 모습을 나타내지 않았다. 방으로 찾아간 기쁨한테 둘 다 밥 생각이 없다고 했다.

길남이 금희를 대신해 여러 사람 앞에서 자신이 들은 대로 해명을 했다. 그 말을 다 듣고 난 매송이 먼저 입을 열었다.

"제 생각으로는, 홍범도 장군 얘기를 어디선지 들은 적이 있는 아버지가 어린 딸한테 얼렁뚱땅 그렇게 얘기했을 수도 있겠구나 싶군요. 마침 이름도 비슷하고……."

유 교수가 말을 받았다.

"아버지의 거짓말은 한 번으로 그치질 않았을 거요. 그리고 딸이 할아버지를 친구들한테 자랑하고 다니는 것을 알았을 텐데, 말리지도 않은 것 같아요."

길남이 동감을 표명했다.

"그렇습니다. 잘못은 아버지한테 있습니다. 어린 딸로서는 아버지한테 들은 것을 곧이곧대로 믿을 수밖에요. 그러니 황 여사를 너무 나무라진…"

길남의 말이 채 끝나기 전에 순례가 끼어들었다.

"그렇지 않아요. 금희 씨 또한 잘못이 큽니다. 성인이 돼서까지도 확인되지 않은 얘기를 부풀려서 여기저기 퍼뜨리고 다니잖아요?"

유 교수가 이번에도 금희 편을 드는 듯한 발언을 했다.

"손녀로서 그런 착각은 얼마든지 할 수 있다고 봐요. 성장하면서, 실존 인물인 홍범도 장군 얘기를 남한테서도 간혹 스쳐 듣는 때가 있었을 텐데, 그럴 때마다 그게 자기 할아버지 얘기려니 하고 무심코 받아들일 수가 있단 말이지요. 역사 지식이 부족하고 학구적인 성격이 아닌 사람한테는 더욱 그럴 수가 있어요."

"하긴 예전 교과서에는 홍범도 장군 얘기가 실려 있질 않았어요. 그러니 바로잡아 줄 사람이 주변에 없었다고 볼 수밖에요. 어쨌거나 악의가 있었던 거짓말은 아닌 듯하니, 다들 그렇게 아시고 넘어가시지요."

매송도 교수의 말에 힘을 실어 주는 말을 했다. 그러나 단 한 사람, 순례의 반응은 여전히 냉담했다.

"전 그렇게 할 수가 없어요. 다른 거짓말은 용서할 수 있을지 몰라도, 그런 거짓말은 절대로 용서할 수가 없어요. 그것은 독립운동을 하시다가 순국하신 선열님들을 모독하는 일이거든요."

조용하고 품위가 있는 정년 퇴직 교사의 태도라고 하기엔 납득하기 어렵다고 할 만큼, 순례의 목소리는 차고 강경했다.

내리는 단 한 마디도 하지 않았다. 다만 유 교수와 이 작가가 적극적으로 황 여사를 감싸는 것을 보고는, 그렇게 너그러운 두 사람을 아침에 잠깐이나마 민규가 말한 남자와 연관시켰던 자신이 부끄러웠다.

각자 식당에서 자기들 방으로 돌아간 뒤 한 시간쯤 지났을 무렵, 기쁨은 교수와 매송이 함께 들어 있는 방 앞에 서서 가만히 문을 두드렸다. 이내 방문이 열리고 매송이 고개를 내밀었다.

"아, 기쁨 씨! 무슨 일 있어요?"

"저어… 이 선생님께서 말씀하셨잖아요? 유병도 교수님께선 독립운동에 참여한 분들의 공적 같은 것을 심사하는 일도 하신다고요. 그래서 교수님을 좀 뵙고 싶어서요."

기쁨이 문 밖에서 하는 말을 방 안에서 유 교수가 들었다.

"아, 잠깐! 이 선생, 기쁨 양을 방으로 들이지 말고…, 옳지, 식당에 가서 기다리라고 해요. 내가 곧 그리로 가겠다고."

속옷과 양말을 세면대에서 빨고 있던 교수가 그 모습을 보이기 싫었는지 허둥거렸다.

"괜찮으시면 이 선생님도 함께 가시면 좋겠어요."

기쁨이 요청하자, 별로 할 일이 없던 매송은 앞장을 섰다.

식당은 한갓졌다. 창가 쪽 식탁에 두 사람이 자리잡고 십 분쯤 기다리자, 교수가 나타났다. 늘 입고 있던 짙은 회청색의 양복 저고리 대신 가벼운 스웨터만을 걸쳤다.

"어머, 교수님! 그렇게 입으시니까 십 년은 더 젊어 보이셔요."

기쁨이 자리에서 일어나며, 조금은 호들갑스럽게 교수를 맞이했다.

"허허, 이거 참! 십 년밖에 안 젊어지면 어떻게 기쁨 양하고 데이트를 한다?"

교수의 농담에 셋이 크게 웃었다. 그 바람에 대학자에 대한 어려움이 한결 가신 기쁨이 이윽고 용건을 꺼냈다.

"실은요, 저희 외할아버지도 독립군이셨어요."

"그래요…?"

교수와 매송이 서로 쳐다보며 크게 놀라워했다.

"어머니 말씀이, 외할아버진 이청천 장군 밑에서 독립군 생활을 하셨는데, 하얼빈 근교에서 일본군과 처음 전투를 했고, 대전자령인가 하는 데서 벌어진 큰 전투에도 참가하셨다고 했어요. 이런 얘기 한국 분들한테는 처음 하는 거예요. 어머니 말을 못 믿어서 그런 것은 아니고요."

교수의 두 눈이 갑자기 커졌다.

"가만! 백산 지청천 장군 휘하에서 대전자령 대첩에 참가하셨다면,

한국독립군에 소속하셨다는 얘긴데…!"

기쁨이 잠시 주저하다가 조심스럽게 입을 열었다.

"저어… 지청천 장군이 아니고 이청천 장군인데요."

매송이 웃으며 끼어들었다.

"아, 두 분은 같은 사람이에요. 독립운동을 하시는 분들은 대부분 가명을 쓰셨지요. 그래서 백산 장군도 원래는 지씨인데, 이씨로 성만 바꾼 겁니다."

"그래서요, 기쁨 양?"

교수가 다음 말을 재촉했다.

"외할아버진 만주사변 직후 독립군에 들어가셨는데, 두 해 뒤에 독립군이 해산됐대요. 함께 싸웠던 중국 군대하고 갈등이 생긴 데다가, 이 장군께서 마침 김구 선생의 부름을 받고 중국 관내로 떠나시게 돼 그렇게 됐다나 봐요. 그 바람에 저희 외할아버지도 집으로 다시 돌아오시게 됐고요."

"그렇다면 백산 장군이 총사령관으로 있던 한국독립군이 틀림없어요. 외할아버지께선 한국독립군의 일원으로 일본군과 싸우신 겁니다. 자랑스러운 일이군요."

교수가 고개를 끄덕거렸다. 매송이 기쁨한테 물었다.

"그럼 외할아버지께선 우리 정부로부터 서훈이 되셨나요? 정식으로 독립유공자 인정을 받으셨냐 말이에요."

"서훈이라니요? 외할아버지 친구 두 분도 그때 함께 독립군에 들어가셨는데, 한 분은 전투 중에 돌아가셨고, 또 한 분은 다리 하나가 잘리는 큰 부상을 입으셨대요. 그런 분들도 한국 정부로부터 받은 게 없는데, 저희 할아버지한테까지 무슨……."

교수가 말했다.

"그렇진 않아요, 기쁨 양. 독립운동을 한 객관적인 증빙 자료만 있으면 누구라도 한국정부로부터 독립유공자로 인정을 받고, 그것에 합당한 대우를 받게 돼요."

기쁨이 고개를 절레절레 흔들었다.

"객관적인 증빙 자료가 어디 있겠어요? 그런 사실을 증언하실 수 있는 어른들도 이미 모두 돌아가셨고요. 요즘처럼 신문에 전투 기사라도 났다면 그 신문이라도 찾아서 증거로 삼을 수 있을지 모르지만, 이렇게 입에서 입으로만 전해져 내려오는 전설 같은 얘기밖에는 없는데…, 가능하질 않아요."

교수와 매송은 힘이 빠진 기쁨을 바라보면서도, 그한테 힘을 실어줄 만한 말을 얼른 찾지 못했다. 기쁨은 말을 이어갔다.

"외할아버지는 늦은 나이에 결혼해서 남매를 두셨고, 딸한테서 태어난 제가 열 살이 되던 해에 돌아가셨어요. 그 뒤 몇 해 안 가 중국과 한국이 수교를 했고…, 그러면서, 만주 벌판에서 독립운동을 한 분의 후손들이 한국의 국적을 얻고 한국 정부로부터 많은 혜택을 받았다는 소문이 떠돌기 시작했지요. 그래서 저희도 그랬으면 싶었는데, 당장에 무슨 일부터 어떻게 해야 하는지도 잘 모르겠고…, 또 도와줄 만한 가까운 친척이 한국에 있는 것도 아니어서, 이내 체념을 했어요. 저희뿐만 아니라 제가 알고 있는 대부분의 독립군 후손들이 다 그래요. 사실 저희 외할아버지 같이 육신이 멀쩡해서 집으로 돌아오실 수 있었던 분들은 유공자로 인정 받지 않아도 괜찮다고 전 생각합니다. 그러나 외할아버지 친구분들처럼 모국의 해방을 위해 일본 군대와 싸우다가 불구가 되셨거나 목숨을 잃으신 분들만큼은 어떻게든 모두 한국의 독립유공자로 인정됐으면 해요. 후손들의 국적에 상관없이 말이에요. 그래야 공평하지 않겠어요? 교수님, 어떻게 방법이 없을까요? 교수님께는 그런 일을 할 수 있는 힘이 있으시다고 들었거든요."

기쁨의 하소연은 절절했지만, 유 교수의 입은 쉽사리 떨어지질 않았다. 매송 역시 안타깝긴 마찬가지였다.

중국 동북 지방에 살고 있는 우리 조선족 동포들 가운데는 수많은 독립군의 자손이 살고 있을 테지만, 기록이 없어 대부분 대한민국 정부로부터 그에 상응한 혜택을 받지 못하고 있는 게 현실이다. 사실, 이역에서 오로지 조상의 나라 대한의 독립을 위해 하나뿐인 자신의 목숨을 바친 선열들은, 후세에 독립유공자로 인정 받기 위해서, 생전에 어떤 증거품을 일부러 남겨 가며 싸우질 않았다. 또 설령 남긴 것이 있다 해도, 그것을 가지고 조국에 서훈을 신청할 후손이 없는 경우가 있겠고, 후손이 있다 해도 한국과 공산 중국이 거의 반 세기 동안 적대관계에 있었던 탓으로, 지금까지 그들은 한국과는 무관한 독립군의 후손으로 존재할 뿐이었다. 그러니 이제 와서, 과연 누가 어떻게 중국에서 활약한 이들의 거룩한 희생과 공적을 밝혀 낼 것이며, 그 후손들을 찾아서, 국내 후손들과도 형평에 맞는 합당한 대우를 해 줄 수 있을 것인지…, 매송의 답답한 마음은 한동안 사그라들지 않았다.

마침내 유 교수가 입을 열었다.

"기쁨 양, 아까도 말했듯이 증거가 없이는 아무 일도 할 수 없는 게 현실이라오. 외할아버지 경우나 친구 분들 경우 다 마찬가지예요. 내가 도와 주고 싶어도 뭐라도 있어야 심사를 할 게 아니겠소? 가족이나 후손의 말만 가지고는 어찌할 수가 없어요."

이들의 심각한 대화를 다른 쪽 식탁에서 가만히 귀담아 듣고 있는 사람이 있었다. 기만이었다. 언제부터 그 곳에 있었는지는 몰라도, 그는 혼자서 중국산 칭따오 맥주를 마시며, 온 신경을 이들 쪽에 열어 놓고 있었다.

기쁨이 식당에 있는 동안, 내리는 바깥 통로에서 시시때때로 바뀌는 강 풍경을 혼자서 구경했다. 좁은 선실에 있는 것보다 가슴 속은 훨씬 시원했지만, 머릿속만은 여전히 혼란스러웠다.

민규가 던진 수수께끼가 풀려 누가 그 남자인지 안다고 해서, 그것이 지금 사람들 사이에 쌓여 있는 불온한 공기를 단박에 빼 버릴 수 있는 기적의 환풍기가 될 수는 없을 터, 게다가 이젠 여인들 사이에도 보이지 않는 전투가 시작됐다. 황 여사가 거짓말을 한 것은 그렇다 쳐도, 온화한 성품을 지닌 김 여사가 느닷없이 황 여사한테 시비를 거는 것은 어찌 된 까닭인지, 이제는 문제의 그 남자보다도 중장년의 두 여자가 일으킬 다음의 풍파가, 내리는 더욱 걱정스럽고 두려워졌다.

중국 대륙을 남북으로 가로지르는 중국 최장의 하천 장강을 따라, 여객선은 남서쪽으로 계속 흘러갔다. 그리고 난징항구를 출발한 지 스물다섯 시간 만에 답사단 일행은 중간 경유지인 지우쟝(九江)에 도착했다.

작은 항구 도시 지우쟝 부두에는 이미 어둠이 깔렸고, 주룩주룩 비가 내리고 있었다. 배에서 내린 일행은 여객터미널에서 가장 가까운 호텔을 찾아 들었다. 봄비지만 옷이 젖으니 다들 한기를 느꼈다. 더운 물로 간단히 샤워부터 한 사람들은 호텔 안에 있는 식당에서 양식으로 저녁 식사를 했다.

식사를 끝내자마자 다들 방으로 올라갔다. 배 안에서 대부분의 시간을 줄곧 쉬거나 잠으로 보냈음에도, 모두 몸이 개운치가 않았다. 그래서 예정에 없던 도시의 하룻밤까지도 이들은 꼼짝없이 침대에서 보낼 수밖에 없었다.

내리와 기쁨은 다시 한 방에 들었다. 내일 일은 이미 배에서 전화로 다 해결했고, 두 여자한테도 오늘은 쉬는 일만 남았다.

옷장 앞에서 겉옷을 벗던 기쁨이 문득 생각난 게 있는 듯 동작을 멈추었다.

"참, 언니! 사장님이 한 얘기… 이 작가님도 아셔야 하는 거 아녜요?"

여행가방을 열고 갈아입을 옷을 꺼내던 내리가 짐짓 시치미를 뗐다.

"사장님이 한 얘기라니…?"

내리는 생각만 해도 끔찍한 그 얘기를 이 날엔 더 하고 싶지 않았는데, 낮 동안 외할아버지 일에만 몰두해 있던 기쁨은 그렇지가 않은 모양이었다.

"언니 벌써 잊었어요? 우리 일행 가운데 아내를 죽인 살인범이 있다는 말요."

"아, 그 말…!"

내리는 그제야 생각이 난 듯한 표정을 짓고는, 애써 담담한 모습을 보이려고 했다.

"고등법원에서 무죄를 선고했으면 살인범이 아닌데, 자꾸만 나쁜 쪽으로 생각하면 어떡해요? 그러다가 신경과민 되겠어요."

"오늘 낮에는 종일 조상님들이 벌인 독립운동 때문에 생긴 문제로 다른 건 잊고 지낼 수 있었는데요, 다시 조용한 호텔 방에 들어오니 생각이 나는 걸 어떡해요. 진짜 살인을 했든 안 했든 간에 그런 사람이 우리 일행 속에 있다는 사실만으로도 전 무서운걸요."

내리가 소리까지 내며 한숨을 길게 쉬고는, 객실 전화기 앞으로 걸어갔다.

"알았어요. 그렇게 합시다."

내리 전화를 받은 매송이 즉각 달려왔다. 두 여자는 민규와 통화했던 내용을 빼거나 보태지 않고 그대로 전했고, 그 말을 들은 매송 역시 적지 않게 충격을 받은 표정을 지었다.

"그 사람이 누군지 혹시 짐작이라도 가는 사람이 있어요?"

매송의 물음에 두 여자는 동시에 고개를 가로저었다.

"그럼 우리 한 사람씩 짚어 가며 가능한 자를 찾아 봅시다. 먼저 유병도 교수님은 사십 평생을 함께 하신 사모님이 엄연히 살아 계시니, 우선 제외해야 할 것이고…"

그 말에, 제 발이 저린 내리는 웃지 않았지만, 기쁨은 하마터면 웃을 뻔했다. 유 교수까지 의혹의 대상에다 집어 넣는 이 작가가 어찌 보면 빈틈없는 사람처럼 보이면서도, 달리 보면 바보스럽게 느껴졌기 때문이다.

기쁨이 웃든 말든 매송의 추리는 계속됐다.

"노기만 사장의 경우는 전처의 생존 여부에 따라 가능한 자의 대열에 낄 것이고, 백길남 씨 역시 독신자라고 자신을 소개했지만 우리로서는 알 수가 없으니, 당장은 가능한 자의 조건을 갖추고 있다고 할 수밖에."

내리가 한 마디 거들었다.

"그러면 최주승 씨도?"

"물론이오. 최주승 씨도 부인과 사별한 처지니 당연히 가능한 자 무리 속에 포함시켜야지요. 한솔 학생이야 결혼 자체를 했을 리 없으니 제쳐 놔도 상관없을 것이고."

"그럼, 노기만 사장님과 백길남 씨, 최주승 씨… 이렇게 세 사람으로 압축이 되네요."

기쁨이 손가락까지 꼽아 가며, 아내 살인의 첫째 조건을 갖춘 남자 찾기에서 일차 결론을 냈다.

그 때 매송이 갑자기 손가락을 소리나게 튕겼다.

"아니, 한 사람이 더 있어요!"

"네에? 빠진 사람이 없는데요."

기쁨이 눈을 동그랗게 뜨고 매송을 쳐다봤다.

"이매송이 빠졌잖아요? 그 사람도 현재 혼자 사는데…!"

기쁨은 매송이 지금 무슨 말을 하는지 어리둥절해하는데, 내리는 웃음을 터뜨렸다.

"아이, 선생님도…! 선생님 사모님은 영국에 계시다고 했잖아요? 따님 유학 뒷바라지하시느라고요."

잔뜩 긴장한 두 여자의 마음을 잠시나마 풀어 주려는 이 작가의 배려는 성공했다.

매송은, 내일부터 셋이서 함께 그 세 명의 남자를 주의 깊게 관찰해 보자는 말만을 남긴 뒤, 자기 방으로 돌아갔다. 그런데 그를 문 앞에서 배웅하고 돌아서던 기쁨이 툭 하고 한 마디를 던졌다.

"언니, 이 작가님은 너무 태평하신 것 아녜요?"

"왜 그렇게 생각해요?"

"이 마당에 농담하실 여유가 다 있으시니까요."

"그거야, 우릴…"

"저… 그런데요, 이 작가님 사모님께서 영국에 계시다는 거, 언니는 어떻게 아세요? 작가님한테서 말로만 그렇게 들으신 거 아녜요?"

"말로만…?"

"네에, 언니가 직접 확인하신 건 아니잖아요? 그렇다면 이 작가님도 예외가 될 순 없지요."

"기쁨 씨!"

내리가 놀라움과 나무람으로 이 맹랑한 조선족 처녀의 이름을 큰 소리로 불렀다. 그러자 처녀는 까르르 하고 웃음을 터뜨렸다.

"언니, 농담이에요, 농담! 이 작가님도 우릴 놀렸잖아요!"

어이가 없어진 내리도 따라 웃었다. 그러나 그 웃음은 길게 가지 않았다. 공허해진 내리의 머릿속에서, '내리, 세 남자만을 관찰 대상으로 삼아선 안 돼!' 하고 외치는 듯한, 민규의 얼굴 모습이 문득 떠올랐기 때문이었다.

10
(우한) 앵무새 점

아침 식사 시간에, 기만 혼자 식당으로 내려와선 금희가 몸살이 난 모양이라고 했다. 걱정이 된 내리와 기쁨이 방으로 올라가 보겠다고 하자, 기만은 내버려 두라고 했다. 그 사람한테는 잠을 더 자는 게 약이 된다면서.

마침 호텔 식당은 아침에 한해 간단한 일본 음식이 제공되고 있어, 일행은 여러 날 만에 잘 퍼진 쌀밥과 일본 된장국으로 행복한 아침 식사를 하고 있었다. 그래선지 단 한 사람 주승만이, 부인 몸에 열이 있냐고 기만한테 물었을 뿐, 그 밖의 사람들은 눈으로만 관심을 표시하곤 식사에만 열중했다.

맨 먼저 식사를 끝낸 길남이 젓가락을 놓으며, 기쁨한테 말했다.

"혹시 이 집에 도시락이 되는지 물어 봐요? 된다면 그거라도…"

기쁨보다 내리가 먼저 그의 말뜻을 알아듣고는 반색하며 대답했다.

"백 선생님, 좋은 생각을 하셨어요. 제가 알아볼게요."

그러면서 내리는 서둘러 자리에서 일어났다. 그제서야 둘의 대화가 금희와 관계되는 것을 눈치챈 기만이, 젓가락으로 막 집어 들었던 새우 튀김을 다시 그릇 위에 내려놓으며, 길남을 향해 쏘아붙였다.

"그 사람한텐 잠자는 게 약이라고 했잖소? 왜 당신은 시키지 않는 짓을 하려는 게요? 제발 그 사람 곁에서 얼쩡거리지 좀 말아요."

선의를 모욕으로 되받은 길남의 얼굴이 순간 벌겋게 달아올랐다. 나머지 사람들은 돌발 사태에 놀라 어쩔 줄을 몰라 하는데, 길남이 작심한 듯 맞대응으로 나섰다.

"꼬부라진 건 새우만이 아니군요!"

길남의 빈정거림에 더욱 화가 치민 기만이 자리에서 벌떡 일어나며 소리쳤다.

"백씨! 당신 말 다했소?"

길남도 정색을 하고 기만을 노려봤다.

"왜요? 제 말이 틀렸습니까? 부인께선 아파서 식사도 못 하시는데, 사장님은 여기 앉아서 새우 튀김만 즐기고 있지 않습니까? 그래서 도시락이라도 마련해 방으로 갖다 드리면 어떻겠냐고 하는데, 그걸 시키지 않은 짓이라 하시니, 마음이 새우처럼 꼬부라진 사람이 아니고서야 그런 말을 할 수가 있어요? 부부 사이가 원래 다 그런 건지는 몰라도, 혼자 사는 이 사람은 도무지 이해가 되질 않습니다."

"그 사람은 내 식구요. 내가 도시락을 가져가도 가져가지, 당신이 나설 일이 아니란 말이오."

"물론 그러셔야지요. 그래서 제가 사장님 식사 끝나기 전에 도시락이 준비되면 좋겠다고 말한 겁니다."

묵은 감정까지 보태 기세 좋게 선공을 취했던 기만이 더는 할 말을 잃고 꼬리를 내렸다. 길남의 말이 틀린 게 아니란 것은 주위에 있는 다른 사람들의 표정을 봐서도 알 수 있었다. 기만은 흥분했던 마음을 애써 누르며 일행한테 사과했다.

"음, 이거… 미, 미안하게 됐소."

그러고는 도망치듯 식당을 빠져나갔다. 길남도 사과했다.

"죄송합니다. 나이가 한참 위인 분한테 이러지 말아야 하는데…, 제가 원래 못돼 놔서 그렇습니다."

내리는 안도의 숨을 내쉬었지만, 다른 사람들은, 두 사람 사이에서 폭발할 것이 마침내 터진 것뿐이라는 생각을 하고 있는 듯, 별로 개의치 않는 표정을 짓고 있었다.

점심 시간에는 금희도 식당으로 내려왔다. 먼저 식사를 하고 있던 길남이 따뜻한 오차를 잔에 따라 금희 앞으로 슬그머니 밀었다. 기만은 보고도 못 본 척했다.

점심 식사가 끝나고, 일행은 고속버스 터미널로 갔다. 버스표는 기쁨이 오전에 미리 사 두었었다.

세 시간 이십 분이 걸려, 일행은 후베이성(湖北省)에서 가장 큰 상공업도시 우한(武漢)에 도착했다.

장강 중류에 자리잡고 있어, 옛날부터 교통의 요지이면서 수많은 개혁의 시험장이 됐던 이 도시는 한커우(漢口), 우창(武昌), 한양(漢陽)의 세 지역이 하나로 합쳐 형성됐다.

68년 전, 새 피난지인 창사(長沙)로 가기 위해 목선을 타고 난징부두를 떠난 임시정부 대가족은 여러 날 만에 중간 경유지인 우한에 도착했다. 그런데 목선이 이 곳까지만 계약이 돼 있어 다들 배에서 내려야 했다. 그리고 그들은 창사까지 자신들을 데려다 줄 새 배가 구해질 때까지 뭍에서 쉬기로 하고, 한커우 지역에 있는 우한여관(武漢賓飯)에 들었다.

답사단 일행은 고속버스 터미널에서 기다리고 있던 임대 버스로 갈아 타고, 한커우 지구 중심부를 통과해 항공로(航空路)로 갔다. 그때 임시정부 대가족이 묵었던 여관 건물부터 찾아보기 위해서였다.

버스가 항공로 로터리를 돌 때 매송의 입에선 짧은 탄식이 흘러나왔다. 그가 여섯 해 전 찾아왔을 때도 남아 있었던 여관 건물이 보이지 않는 것이었다. 대신 그 자리엔 고층 건물이 새로 들어서 있었다.

큰길 가에 있는 새 건물 앞에서 일행은 차에서 내렸다. 그리고 매송은 어리둥절해하는 사람들에게 여관 건물이 철거된 사실과 자신의 감회를 밝혔다.

"우리가 탔던 여객선은 성능과 시설 면에서 그 시절 목선과는 비교할 수 없을 정도로 월등히 나은 이동 수단이었습니다. 그런데 그것도 힘들어서 우린 중도에 배에서 내렸고, 하룻밤을 호텔에서 쉰 뒤, 고속버스를 타고 여기까지 왔습니다. 그런데도 몸이 이렇게 무겁고 피곤한데 그때 그분들은 어떠했겠습니까? 아마도 거의 탈진 상태로 이 곳에 당도하셨을 겁니다. 어쨌거나 그분들의 고단한 몸을 하룻밤이나마 편히 쉬도록 해 주었을 그 여관이 바로 여기에 있었는데, 이제 다시 볼 수가 없게 됐군요. 정말 아쉽기 짝이 없습니다."

한솔만이 로터리 주변을 비디오 카메라로 잠시 촬영했을 뿐, 다른 사람들은 사진도 찍지 않고 이내 버스에 올랐다. 복잡한 거리를 이십 분쯤 달려 도착한 답사단의 숙소는 장강이 내려다보이는 언덕 위에 있었다.

일행이 저녁 식사를 하고 제각기 객실에 들었을 때는, 창 밖으로, 내일 답사 예정지인 우창 지구의 야경이 보였다. 그 앞에 있는 검은 강줄기에는, 미처 나루에 닿지 못한 배들이 불을 환히 밝힌 채 마지막 고동을 울리며 속력을 줄이고 있었다.

그 밤, 여자들 방에선 한솔이 그 동안 촬영한 비디오테이프를 객실텔레비전 화면을 통해 몇 사람이 감상했다. 화질이 깨끗한 데다가 촬영 솜씨도 좋아서, 한 시간이 넘는 상영 시간에도 이들 가운데 조는 사람은 없었다.

1937년 11월 하순, 임시정부와 광복진선 3당의 대가족은 세 집단으로 나뉘어, 목적지 창사를 향해 우한을 출발했다. 대부분은 새로 구한윤선 몇 척을 나눠 타고 함께 떠났고, 청년당원들은 중요한 문헌상자와 대가족의 생활집기를 싣고 나중에 따로 떠났다. 그리고 일부 가족은 기차로도 떠났는데, 동정호를 비껴 가는 초겨울의 기차 여행도 결코 쉬운 일은 아니었다.

이들이 떠나자마자, 난징 함락 직전 가까스로 난징을 탈출한 사회주의 계열의 한인 독립운동가들이 우한에 도착했다. 그리고 이들은 곧바로 한커우에서, 좌파 성향의 세 정당인 조선민족혁명당, 조선민족해방자동맹, 조선혁명자연맹을 연대해 결성한, 조선민족전선연맹(약칭 민족전선)의 창립을 선언하고, 김원봉을 이사장으로 선임했다. 우파 성향의 민족계 정당들이 광복진선을 조직한 것에 대응하기 위해서였다.

이듬해인 1938년 6월에는 뤄양에 있던 중앙육군군관학교 한인특별반을 수료한 상당수의 젊은이가 한커우에 도착했는데, 그들은 다음 날

우창에 있는 한 중학교에 수용됐다. 그리고 그 해 10월 10일, 이 학교에서, 김원봉을 총대장으로 한 조선의용대가 창립했다.

그리고 며칠 뒤, 중국 내륙의 최대 거점 도시인 우한을 향해 일제의 백만 대군이 물밀듯이 쳐들어왔다. 조선의용대의 백여 명 대원은 가슴에 단 새 휘장에 익숙해지기도 전에 중국 군대와 함께 우한방위전에 참가했다. 그러나 며칠 못 가 방어선은 일제의 엄청난 화력에 속절없이 무너졌고, 조선의용대원들 또한 우한이 함락되기 직전 사방으로 흩어져야만 했다. 하지만, 이때 치른 전투는, 중일전쟁 때 조선인들로 구성된 항일 무장 부대가 처음으로 일본 군대와 맞서 싸운 역사적인 사건이 됐다.

총대장 김원봉은 민족전선과 조선의용대 대본부를 이끌고 꾸이린(桂林)까지 철수했고, 그 해 12월부터 1941년 3월까지 조선의용대 본부를 그 곳에 두었다. 국민당 군대를 쫓아 다른 전투 지역으로 이동한 남은 두 개 지대는 이후 중국 각 방면에서 유격 선전 활동을 계속 벌였다.

1941년 7월, 중국 북부 지방에서 활동하던 의용대원들은 조선의용대 화북(華北)지대로 이름을 바꾸고, 팔로군, 신사군과 함께 여러 작전에 참가했다. 특히 중국 공산당의 지휘를 받는 팔로군과 함께 했던 태항산(太行山) 마전장(麻田莊) 전투에선 많은 대원들이 격렬한 전투를 치른 끝에 장렬히 전사했다.

1942년 5월, 조선의용대 총대부는 충칭에서 한국광복군 제1지대로 편입했고, 7월엔 조선의용대 화북지대 또한 조선의용군으로 개편했다. 그리고 김원봉은 그 해 12월, 광복군 부사령 겸 제1지대장으로 취임했다.

임대 버스를 타고 호텔을 떠난 답사단 일곱 명은 조선의용대가 훈련하던 장소를 찾아 장강을 건너 무창 지구로 갔다. 세 사람이 보이지 않는 까닭은, 감기 증상이 심해진 금희를 기쁨과 기만이 병원으로 데리고 갔기 때문이었다.

팽류양로(摍留洋路)에 자리잡고 있는 제31중학교(武漢第三十一中學)는 1932년에 설립돼 1950년까지 존속했던 대공(大公)중학교의 후신인데, 우리 나라에 있는 시골 중학교와 규모와 시설이 비슷했다. 학교 이름이 바뀔 때쯤 새로 지은 듯한 낡은 2층 건물 외벽엔 중국 혁명가들의 초상화가 걸려 있었고, 운동장에는 농구대와 축구대가 세워져 있었다.

바로 여기서, 백여 명의 한국 젊은이가 조국 해방을 위해 한 목숨 바치기를 서약하고, 조선의용대란 뜻의 한자와 영문자가 새겨진 휘장을 받았다고, 매송이 일행 앞에서 설명했다.

그런데 유 교수가 두 번째로 제동을 걸었다. 그러나 이번엔, 항쩌우에서 보였던 권위적인 태도와는 달리, 조용히 매송의 옷소매를 끌어당겼다.

"내가 알기로는, 조선의용대는 기독청년회관에서 창립했는데, 대체 어떤 근거로 여기가 그 현장이란 말이오?"

매송도 이번에는 굳이 다른 사람들한테까지 들리게 말할 필요가 없다는 듯, 조그만 소리로 대답했다.

"기독청년회관에선 조선의용대 성립 축하연이 있었을 뿐이지요. 그때 신문인 신화일보(新華日報)에도 그렇게 보도가 됐으니까, 확인하면 이내 알 수가 있는 사실입니다. 그리고 또 무엇보다도 군대의 창설식을 실내에서 한다는 것은 좀 이상하지 않습니까? 이처럼 좋은 운동장

이 있는데도 말입니다. 굳이 외국계 종교기관을 빌려서 할 필요가 없
다는 뜻이지요."*

유 교수가 그런 점에선 납득이 가는지 고개를 끄덕였다.

"그건 그렇다 치고 여기는 어떻게…?"

매송이 대답했다.

"실은 어떤 자료에서 조선의용대가 우한에 있는 대경(大京)중학교
에서 창립했다는 글을 읽었습니다. 그래서 지난 번 이 곳에 왔을 때 먼
저 교육청을 방문했지요. 그랬더니 중일전쟁 때 대경중학이란 학교는
없었고, 대공중학과 대강(大江)중학이 있었다고 하더군요. 둘 다 설립
된 해는 같고, 대강중학은 1953년까지 존속했다고 했습니다."

"그렇다면 대공중학도 근거가 없기는 마찬가지 아니오?"

"마침 교육청에는 모든 학교의 역사를 기록해 둔 책이 있었습니다.
그 책 속에서, 대공중학만이 특이한 내용이 한 줄 더 있었는데, 그것이
결정적인 근거가 된 거죠. '1938년 이 학교에서 혁명 활동이 있었다.'
라는 글이었습니다."

교수는 순간 짧은 한숨을 내쉬었다. 감탄에선지 탄식에선지는 분명
치가 않았다.

조선말 구령에 맞춰 조선의 전사들이 걷고 달리고 땀을 흘렸을, 남
의 나라 중학교 운동장. 그 맨땅을 밟고 선 내리의 귓전에선, 아직도 그
때 그들이 외쳤을 함성이, 학교 밖 중국인 주택가에까지도 울려 퍼졌
을 우리말 함성이 맴도는 듯했다.

---

* "조선의용대 창설식을 어디서 했는지 생각이 나진 않지만, 무한의 기독청년회관이 아
닌 것만큼은 분명해요." – 조선의용대 창립 대원 김승곤 지사의 증언.

어릴 적 추억이 더 크게 떠오른 사람들은 운동장 여기저기를 기웃거리며 사진을 찍었다.

수업 시간이 끝나 학생들이 운동장으로 나오기 시작할 때, 이들은 교문을 나섰다. 버스는 골목까지 들어올 수가 없어, 큰길 가에서 이들을 기다리고 있었다.

골목길을 걸어갈 때, 유 교수가 매송한테 말했다.

"민족전선 본부가 우창의 한 중학교에 있었다고 적은, 조선총독부 자료를 본 적이 있는데, 그걸로 미뤄 봐도, 이 선생의 추정엔 일리가 있소."

점심 식사는 우창 지구에서 가장 유명한 식당에서 하기로, 병원에 간 세 사람과 이미 약속이 돼 있었다. 우한의 명물인 우창어란 물고기를 전문으로 요리하는 곳인데, 민물고기를 유난히 좋아하는 금희가 여행 안내 책자를 통해 이미 정보를 얻어 둔 덕분에 쉽게 결정이 났다.

버스에 탄 일행이 식당에 도착하자, 병원에 갔던 세 사람도 이미 와서 위층에서 기다리고 있었다. 주사를 맞아선지, 금희의 얼굴이 아침보다는 훨씬 생기가 있어 보였다. 서로 한 마디씩 인사를 나눴지만, 순례하고는 외면을 했다.

그런데 주승이 조금 낯설은 행동을 했다. 금희한테 병원에서 받아 온 약봉지를 보여 달라고 한 것이다. 금희가 자기 손가방에서 선뜻 봉지를 꺼내 주자, 주승은 봉지 속에 든 약들을 꼼꼼히 살펴본 뒤 다시 돌려 줬다. 금희가 받으며 빙긋이 웃자, 주승은 "식사는 거르지 마세요." 하고, 짤막하게 말했다.

주방 종업원이 살아 있는 물고기를 가져와 이들한테 보여 주고, 다시 가져갔다. 먼저 나온 녹차가 거의 식었을 무렵, 찜과 튀김 두 가지로 조리한 물고기 요리들이 들어왔다. 금희는 나중에 나온 어죽까지 한 그릇을 깨끗이 비웠다.

오후 일정에는 금희와 기만만이 참여하지 않았다. 두 사람은, 의사가 오늘 하루만이라도 환자는 충분한 휴식을 해야 한다고 했다면서, 호텔로 돌아가서 같이 쉬겠다고 했다.

원래의 노정은 우한에서 하루만 묵고 이튿날 밤기차로 창사로 이동하는 것이었다. 그러나 그것은, 환자가 된 금희와 상관없이, 이번 답사단에겐 무리란 생각이 들어, 3인 회의에서 일정을 조정했다. 그래서 하룻밤을 더 이 곳에서 묵고, 아침에 비행기로 떠나기로 했다.

기만과 금희가 택시를 타고 호텔로 떠난 뒤, 나머지 사람들은 강남의 3대 누각 가운데 하나로 손꼽히는 황학루(黃鶴樓)를 구경하기 위해, 다시 버스에 올랐다.

우한장강대교가 내려다보이는 동산 위에, 화려한 중국풍의 5층 누각이 우한의 상징인 양 우뚝 서 있었다.

황학루가 처음 세상에 선보인 것은 당나라 때지만, 지금의 건축물은 1981년에 청나라 때 누각을 본따서 다시 지은 것이라고, 기쁨이 설명했다.

국어 교사 출신인 순례는, 중국 문학을 통해서만 접할 수 있었던 황학루를 직접 구경하고 거닐 수 있다는 사실이 꿈만 같다고 했다. 나무 계단을 따라 꼭대기층 전망대로 올라가면서는 이런 말도 했다.

"어디선지 당나라 시인 이백이 불쑥 나타나, 우리보고 해동의 땅에서 온 사람들이냐고, 물어 올 것 같아요."

마침내 전망대에 이르자, 우창 시가지와 장강이 한눈에 들어왔다.

내리는 기쁨과 둘이서 기념사진을 한 장 찍었다.

두 번째로 답사단이 찾은 곳은 우창 지구 동쪽에 있는 동호(東湖)였다. 이 곳 역시 바다처럼 넓은 호수인데, 항쩌우가 서호로 유명하다면 우한은 동호로 유명하다고 할 만큼, 예로부터 사람들이 많이 찾는 명승지다. 그러나 일행이 도착했을 때는, 아직은 제 철이 아닌 탓에 인적이 드물었고, 그래선지 모든 것이 스산하기만 했다.

그래도 예까지 와서 땅이라도 밟아 보고 가야 후회가 안 될 거라는 길남의 선동에, 다들 차에서 내려 긴 호숫가를 걸었다. 이른 봄 찬 바람이 수면을 타고 불어 오자, 여자들은 몸을 움추렸고, 남자들도 옷깃을 여몄다.

호숫가 한 구역에 있는 위락 시설 단지에서는 영업은 하지 않으면서도 옥외 확성기로 중국 가요를 계속 틀어 대고 있었다. 노래 소리를 쫓아서 단지 쪽으로 걸어가던 일행의 눈에, 구멍가게 같은 조그만 매점이 하나 보였다. 다행히 그 곳만은 문이 열려 있었다.

"우리 저리 가서 따듯한 차나 한 잔씩 마십시다."

순례가 제안했다. 그러자 다들 반기며, 발걸음을 그 쪽으로 재촉했다. 음악 소리는 매점에서 내보내는 것 같았다.

매점 안에서 졸고 있던 주인이 허겁지겁 이들을 맞았다. 기쁨이 차가 되냐고 묻자, 주인 남자는 꽃잎차(花茶)만 된다고 대답했다.

매점 앞마당에 선 채로 일행은 차를 마셨다. 주승도 별 말 없이 중국 차를 마셨다. 커다란 보온병을 들고 가게 밖으로 나온 남자는, 사람들 잔이 비어 갈 때마다 기다렸다는 듯이 다가가서, 더운물을 채워 줬다.

한솔이 중국말로 고맙다고 한 마디 하자, 남자는 물을 보충해 주면서, 은근한 눈짓과 손짓으로 한솔의 관심을 한쪽으로 이끌었다. 거기엔 그 때까지 아무도 주의를 기울이지 않아 발견하지 못한 것이 있었다.

한솔은 남자를 따라 그 쪽으로 걸어갔다. 다른 사람들은 차를 마시는 데만 몰두하고 있어서, 두 사람의 행동을 별로 의식하지 않았다.

앞마당 길가에 서 있는 단풍나무 가지에 새장이 하나 걸려 있었다. 가까이 다가가자, 어른 손바닥만한 새 한 마리가 놀란 듯 퍼덕거렸다. 새장 밑에는, '鸚鵡占 十元'(앵무점 10위안)이라고 쓴 종잇장을 붙인 낡은 책상이 하나 놓여 있고.

새장 앞에서, 주인 남자는 새장과 종잇장을 번갈아 가리키며, 한솔한테 뭐라고 자꾸만 지껄여 댔다. 그는 인사말 한두 마디 정도 알고 있는 한솔을 중국말을 잘 하는 이방인으로 착각한 것이 분명했다. 그러나 어려운 한문자도 중국말도 전혀 모르는 한솔은, 남자의 이해할 수 없는 행동을 답답해하면서, 대나무 껍질로 총총히 짠 새장 틀 사이로 어릿어릿 보이는 새를 찬찬히 구경했다.

"어, 이거… 앵무새 아냐?"

새가 앵무새란 것을 한솔이 알아보는 듯하자, 남자는 더욱 열정적으로 한자 글씨를 하나씩 짚어 가며 같은 말을 되풀이했다. 그제서야 두 사람한테 눈길이 간 사람들이 의아한 표정을 지었고, 깜짝 놀란 기쁨이 달려왔다.

기쁨과 남자 간에 중국말이 몇 마디 오갔다. 이윽고 기쁨의 눈이 두 배로 커지는가 싶더니, 사람들 쪽을 돌아보며 큰 소리로 외쳤다.

"앵무새가 말로써 점을 친다는데요! 복채는 중국 돈 십원이고요! 다들 어서 이리로 와 보세요!"

뒤늦게 남자가 한 말의 뜻을 알아챈 한솔이 자기 머리를 쳤고, 모여든 일행은 믿을 수 없다는 표정으로 새장 안을 들여다봤다.

동작 빠른 길남이 맨 먼저 10위안짜리 중국 지폐를 한 장 꺼내 손에 들었다.

"그럼 한번 해 봅시다."

주인 남자는 까만 이빨을 드러내며 씨익 웃고는, 나뭇가지에서 새장을 벗겨 내 책상 위에 올려 놓고 자신은 책상 뒤에 있는 의자로 가서 앉았다. 그러고는 길남한테 받은 지폐를 새장 틀 사이에 끼우고, 새한테 뭐라고 말하는 시늉을 했다. 그런 뒤에 손으로 새장을 가볍게 한 번 톡 치자, 그 순간 깜짝 놀란 앵무새가 새장 안을 왔다 갔다 하며 소리를 내기 시작했다.

"푸꾸이룽화… 푸꾸이룽화… 푸꾸이룽화…"

앵무새는 똑같은 소리를 다섯 번쯤 되풀이했다. 물론 쉽게 알아들을 수 없는 것은, 새가 내는 소리라서가 아니라 중국말이기 때문이었다.

당연히 맨 먼저 반응을 보인 사람은 기쁨이다. 그의 놀란 표정은 이내 신기함으로 바뀌고, 다시 재미있는 놀이에 참가한 어린 소녀의 모습으로 바뀌더니, 큰 소리로 말했다.

"앵무새가 '부귀영화'란 네 글자를 되풀이해서 말하고 있어요! 그러니까 백 선생님은 장차 부귀영화를 누리시게 된다는 뜻이지 뭐예요!"

길남의 입이 옆으로 찢어졌다. 언제 나타났는지, 중국인 남녀 한 쌍도 일행 속에 섞여서, 호기심 어린 눈동자들을 굴리고 있었다.

이번에는 한솔이 1달러 지폐를 꺼내 남자한테 보이자, 남자는 망설임 없이 잽싸게 받아서는, 아까처럼 새장 틀에 꽂았다. 그러자 앵무새는, 평온한 휴식을 방해 받는 것이 싫어선지, 아니면 그렇게 훈련을 받은 것인지, 부리를 위 아래로 연신 까불며 다시 날뛰기 시작했다.

"우삥창써우… 우삥창써우… 우삥창써우…"

이번에도 못 알아듣는 사람들은 한국에서 온 답사단뿐이었다. 함께 구경하던 중국인 남녀가 탄성을 지르며 손뼉을 쳤다. 신이 난 기쁨이 다시 큰 소리로 새가 하는 말을 통역했다.

"무병장수, 무병장수라고 해요!"

기가 막힌 한솔은 입만 벌린 채 아무 말도 못 했다. 어깨에 힘이 들어간 주인 남자가, 더 할 사람 없냐는 듯, 구경꾼들을 둘러보며 히죽거렸다.

"언니도 해 봐요. 현모양처라고 할지 누가 알아요?"

기쁨이 내리를 부추겼다. 그 때였다. 들뜬 분위기에서도 비교적 냉정을 잃지 않고 지켜보고만 있던 매송이 입을 열었다.

"저 사람한테 저 음악 소리 좀 줄이든지 끄든지 하라고 해요. 너무 시끄러워서 앵무새 소리를 못 알아듣겠다고 말이오."

기쁨이 매송의 말을 통역하자, 남자는 거부의 몸짓을 했다.

"앵무새는 음악이 있어야 점을 잘 친다고 하는데요."

기쁨이 남자가 한 중국말을 다시 통역했다. 다음 순간, 매송이 책상 뒤로 가더니, 남자를 제치고 책상 아래서 무언지를 끄집어 냈다. 작은 카세트 녹음기였다. 당황한 주인이 녹음기를 뺏으려 했지만, 매송의 동작이 더 빨랐다.

매송이 재생 단추를 누르자, 아까처럼 '우삥창써우' 란 말소리가 다시 나오기 시작했다. 그제서야 다른 사람들도 주인 남자가 장난을 친 것임을 알아챘다.

책상 아래엔 몇 종류의 덕담이 녹음된 테이프가 열 개쯤 더 있었다. 남자는 사람들이 부산하게 움직이는 앵무새에 넋이 빠져 있는 동안, 돈 낸 사람한테 어울리는 테이프를 슬그머니 카세트에 넣어, 사람들을 속인 것이었다.

호텔로 돌아오는 버스 안에서, 사람들이 매송한테 앵무새 소리가 아니란 것을 어떻게 알았느냐고 물었다.

"나도 처음엔 깜쪽같이 속았어요. 그런데 앵무새 소리가 너무나 똑같게 되풀이되는 것이, 아무래도 이상하다는 생각이 들더라고요. 아마도 제가 방송인이라서 남보다 소리에 조금 더 예민했던 것 같습니다."

매송이 대답했다. 그러자 길남이 물었다.

"음악을 크게 틀어 놓은 것도 다 까닭이 있었던 거군요?"

"맞습니다. 앵무새 말이란 게 실은 사람이 녹음한 기계음이란 것을 아무도 눈치채지 못하도록, 소음으로써 사람들의 주위를 분산시킨 거지요. 그리고 돈을 새장 틀에 넓게 펴서 끼워 넣는 것도, 구경꾼이 앵무새 입을 잘 보지 못하게 하려는 속셈이었습니다."

이번엔 순례가 고개를 갸웃거렸다.

"그런데 이상한 것은, 앵무새도 뭐라고 소리를 낼 만한데…, 전혀 들지를 못했거든요?"

이 말에는 한솔이 나서서 대답을 했다.

"저만 있을 때도 앵무새가 소리내는 걸 못 들었어요. 타고난 벙어리새가 아니면 성대 수술이라도 받았나 보지요, 뭐."

며칠 동안 가라앉아 있던 답사단 내 분위기가 앵무새 사건 덕분에 많이 호전된 듯했다. 내리는 정말 다행이라고 생각했다. 지금쯤 호텔에서 무료한 시간을 보내고 있을 기만과 금희 부부까지 함께 있었으면… 더욱 좋았을 것 같았다. 틀림없이 황 여사는 배꼽을 잡고 웃었을 테고, 그러면 몸살 감기도 달아날지 모르는 일이었는데, 그들이 없었던 것이 못내 아쉬웠다.

호텔로 돌아오니 좋은 일은 또 있었다. 다들 승강기를 타러 문 쪽으로 걸어가는데, 기쁨의 손전화기가 경쾌한 벨소리를 울리며 복음을 전해 왔기 때문이었다.

기쁨이 전화를 받았다. 내리도, 서울서 민규가 건 전화겠거니 하고, 기쁨 곁으로 다가갔다.

"웨이?"

첫 마디를 상냥하게 터뜨린 기쁨의 목소리가 한순간 멈칫하고, 호흡마저 멎는가 싶더니, 갑자기 얼굴이 환해지면서 환호성을 터뜨렸다.

"시계를 찾았대요! 금장시계를요!"

쩐쟝에 있는 노래방 주인이 금장시계를 찾았다는 전화를 걸어 온 것이다. 기쁨은 상대방이 불러 주는 전화번호 하나를 수첩에 받아 적고 전화를 끊었다.

"혹시나 해서 제 전화번호를 적어 주고 온 것인데…, 기적이 일어났어요!"

좋아서 어쩔 줄 모르는 기쁨은, 자신이 한 일에 스스로 대견해하면서, 전화기에다 입을 쪽 맞췄다.

"뭐라고 해요? 어디서 찾았대요?"

내리도 신이 나서 물었다. 기쁨은, 자세한 정황은 쩐쟝 경찰국에 직접 물어 보라고 했다면서, 당장은 이 기쁜 소식을 노 사장 내외한테 알려 주는 게 급선무라고 했다. 다른 사람들도 다들 자기 일처럼 기뻐하고 안도했다.

방에는 금희가 혼자 텔레비전으로 서양 영화를 보고 있었고, 기만은 보이지 않았다.

"그이는 사우나 하러 갔어요. 내가 걱정돼서 같이 호텔로 들어온 게 아니라고요. 그렇게 이기적인 사람인 줄 알았으면, 첨부터 중국엔 따라오지도 않았을 텐데…….”

기쁨과 내리가 반가워할 소식을 전했지만, 뭔지 기만한테 잔뜩 심술이 나 있는 금희는 시큰둥한 표정으로 딴소리만 했다. 텔레비전 화면에서는 왕년의 미국배우 클라크 게이블이 웃고 있었다.

기쁨은 제 방으로 들어와서, 노래방 주인이 가르쳐 준 번호로 전화를 걸었다. 쩐장 경찰국 형사과장과 연결이 됐다. 그래서 알게 된 시계 회수 경위는 이러했다.

그 날 밤, 술에 취한 금희가 계산대 앞에서 노래방 비용을 지불할 때, 그의 등 뒤에서 차례를 기다리고 있던 중국 젊은이들 가운데 한 명이, 마침 열려 있는 금희의 손가방 안에서 번쩍거리는 귀금속 물체가 눈에 띄자 슬쩍 꺼냈다. 그리고 그것을 처분하는 과정에서 경찰에 발각됐고, 그 사실이 노래방 업주한테 통보가 된 것이었다.

시계는 어떻게 인수할 수 있냐고 기쁨이 묻자, 친절하고 유능한 중국 경찰은, 다음 행선지를 일러 주면, 그 곳 경찰국으로 보내겠다고 말했다. 그래서 시계는 사흘 뒤 창사에서 찾기로 했다.

전화를 끊은 기쁨의 표정에는 안도감말고도 자책감 같은 게 서려 있었다.

“그때 제가 좀더 주위를 기울였으면 첨부터 이런 일은 없었을 텐데…, 죄송해요, 언니.”

“무슨 소리! 기쁨 씨는 그때 계산하느라 정신이 없었고, 오히려 내가 곁에서 황 여사님 손가방을 잘 챙겨 드렸어야 했어요.”

두 여자는 서로 반성하고, 앞으로는 매사에 더욱 신중하자고 다짐했다.

그 날 저녁, 식사 시간에 합류한 기만은, 시계를 되찾은 걸 자축하는 뜻에서, 중국 최고의 음식 도시인 광쩌우에 도착하면, 일행에게 크게 한턱을 내겠다고 약속했다. 그러고는 전에 없이 유독 유 교수한테 아부성 짙은 말과 행동을 했다. 그에 대한 호칭도 어느 새 박사님으로 바뀌었다. 교수의 환심을 사려는 의도가 너무나 분명했다.

"한 가지 더 말씀 드릴 게 있습니다. 이 자리에는 우리 나라 최고의 대학자께서 고령에도 불구하시고 우리와 함께 어려운 여행을 하고 계십니다. 그래서 제가 감사와 존경의 뜻으로 박사님께 선물을 하나 준비했습니다."

그러면서 자신의 발치에 두었던 물건 하나를 들어 식탁 위에다 올려놓았다. 물건을 싼 보자기를 풀자, 길쭉한 나무 상자가 나오고, 다시 뚜껑을 열자, 도자기로 만든 술병이 나왔다.

"어머, 호골주예요!"

기쁨이 첫눈에 알아보고 탄성을 질렀다. 그 말에 길남의 두 눈이 등잔만해지며, 자신도 모르게 술병으로 손이 갔다.

"이게 그 유명한 호골줍니까? 요샌 구하기 어렵다는데 용케 구하셨군요!"

길남의 손이 술병에 닿으려 하자, 기만이 술병을 번쩍 쳐들고, 자랑을 했다.

"만병통치에다 정력강장제로는 이것 이상 가는 게 없다고 들었습니다. 아까 오후에 혼자 시내에 나가 간신히 한 병 구했지요. 부르는 게 값이었지만, 우리 박사님을 위해서라면 뭐가 문제겠습니까? 안 그래요, 여러분?"

교수도 기대가 되는지 뚫어져라 술병을 주시하면서도 일단은 사양

212

을 했다.

"아, 노 사장! 말씀만으로도 감사합니다. 그리 귀한 것을 내가 어떻게…? 그러지 말고 부인께 드리세요. 마침 몸도 좋지 않으시고 한데……."

잠시 실랑이가 오갔지만, 결국에는, 일행 모두 한 잔씩 맛을 본 뒤에, 남은 술병은 교수가 가져가는 것으로 귀착이 됐다.

기만한테 더욱 빈정이 상한 금희만이 자기 몫의 술잔에 입을 대지 않았다. 대신 그 잔은 옆에 앉아 있던 길남의 차지가 됐다. 그렇게 열 잔의 술이 축이 났지만, 술잔이 하도 작다 보니, 병에는 아직도 3분의 2나 되는 술이 남아 있었다.

처음엔 자신도 모르게 탄성을 냈던 기쁨은, 다음 순간, 저 술이 과연 진짜일까 하는 생각에 심기가 불편해졌지만, 아무도 그 눈치를 채지 못했다. 호랑이 뼈에 갖가지 한약재를 넣어 만든다는 중국의 명주 호골주는 오래 전에 정부 당국에서 제조를 금지했기 때문에, 시중에 진품이 나올 수가 없었다. 하지만, 기쁨은 그런 생각을 입 밖으로 꺼내지는 않았다.

내리의 관심은 다른 데 있었다. 중국말을 전혀 못 하는 노 사장이 어떻게 저런 걸 구할 수 있었는지, 그게 더 궁금했다. 기만의 말로는, 택시기사한테 한자 필담을 통해 안내를 받았다고 했지만.

어쨌거나, 이 날은 답사단 전원에게 아주 행복한 날이 됐다. 그 동안 시계 분실과 관련해 금희를 의심했던 순례는, 감기에는 중국차를 자주 마시는 게 최고라며, 항쩌우에서 산 용정차 두 통 가운데 한 통을 금희한테 선물로 줬다.

방에 들어온 유 교수는 기분이 아주 좋았다. 자신의 존재가 답사단 안에서 인정 받는 것도 흐뭇한 일이지만, 예전부터 한 번쯤 꼭 마셔 보고 싶었던 중국의 호골주를 선물 받은 것이 무엇보다도 기뻤다.

"노 사장이라는 사람, 처음 볼 땐 잘 모르겠더니만, 차츰 보니, 윗사람 받들 줄도 알고, 괜찮은 사람 같소."

유 교수가 호골주를 싼 보자기를 탁자 위에 내려 놓으며, 기만을 칭찬했다.

"그럼요! 말도 안 통하는 낯선 도시에서 혼자 그런 걸 구했다는 게 어디 쉬운 일인가요? 성의가 대단합니다."

매송이 맞장구를 쳤다. 그러자 교수는 둘이서만 호골주를 한 잔씩 더 하자며, 찻잔 두 개를 집어 들었다.

찻잔에 반쯤 따른 호골주를 한 번에 다 비운 교수는, 매송한테 깜짝 놀랄 제의를 했다.

"이 작가, 한 가지 부탁이 있소."

"선생님께서 제게 부탁이라니요? 말씀하세요."

"아까 우리가 다녀온 학교 말이오. 그걸 내가 이번에 처음 발견한 것으로 해 줄 수는 없겠소?"

"네에…?"

호랑이 뼈로 만든 약술의 기운 탓이었을까? 교수한테서 전혀 예상치 못한 제의를 받은 매송은 몹시 당혹스럽고 난처했다.

"그리고 항쩌우에 있는 청태제이여사 발견도요. 이 선생한테는 그런 것들이 중요한 경력이 되는 게 아니잖소? 하지만 우리 역사학자들한테는 그렇지가 않거든요."

매송이 잠시 주저하다가 입을 열었다.

"청태제이여사의 발견 경위는 이미 우리 일행이 다 알지 않습니까?"

"그런 건 상관없어요."

"그 밖에도 문제는 또 있습니다. 이미 정 기자가 인터넷신문을 통해서 항쩌우와 관련한 모든 소식을 국내 독자에게 전했을 겁니다."

"정 기자라니요? 누가 기자란 말입니까?"

"죄송합니다. 실은 미스 정이 기자입니다."

"뭐요?"

갑자기 교수의 목소리가 커졌다. 기대가 어긋나고, 자신의 목적 또한 달성하기 어려울 듯싶자, 역정이 난 모양이었다.

'대단한 비밀도 아닌 것을…, 교수한테는 좀더 일찍이 정 기자의 신분을 밝혔어야 하는데, 때를 놓쳐 공연한 오해를 사게 됐구나!'

이렇게 생각한 매송은 일단 교수한테 고개를 숙였다.

"죄송합니다, 선생님. 이 문제는 나중에 다시 논의하는 걸로 하시지요. 가능하면 저도 도와 드리고 싶습니다."

유 교수도 더는 입을 열지 않았다. 그러나 그가 보인 굳은 표정은 자신이 돌이킬 수 없는 커다란 실수를, 학자로서 결코 해서는 안 될 말을 꺼냈다고, 스스로 느끼고 있는 것이 분명했다.

교수의 눈빛은, 이 날 밤, 침통할 정도로 어둡고 무거웠다.

11
(창사) 남목청 파일

정오 무렵, 우한공항을 출발한 중국 항공사 비행기에는 답사단 일행 열 명이 타고 있었다.

그 옛날 망명정부의 대가족은 같은 목적지를 가면서 배와 기차를 이용했다. 그런데 지금, 험난하기만 했던 그때의 그 길을 조금이나마 직접 체험해 보겠다고 나선 사람들이 몸을 의탁한 것은 최첨단 교통 수단인 비행기였다. 그래서 내리는 마음이 편치가 않았다. 그러나 어찌하랴. 장기간 여행인 데다가, 육십대 어른이 두 분이나 있고 거기에 환자까지 생긴, 새천년을 살아가고 있는 사람들이니, 조상님들도 이해하시리라.

그렇게 마음을 잡은 내리는 그제서야 창문 밖으로 눈길을 돌려 볼 여유가 생겼다. 비행기는 이미 상승을 끝내고, 눈처럼 흰 구름바다 위를 날고 있었다.

내리의 양 옆으로, 창가엔 김 여사가 앉았고, 통로 쪽에는 기쁨이 앉아 있었다. 두 사람 다 자는 것 같진 않은데 눈은 감겨져 있었다. 통로 건너편 좌석에 앉아 있는 이 작가 역시 손에는 영자 신문이 들려져 있지만, 두 눈의 눈꺼풀은 이미 맞붙어 있었다.

'오늘 아침엔 늦잠을 잘 수 있도록 식사 시간까지 늦추었는데, 그래도 다들 잠이 부족한가 보네!'

내리는 빙긋이 웃으며 자신도 눈을 감았다. 그러나 잠은 오지 않고 오히려 정신만 더욱 말짱해졌다.

아침 느지막이 호텔을 떠나 공항에 이르는 동안, 버스 안에서든 밖에서든 일행의 표정은 엊저녁과는 달리 다들 그리 행복해 보이지가 않았다. 시계를 되찾은 기만 부부부터 둘의 관계가 특별히 더 좋아진 것 같지가 않았고, 호골주 한 잔 마시고 나왔을 유 교수 또한 표정이 밝지 않았다. 말이 없기는 이 날따라 매송 또한 마찬가지고, 늘 활기에 넘치는 한솔을 제외하고는, 다들 잠이 부족한 사람들처럼, 버스에서나 비행기에서나 두 눈을 꼭 감고 있었다.

여행을 시작한 지 이제 겨우 열이틀째인데 벌써들 지친 것일까? 금장 시계 회수 소식이 가져온 약효는 하루 저녁만 반짝하고 그대로 소진된 것일까? 아니면, 쩐쟝의 역술가가 예언한 것이 여전히 유효한 탓일까?

내리는, 창사공항까지 비행기가 날아가는 한 시간 남짓한 동안에, 일행의 얼굴을 한 사람씩 떠올리며, 특별한 문제점이나 의문점을 지니고 있는 사람이 있는지를 다시금 곰곰이 생각해 봤다.

먼저 유병도 교수…, 일행 가운데 최고령자지만, 그것 때문에 다른 사람들이 성가시게 느낀 경우는 거의 없는 것 같다. 학자들의 일반적인 특징인 깐깐하고 조심스러운 성품은 단체 여행에선 오히려 보탬이 될지언정, 일행 속에 적을 만들지는 않는다. 그렇다면 교수는 주의가

요구되는 인물들에서 우선 제외해야 마땅하리라. 다만 오늘 아침 내리가 인사했을 때, 교수의 표정이 여느 날과 달리 조금 낯설어 보인 것이 자꾸만 마음에 걸린다.

이매송 작가…, 이 여행을 처음 기획한, 열정이 많은 중국통의 방송인이다. 강민규 사장이 없는 빈 자리를 채우며, 모든 일정을 주도해서 짜고, 답사단을 이끌고 있다. 쩐쨩에서는 일행에게 재미와 추억을 선사하려다 오히려 엉뚱한 불안감만을 본의 아니게 심어준 실수를 했다. 하지만 본인은 그 문제를 그다지 심각하게 여기는 것 같지는 않다. 적극적인 그의 성품은 '리더'로서 손색이 없는데, 오늘은 왠지 심신이 피곤해 보인다.

김순례 여사…, 중국차만 있으면 늘 행복해하실 분. 곁에 있는 다른 사람들까지도 편안하게 해 주는, 이번 여행에서 안주인 같은 어른이다. 온화한 성품에 높은 교양을 지닌 분이 일시적이나마 황 여사를 의심하고 적개심까지 보인 것은 이해가 되질 않는다. 그럼에도 어머니 같은 이런 분과 적이 될 사람은 아마도 이 세상에 없을 것이다.

노기만 사장…, 정치에 뜻을 둔 사업가로서 경력에 보탬이 될까 해서 부인과 함께 참여한 여행인지라, 다른 사람들보다는 눈에 잘 띄는 인물이다. 백길남과 자주 다투는 것이 어른스럽지 못한 행동이기는 하나, 두 사람의 신경전이 답사 여행에 지장을 줄 정도는 아니다. 부부싸움도 곧잘 하는 것 같지만, 그것 또한 예사 부부간에는 흔히 있는 일이고, 그 이상 심각한 일은 없어 보인다.

황금희 여사…, 생각이 좀 늦고 푼숫기가 있긴 해도, 성격은 낙천적이며 근본은 선량한 사람 같다. 백길남에 대한 남다른 관심은 두 사람이 비슷한 나이이기 때문에 자연스럽게 나타나는 현상일 것이고, 김 여사에 대해서는 서운함은 좀 있을지 몰라도 앙금을 쌓아 둘 사람은 아닌 것 같다. 김 여사한테서 용정차를 선물 받을 때는 어린애처럼 기뻐하지 않았던가?

백길남…, 부동산업에 종사하는 독신자라고, 자신을 스스럼없이 소개할 만큼, 남을 별로 의식하지 않는 성격의 소유자. 겉과 속이 크게 다르지 않은 사람 같다. 황 여사한테는 남다른 친절함을 베풀지만, 원래 여자한테 잘하는 남자들이 따로 있지 않은가? 황 여사 때문인지는 몰라도, 노 사장하고는 여전히 찬 바람이 부는 사이인데, 그런 모습들이 내리와 기쁨한테는 때로는 우습기도 하고 재미가 있어, 굳이 말리고 싶지 않은 것이 두 사람의 솔직한 심정이다.

최주승…, 지적인 모습에 결벽증적 성향을 가끔 보이는 삼십대 남자. 항쩌우의 서호 사건으로 아내를 사별한 고독남이란 것이 본인의 뜻에 상관없이 드러났다. 그러나 대학 시절 학교 연극에 출연할 정도로 겉보기와는 달리 매우 엉뚱한 구석도 있는, 조금은 신비로운 인물이다. 그 때문인지, 일행 중에서는 유일하게 한솔하고만 어울린다. 어쨌거나 비밀이 많은 만큼 의심을 받을 여지 또한 많은 사람인데, 그럼에도 거리감이 별로 느껴지지 않는 것은 이상한 일이라고, 내리는 생각했다.

박한솔…, 늘 쾌활하고 붙임성이 많아서 남들한테 사랑을 받는 젊은이다. 혹시 연적이라면 모를까, 다른 사람들한테 시비의 대상이 되거나 원수를 질 사람은 아니란 느낌이 든다. 서호 사건을 계기로 최주승과 특별히 더 친하게 지내, 가끔은 방짝인 백길남이 안돼 보일 때가 있다. 그래서 길남은 황 여사한테 더욱 다가가는 것일까?

배기쁨…, 중국에서 태어나 중국에서 자란 조선족 처녀지만, 한국사람들을 많이 상대해서 그런지, 중국말을 할 때가 아니면 전혀 다른 나라 사람 같지가 않다. 성품이 곱고 책임감도 강해, 누구나 함께 일하고 싶어할 그런 사람이다. 가끔은 같은 나이 또래인 한솔과 좀더 많은 얘기를 나누고 싶어하지만, 늘 자신의 자리를 지키려고 애를 쓴다. 외조부가 독립군이었다는 얘기를 들은 뒤부터, 내리는 더욱 그가 남 같지 않다.

마지막으로, 정내리… 본인 자신이다. 어쩌다가 여행사 사장의 어릴 적 친구라는 관계로, 따라가는 참가자 처지에서 도와 주는 여행사 직원의 처지로 신분이 바뀌었지만, 이번 여행이 즐겁고 보람도 느낀다. 다만 쩐쟝의 역술가가 한 말 때문에 안 해도 될 마음 고생을 하고 있는데, 금장시계를 되찾게 된 마당에 모두 털어 버리고 싶다. 일행 가운데 싫어하는 사람도 없지만, 자신을 미워할 사람도 없을 거라고, 마음 속으로 느끼고 있다.

내리는 자신을 포함해서 답사단 열 명을 한 사람씩 다 검토해 봤지만, 특별히 문제가 될 만한 사람은 발견하지 못했다. 그런데 웬일일까? 그 어느 때보다도 마음이 홀가분해야 할 지금, 내리는 그렇지가 않았다. 이 날 아침부터 비행기에 오르기까지, 유 교수의 표정과 이 작가의 낯선 표정이 자꾸만 마음에 걸렸다.

후난성(湖南省)의 성도 창사(長沙), 기후가 온난하고 물가가 싸서 망명정부와 대가족이 머물기엔 안성맞춤의 도시였다. 이 도시에 가장 먼저 도착한 선발대는 강나루에서 가까운 한 주택가를 피난지로 골랐다.

서원북리(西園北里) 주택가 골목에는 2층 목조 연립주택 한 동이 서 있었다. 그 건물은 5호부터 8호까지 네 채의 이층집이 한 지붕을 이고

서 나란히 붙어 있는 구조였는데, 선발대는 그 가운데서 오른쪽 끝에 있는 8호 모서리 집을 빌렸다. 그리고 그 곳을 임시정부의 임시 청사로 삼았다.

대가족이 도착하면서, 더 필요한 사무실과 개인 살림집들을 주변에서 구했다. 그래서 광복진선 선전부는 다른 건물인 서원북리 13호에 들었고, 인근에 있는 다른 동네에다 거처를 마련한 가족들도 있었다.

창사에 있는 중국 여행사의 임대 버스가 황화공항(黃花空港) 앞마당에서 답사단 일행을 태웠다. 시내 중심지까지는 한 시간이 걸렸다. 주차장이 넓은 식당에 들러 점심을 먹고는, 곧장 망명정부의 임시 청사가 있던 현장을 찾아 나섰다. 먼저 호텔에 들러 환자인 금희를 남겨 놓고 갈 수도 있었지만, 금희가 그것을 원치 않았다. 중국 병원의 약이 효과를 본 모양이었다.

창사 시를 관통하는 상강(湘江)을 향해 서쪽으로 가다 보면, 강변대로 조금 못 가서 북구(北區) 통태가(通泰街) 거리가 나온다. 일행은 버스에서 내려 노점상과 자전거 통행인이 많아 매우 복잡한 골목시장으로 걸어갔다. 행인에게 물어, 주택가 골목길로 접어들자, 이내 길가 담벼락에서 '西園北里'라고 적혀 있는 작은 표지판이 눈에 띄었다.

"서원북리예요!"

기쁨이 먼저 발견하고 소리쳤다. 매송이 그 앞에 서서 잠시 일행에게 설명했다.

"맞습니다. 서원북리…, 바로 이 동네에 임시정부의 청사와 당사가 있었고, 지사와 그 가족들이 거주했습니다. 혼자 망명 생활을 하고 있던 독신 어른들은 가정을 꾸리고 있는 지사 가족의 부인들이 섬겼고요, 결혼 안 한 청년당원들은 한 집에서 합숙을 했습니다.”

매송이 독신 어른에 대한 말을 할 때 순례의 입술이 바르르 떨렸다. 그러나 그것을 눈치 챈 이는 일행 가운데 아무도 없었다.

다시 골목 길을 따라 조금 더 걸어가니, 답사단이 찾는 연립주택 건물이 다행히 그 모습을 나타냈다. 매송은 안도했다. 지난 번 왔을 때 곧 철거될 것이라는 말을 들었기 때문이었다.

지은 지가 거의 백 년은 될 성싶은 매우 낡은 목조 건물이, 골목길의 시멘트 담장을 마주한 채, 고맙게도 이때까지 그 곳에 서 있었다. 그 안에 있는 네 집 모두, 아래층엔 나무 창살이 세로로 촘촘히 박혀 있는 커다란 창문과 그 옆으로 현관문이 하나씩 있고, 위층에는 조그만 창문 위로 폭이 좁은 처마가 비죽이 내밀고 있었다. 그러나 군데군데 벗겨지고 심하게 부서져 내린 회벽은 그 건물이 보수의 대상이 아니라 해체의 대상이란 것을 한눈에 알 수 있어, 일행의 마음을 몹시 아프게 했다.

‘다음에 오면 볼 수 없을 거야.’

이런 생각이 든 내리는 머리와 가슴으로 사진을 찍고 또 찍었다. 매송도 마음이 몹시 착잡한지 한참 동안을 말없이 건물만 바라보다가, 사람들을 연립주택 모서리에 있는 8호 집 앞으로 데려갔다.

“어떤 기록에는 임시 청사가 서원북리 6호에 있었던 걸로 돼 있는데요, 그때 열여섯 살 소녀로 대가족의 일원이 되어 이 동네에서 사셨던 한 할머니께선, 지금도 선명하게 그 시절의 일들을 기억하고 계시더군요. 골목이 꺾이는 쪽에 있는 모서리 집이 8호였는데, 바로 그 집에서 국무회의가 열렸다고 하십디다. 그러니까 바로 이 집이 그때의 청사였고, 국무위원들이 계셨던 현장입니다.”*

매송이 손가락으로 가리키는 현관 문 위에는 ‘西園8’ 이라고 쓴 조그

222

만 철제 표찰이 붙어 있었다.

　마침 집 앞에 나와 쉬고 있는 집 주인한테 허락을 받고, 사람들은 집 안으로 들어갔다. 아래층에는 헛간으로 쓰는 듯한 빈 공간과 방이 하나 있고, 좁은 나무 계단을 타고 위로 올라가니, 방이 두 개가 더 있었다. 한 방은 세탁소인지 젊은 남자가 웃통을 벗은 채 안에서 다림질을 하느라 땀을 흘리고 있었다. 벽지를 바르지 않은 맨벽에는, 달력에서 뜯은 서양 여배우 사진이 한 장 붙어 있고.

　사람들은 방 밖에 나와 있는 가구들을 만져 보며, 마치 그것들이 옛날에 지사들이 썼던 것이기라도 한 양, 깊은 감회에 젖었다.

　"지금은 살림이 궁색한 서민들의 주거지겠지만요, 예전엔 형편이 좋은 사람들이 살았을 것 같아요."

　역사의 현장을 걸어 나오며, 내리가 순례한테 말했다. 순례는 고개만 한 번 끄덕였을 뿐, 대꾸는 하지 않았다.

　사진 촬영을 끝낸 일행은 그 골목을 나와, 인근에 있는 다른 동네인 남목청으로 갔다.

　남목청(楠木廳) 9호, 현재 주소는 남목청 4호인 단독주택의 높다란 대문 앞에서, 일행은 걸음을 멈췄다.

　19세기 청나라 때 어떤 고관이 지어 살았다는 2층 고옥에는, 대나무 장대에 빨래를 넌 좁은 앞마당이 있고, 위층으로 올라가는 나무 계단이 마당 끝에 있었다.

　이 집을 그때는 지청천 장군이 이끌었던 조선혁명당이 본부로 사용

---

* 임시정부 대가족의 일원이며 광복군이었던 신순호 여사의 증언. 이 연립주택은 1997년에 철거됐다.

했다. 아래층은 주로 청년들이 숙소로 이용했고, 위층에 어른들의 숙소와 회의실이 있었다. 그런데 바로 이 곳에서 불행한 일이 발생했다.

"임시정부가 창사에 머무는 동안, 독립운동계 인사들은 다시 민족진영의 통합문제를 본격적으로 논의하기 시작했지요. 그래서 1938년 5월 7일, 광복진선 3당을 대표하는 인사들이 이 집에 모였습니다. 임시정부 수호파인 한국국민당의 김구와 조완구, 조선혁명당의 지청천과 현익철, 한국독립당의 홍진, 조소앙 그 밖에 유동열 등 몇 사람이 더 참석했어요. 그런데, 이분들이 구체적인 토의를 한창 진행하고 있을 때, 난데없이 괴한 한 명이 회의장으로 뛰어들어와 권총을 난사했습니다."

고옥 앞마당에서, 매송이 사건의 경위를 설명해 나갔다. 사람들이 긴장해서 듣는데, 유난히도 유 교수의 표정은 더 굳어 있었다.

남목청 사건은 회의실로 침입한 괴한의 느닷없는 총질에서부터 시작된다. 괴한이 쏜 첫 탄환에 김구가 먼저 가슴을 잡고 쓰러졌다. 심장 근처를 맞은 것이다. 이어 날아온 총알들은 현익철과 유동열을 차례로 쓰러뜨렸고, 마지막 총알은 실전 경험이 많아 재빨리 몸을 피할 수 있었던 지청천의 손등에 가벼운 상처만을 입혔다. 중상을 당한 세 사람은 아래층에서 달려온 청년 당원들에 의해 급히 병원으로 실려 갔다. 하지만 현익철은 이미 운명했고, 유동열의 상처는 다행히 크지 않았다. 그러나 김구는 한 달 넘게 입원 치료를 받아야 할 만큼 중태였는데, 완치 뒤에도 그때 박힌 총알 하나를 살아생전 가슴 속에 안고 지내야 했다.

한편, 범인 이운한은 며칠 후 중국 경찰에 체포돼 사형을 선고 받았으나, 일본군이 창사를 침공할 때 탈옥 도주했다. 사건 배후나 범행 동기로는 일제의 책동일 가능성을 가장 크게 보고 있지만, 아직까지 명

확하게 밝혀진 것이 없다.

이런 요지로 말을 끝낸 매송이 교수한테 보충 설명을 요청했다. 교수는 망설임 없이 어느 때보다도 단호하게 입을 열었다.

"이운한은 일제의 밀정이 아니라 조선혁명당의 당원이었습니다. 범행 뒤 기차를 타고 달아나다가 군경에 체포됐고, 같은 당 간부인 박창세와 강창제가 배후 인물이란 사실이 밝혀졌지요."

매송이 잠시 주저하다가 말을 받았다.

"그런데 말입니다, 교수님. 그 두 사람을 포함해 모두 여섯 명이 공모 혐의로 체포됐던 것은 사실이지만, 중국 경찰은 이운한을 제외하고는 모두 무혐의로 석방하지 않았습니까? 그렇기 때문에, 이운한의 범행 동기나 배후 인물에 대해선 구구한 추측만 있을 뿐, 아직까지 정확히 밝혀진 게 없다고 해야 옳습니다."

"이 선생, 나는 그렇게 생각하지 않아요. 이운한 사건은 누가 뭐라 해도 독립운동 지도자들과 단체들 사이에서 생긴 갈등과 내분, 세력 다툼이 바로 배후이고, 첫째 동기라고 믿습니다."

교수의 확신에 찬 발언에, 매송은 다시 주춤했다. 사람들이 일제히 그런 매송을 쳐다봤다.

방금 교수가 한 말은, 사건 직후 일제 정보기관이 상부에 보고한 내용을 그대로 되풀이하는 것임을, 매송은 잘 알고 있었다. 그러나, 1932년 상해사변 때 문제의 인물 박창세가 상하이 거리를 태연히 활보하고 다녔다는 것을 증언한 사람이 있었다. 그렇다면 박창세는 의혹의 인물일 수밖에 없다. 왜냐 하면, 일본 관헌과 밀접히 연관돼 있지 않고서야, 그 시절 그렇게 행동할 수가 없었기 때문이다. 게다가 이운한의 저격 대상 1호가 김구 아니었던가? 일제는 이봉창, 윤봉길 의거의 배후 인물로 일찍이 김구를 지목하고는, 천문학적인 현상금을 걸면서까지, 그를 체포하려고 혈안이 돼 있었다. 따라서 박창세가 이운한을 실제로 뒤에서 조종했다 하더라도, 박창세 뒤에는 다시 일제가 있을 것이기 때문에, 일제의 정보 보고서는 거짓 내용을 기술했을 가능성이 크다는 것이, 매송의 생각이다. 실제로 항일독립운동과 관련한 일제의 정보문서들 가운데는 보고자의 필요에 따라 사실을 변조하거나 묵살한 사례들이 많이 있다.

매송이 마침내 입을 열었다.

"박창세는 일제의 밀정이라는 주장도 있지 않습니까?"

이 말에 교수가 발끈했다.

"그건 민족 진영 독립운동가들을 이간질하려는, 공산주의자들의 간교한 술책에서 나온 거짓 주장일 뿐이오. 그자들의 말을 믿어서는 안 됩니다."

매송이 먼저 꼬리를 내렸다. 두 사람 사이의 대화가 논쟁으로 발전하는 것을 원치 않은 데다가, 사람들 앞에서 교수와 대립하는 모습을 보인다는 것이 전공자인 교수한테 예의가 아니고, 또 자신이 바라고 있는 순탄한 답사 여행을 스스로 포기하는 꼴이 될 것이란 생각에서였다.

"죄송합니다. 제가 생각이 짧았던 것 같습니다. 어쨌거나 내일이라도 이 곳 경찰국에 가서 그때 수사자료가 아직 남아 있는지, 그것부터 확인하는 일이 중요합니다."

매송의 사과에 교수도 진정하고 한 발 물러섰다.

"그렇게 합시다. 기대는 별로 되지가 않지만 말이오."

두 사람의 뜨거운 논쟁을 흥미 있게 그리고 조금은 걱정스럽게 지켜보고 있던 사람들이 그제서 안도했다.

일행은 다시 버스를 타고, 남목청에서 중상을 입은 지사들이 실려 갔던 상아의원으로 향했다. 북쪽으로 조금 올라가니, 이내 북참로(北站路) 큰 길이 나오고, 그 길을 따라 조금 더 가니, 오른쪽으로 상아의원(湘雅醫院)의 후신인 중남의대(中南大學校 醫科大學) 부속병원이 보였다.

병원 구내 주차장에 버스를 세우고, 차에서 내린 일행은 상아의원 건물부터 찾았다. 그때에 있었던 4층 높이의 붉은 벽돌 건물은 지금도 상아의원이란 현판을 전면에 붙인 채, 앞마당 한가운데에 의젓하게 남아 있었다.

상아의원 의사들은 피를 많이 흘린 김구가 소생하기 어렵다고 진단하고, 중환자를 몇 시간 동안 병원 복도에 방치했다. 그러나 그의 끈질긴 생명력은 마침내 의사들의 눈에 띄었고, 김구는 기적처럼 목숨을 건졌다.

충칭에서 소식을 들은 장제스는 병실에 누운 김구한테 위로 전보를 보냈고, 퇴원 후엔 요양비를 보냈다. 후난성의 성주석 쨩쯔쭝(張治中) 장군도 김구가 입원하고 있는 상아의원을 직접 찾아와 위로하며, 치료비 전액을 떠맡았다. 그 정도로, 그때 이미 김구는 중국의 지도자들한테서 인정과 존경을 받고 있었다.

답사단 일행이 병원 안팎을 구경하는 동안, 기쁨은 창사 경찰국 외사과로 전화를 걸어, 중일전쟁 때의 문서들을 보관하고 있는 곳이 어디냐고 물었다. 상대방은, 지금은 담당자가 없으니 월요일에 직접 방문해서 알아 보라고, 짤막하게 대답했다.

"천상 거기도 월요일에 가 봐야겠어요."

임대 버스 앞에서 기쁨이 매송한테 말했다. 다행히 다음 행선지인 광쩌우로 가는 비행기의 출발 시간은 이틀 뒤인 월요일 저녁 때였다.

호텔로 돌아온 일행은, 호텔 주변에 있는 여러 식당 가운데서 붉은색 등롱을 가장 환하게 밝히고 있는 한 식당에 들러, 중국 음식으로 저녁을 먹었다. 식당은 규모가 작은데도 여자 시중꾼이 많았다. 그리고 그들은 하나같이 예쁜 용모를 지니고 있었다. 쩐쟝의 미녀들보다 세련미는 없지만, 작고 동그란 얼굴에서 색기가 흘렀다. 길남의 두 눈이 휘둥그레진 것은 당연한 일이었다.

식사를 탈 없이 끝내고, 호텔로 다시 들어온 사람들은 각자 자신의 방으로 흩어졌다.

처녀들 방에서는 여느 날처럼 3인회의가 열렸다. 내리는 낮에 유 교수와 이 작가가 벌인 미완의 논쟁에 대해 물었다.

"어느 견해를 좇아 제가 기사를 써야 할지 모르겠어요. 그러니까 이 선생님, 지금이라도 살짝 제게 정답을 가르쳐 주실 수는 없나요, 가능하시다면…?"

매송의 대답은 간단했다.

"그야 아무래도 전공한 분의 견해가 정답이 아니겠소?"

"그렇다면, 남목청 사건은 처음부터 동족 간에 벌어진…"

내리는 그 이상 말을 잇기가 싫었다. 같은 겨레의 자손으로서 너무 안타깝고 부끄럽다는 생각이 문득 들었기 때문이다. 참담한 내리의 기분을 느꼈는지, 매송이 다시 입을 뗐다.

"그렇다고, 내리 씨, 너무 실망하진 말아요. 세상사라는 게 정답이 모두 진실은 아니잖소? 하하하…"

내리는 헛웃음까지 웃어가며 애써 자신을 달래려는 매송을 더는 괴롭히고 싶지가 않았다. 그 역시 자신과 똑같은 심정일 테니까.

이들이 회의를 하고 있는 동안, 혼자 호텔을 빠져 나온 길남은 저녁 식사를 했던 중국 식당을 다시 찾았다. 문 앞에 서 있던 예쁜 여자 종업원이 반색을 하며 그를 안으로 안내했다.

길남은 조용한 방에서 혼자 술 한잔 하고 싶다는 뜻을 손짓으로 표현했다. 그것을 계산대에 있던 남자가 보고서는 여자 종업원한테 중국말로 뭐라고 하자, 여자는 지체 않고 길남을 내실 쪽으로 안내했다.

불빛이 조금 어두운 내실 통로에는, 작은 방들이 양 옆으로 여러 개가 있었다. 여자가 그 가운데 한 방 앞에서 걸음을 멈췄다.

길남은 벌써부터 흥분이 됐다. 아까 식당에 왔을 때 남자 손님과 여자 종업원이 함께 내실 통로에서 나오는 것을 눈여겨봤던 길남은, 자신의 예리한 눈썰미를 스스로 대견해하며, 목구멍으로 침을 꼴깍 삼켰다.

여자가 문을 두드리자, 안에서 기척이 나며 문이 벌컥 열렸다.

"어서 오십시…"

한국말이 도중에서 딱 끊겼다. 그리고 문 안에서 모습을 드러낸 사람이나 문 밖에 서 있던 사람이나 똑같이 놀라 소리쳤다.

"어! 백 선생이 여긴 웬일이오?"

"노 사장님…!"

방 안에 있던 사람은 노기만이었다.

"아니, 사장님이야말로 혼자서 여긴 어떻게…?"

저녁 회의를 마친 매송은 열쇠로 자기 방 문을 조용히 열었다. 방 안은 어두웠다. 침대에 누워 있던 교수가 부스스 상체를 일으키며, 머리맡에 있는 전등을 켰다.

"죄송합니다. 아직 안 주무셨군요?"

매송은 자신이 교수의 잠을 깨운 것 같아 미안스러움에 목소리를 낮췄다.

"잠이 들 만하니까 노 사장이 전화를 했어요. 밖에서 술 한잔 하자고 말이오."

"그런데… 가지 않으셨군요."

"사양했지요. 오늘은 그냥 쉬고 싶다고 말이오. 그런데도 막무가내로 아까 그 식당에서 기다리고 있겠다는 거요. 이거 원…!"

교수는 짜증을 내고 있었다. 매송은 자기 때문에 오늘따라 교수의 심기가 더욱 불편한 것이라고 생각했다. 우한에서 교수의 제의를 거절한 데 이어, 창사에 와선 사람들 앞에서 논쟁까지 벌였으니, 교수는 자존심에 작지 않은 상처를 받았을 것이다. 매송은, 교수의 얼어붙은 마음을 녹이고 싶었지만, 지금으로선 마땅한 방도가 선뜻 떠오르질 않았다.

그 시간 내리는 자기 방에서, 온누리소식에 올릴 기사를 작성하고 있었다. 아직 우리 나라에서 제대로 소개된 적이 없는, 창사 소재 임시 정부 청사 건물 답사기를 쓰는 동안은 전에 없이 뿌듯했고 행복했다. 그러나 머릿속의 발길이 남목청 골목에 이르자, 다시 우울해졌다. 내리는 잠시 쓸까 말까 망설였지만, 이내 내린 결론은 자명했다. 역사적 사실은 좋은 일이든 나쁜 일이든 결코 없어지거나 달라지는 게 아니잖은가? 그런 생각이 내리로 하여금 다시 노트북 자판을 두드리게 했다.

그 날 밤, 등롱불을 환히 밝힌 중국 식당에선, 유 교수 대신 백길남이 노기만한테서 뜻하지 않은 술 대접을 받았다. 비록 기대했던 창사 미녀의 특별한 시중까지는 받지 못했지만, 길남은 행복했다.

상강(湘江) 하류에 발달한 도시 창사는 일대에 호수와 하천이 많아 풍성한 곡창 지대를 이루고 있고, 중국 공산당의 최고 영도자였던 마오쩌뚱이 소년 시절 수학한 곳으로 유명하다.

그러나 이 도시가 세상에 더 많이 알려지게 된 것은, 1970년대 도시 변두리에 있던 고분 마왕퇴한묘(馬王堆漢墓)에서 2천 년 전에 묻힌 여인의 미이라가 거의 완전한 모습으로 발견되면서부터였다.

그래서 전날 임시정부 주요 유적지 답사를 끝낸 일행은, 일요일 오전, 열사공원(烈士公園) 안에 있는 후난성박물관을 구경했다. 그 곳에는 고분에서 나온 미이라를 비롯한 수많은 부장품이 전시돼 있었다.

박물관을 나와서는 열사공원과 그 동쪽에 있는 호수를 구경했다. 호숫가에는 잎새가 매혹적인 수련들이 자라고 있었다. 아직 꽃 필 철은 아니어서 관광객들의 눈길을 끌지는 못하는데, 유독 매송은 일부러 가까이 다가가 구경을 했다. 내리가 그 모습을 사진에 담았다. 금희는 이제 다 나았는지, 다시 생기 있는 모습으로 이전처럼 가슴에 무거운 카메라를 멘 채 어슬렁거리다가, 자기도 한 장 찍어 달라고 했다.

점심 식사는 시내로 들어와 했다. 후난성 요리는 매운 것으로 유명했지만, 한국사람들한테는 오히려 입에 잘 맞았다. 기만과 길남은 간밤에 둘만의 은밀한 공간에서 화해를 했는지, 식사 중에 맥주잔을 주고 받았다.

식사가 끝나고, 일행은 창사 시 서쪽에 있는 명산 악록산을 오르기 위해, 다시 버스를 탔다. 악록산은 남목청에서 순국한 현익철의 유해가 묻힌 곳이고, 망명가족들에게는 고단한 피난살이를 잠시나마 잊게 해 준 휴식처였기 때문에, 창사에선 꼭 가 봐야 할 곳이었다.

버스가 출발하자, 오전 내내 말이 없던 유 교수가 매송한테 넌지시 말을 걸었다.

"내일 말이오. 만약에 경찰국에서 자료를 찾지 못한다거나, 설사 찾았다 해도 열람하는 데 시간이 많이 걸린다면, 어떻게 할 셈이오?"

매송이 대답했다.

"우선은 관련 자료가 남아 있는지 확인하는 게 중요하고요. 시간이 모자랄 것 같으면, 이 여행을 다 끝낸 뒤에 저 혼자 다시 오겠습니다."

교수는 말없이 고개를 끄덕였다. 그러고는 상강대교가 보이기 시작하는 오일광장(五一廣場)에 버스가 이르자, 그는 갑자기 차를 세우라고 했다.

"난 호텔로 돌아가서 좀 쉴까 하오."

교수가 전날부터 기운이 없고 기분도 좋아 보이지 않는 것을 알고 있는 일행은 극구 말리지 않았다. 다만 기만이 자기가 박사님을 모시고 호텔로 돌아가겠다고 나섰지만, 교수는 혼자 쉬고 싶다며 그와 같이 가는 것을 꺼려했다. 머쓱해진 기만은 그래서 그냥 차에 남았다.

교수가 내리고, 버스가 상강대교로 들어서자, 매송이 마이크를 잡고 자리에서 일어났다.

"피난길에서도 매년 3월 1일만 되면, 지사님들과 가족들은 큰 회관을 빌려 삼일절 기념식을 꼬박꼬박 거행했습니다. 그런데 식 중에 애국가나 삼일절 노래의 제창 순서가 되면, 어른들은 곧잘 눈물을 펑펑 쏟으시면서 노래를 부르셨다고 합니다. 그때 그분들이 어떤 노래를 부르셨길래 장내가 눈물 바다가 됐는지, 제가 한번 불러 보겠습니다."

그러면서 매송은, 그런 사연을 들려 준 대가족의 한 분한테서 배운 옛 삼일절 노래를 부르기 시작했다.

"참 기쁘고나 삼월 하루, 독립의 빛이 비쳤구나. 금수강산이 새로웠고, 이천만 국민이 기뻐한다. 만세 만세 만세 마안세, 우리 민국 우리 동포 마안세. 만만세 만세 만세 마안세, 대한민국 독립 만만세라."

매송이 노래를 부르는 동안, 본인은 물론 듣는 이들도 숙연해지고 목이 메었다. 내리 곁에 앉았던 순례는 손수건을 꺼내 이슬 맺힌 눈시울을 닦았다. 노래가 끝났을 때, 손뼉을 치는 사람은 금희 한 사람뿐이었다.

대교를 통과한 버스가 가파른 산길로 접어 들 때, 매송이 다시 입을 열었다.

"남목청에서 동포가 쏜 총에 맞아 운명하신 현익철 지사님의 유해는, 동료 지사님들과 가족들의 오열 속에 이 산 서쪽 산허리에 묻혔습니다. 그런데 안타깝게도 지금은 그 무덤을 찾을 수가 없습니다. 그 동안 세월이 너무 많이 흘렀고, 찾는 이도 전혀 없었다 보니, 그렇게 된 것이지요. 상하이 공동묘지에 묻혔던 다른 지사님들은 유골이나마 모두 고국으로 봉환되셨는데 말입니다."

일행은, 버스 안에서지만, 아직도 이 산 속에서 외롭게 떠돌고 있을 것만 같은 고인의 영혼을 위해, 잠시 눈을 감고 묵념을 드렸다.

악록산(岳麓山)은 산 전체가 여러 사적으로 덮여 있었다. 일행은 맨 먼저 중국 4대서원 중 하나인 악록서원(岳麓書院)을 찾았고, 다음에는, 가을에 단풍놀이 하기 가장 좋다는 애만정(愛晚亭)을 들른 뒤, 후난성에서 가장 오래된 사찰 녹산사(麓山寺)를 구경했다. 그리고 마지막으로, 상강과 창사 시가지를 한눈에 내려다볼 수 있는 망상정(望湘亭)으로 향했다. 다행히 산길이 잘 닦여 있어, 일행은 버스를 타고서도 정상 봉우리까지 올라갈 수가 있었다.

"지사와 가족들도 창사에 머무는 동안 악록산으로 소풍을 간 적이 있습니다. 때가 봄철이어서 온 산이 영산홍 꽃으로 붉게 물들어 있었는데, 함께 간 아이들이 탄성을 질렀어요. 그러자 어른 한 분이, '이때쯤이면 우리 고향 산천도 연분홍 꽃 진달래가 온 산을 뒤덮는데…!' 하시면서, 눈물을 글썽이셨다는군요."

망상정에서, 매송은 악록산에 얽힌 대가족의 추억을 한 가지 더 소개한 뒤에, 일행에게 한 시간 동안 자유 시간을 줬다.

"너무 멀리 가시면 안 돼요!"

정자를 내려가는 사람들을 향해, 기쁨이 두 손을 입에 대고 소리쳤다.

한편, 오일광장에서 혼자 버스에서 내린 유 교수는, 숙소로 돌아가기 위해선 택시를 타야 하는데 그러질 않았다. 대신, 호텔에서 얻은 시내 지도를 꺼내 보면서, 광장 로터리를 건너 남쪽 길로 걸어갔다. 그리고 얼마 걷지 않아 큰 길 모퉁이에서 창사 경찰국 건물을 발견하고, 정문으로 들어갔다. 교수의 중국말 몇 마디가 통했는지, 입초 경관은 그를 안으로 들여보냈다. 외사과에 가서는 한자 필담으로 자신이 찾아온 뜻을 밝혔다. 그러나 되돌아온 응답은 전날 기쁨이 들은 것과 똑같았다. 은근히 성격이 급한 교수는 하루를 더 기다리기가 힘들었던 모양이었다.

예전 같이 영산홍이 만개하진 않았어도, 악록산의 봄은 싱그러웠다. 초목들도 칙칙한 색깔에서 연녹색으로 옷을 갈아입었고, 이미 망울을 터뜨린 꽃나무들은 성급한 벌과 나비들을 부르고 있었다.

정자에서 내려온 답사단 일행은 뿔뿔이 흩어지는 대신 자연스레 두 패로 나뉘었다. 매송 주변엔 순례와 주승, 내리가 있었고, 기쁨 주변엔 기만과 금희, 길남이 있었다. 매송은 다른 세 사람과 함께 운록봉(雲麓峰) 이곳저곳을 구경하며 환담을 나눴다.

일요일이라선지 산에는 중국 상춘객이 많았다. 내리 눈에는 짝을 진 청춘 남녀보다 아이 하나씩을 데리고 나온 젊은 부모들이 더 자주 눈에 띄었다.

'이 나라는 자식을 한 명만 두게 한다더니, 과연 그런가 봐!'

내리가 이런 생각을 하고 있는데, 그 때, 어디에 가 있었는지 잠깐 동안 보이지 않던 한솔이 나타나, 내리 등 뒤에서 귓속말로 속삭였다.

"누나, 우리도 저 쪽에 가서 데이트나 하지요?"

내리가 어리둥절한 눈으로 쳐다보자, 한솔은 목소리를 더욱 낮췄다.

"누나한테 부탁이 있어서 그래요."

한솔의 표정에서 뭔지 은밀한 사연이 있음을 느낀 내리는 더는 묻지 않고 일행에서 살그머니 빠져 나왔다.

한 손으로 바지 앞쪽을 움켜잡은 한솔이 엉거주춤 앞장 서 걸어갔다. 매송과 그를 뒤따라가던 사람들은 무심했고, 두 사람을 돌아다보는 사람도 없었다.

한솔이 인적이 끊긴 오솔길로 들어서더니, 데이트족들이 드나드는 것을 막기 위해 길가에 쳐 놓은 철조망을 살폈다. 그러나 사람이 만든 개구멍은 어디에나 있는 법, 한솔이 그 쪽으로 내리를 이끌었다. 내리가 주춤하고 걸음을 멈췄다. 그러자 한솔이 허리를 굽혀 먼저 개구멍 안으로 성큼 들어갔다. 그러고는 내리한테 빨리 들어오라는 손짓을 했다. 내리는 엉겁결에, 누가 볼까 그것만 두려워, 자신의 몸을 이내 구멍 안으로 들이밀었다.

사람들 눈길이 닿지 않을 만한 수풀 뒤에서, 한솔이 걸음을 멈췄다.

"여기라면 괜찮을 거예요."

그러면서 바지를 벗으려는지 손이 허리춤으로 갔다. 놀란 내리가 본능적으로 한 발을 뒤로 빼자,

"누나, 실하고 바늘 있지? 부탁해요."

한솔이 능청스럽게 말했다. 그가 벗어서 내민 바지의 한 쪽 가랑이는 크게 찢겨 있었다.

"난 또… 공연히 놀랐잖아!"

내리가 예쁘게 흘기며 말하는 동안, 한솔은 자신의 목에 둘렀던 스카프를 풀어 내리가 앉을 자리를 마련해 줬다.

"춥단 말이에요, 누나. 빨리 꿰매나 줘요."

"그럼 첨부터 그렇다고 얘기를 했어야지!"

나무라듯 한 마디 더 침을 놓은 뒤, 내리는 스카프 위에 엉덩이를 붙였다.

"말한 것 같은데……."

한솔은 자기도 앉을 자리를 찾으며, 한 번 더 능청을 떨었다.

"그건 그렇다 치고, 어디서 이렇게 됐어요?"

내리가 휴대용 실바늘을 주머니서 꺼내며 물었다.

"아까 녹산사에서요. 화장실을 못 찾아서…, 급하긴 하고…, 그래서 적당한 곳을 찾다가 그만 철조망에… 걸렸지 뭐예요."

한솔이 근처에 있는 납작한 돌멩이 위에 팬티 바람의 엉덩이를 붙이며 더듬거렸다. 그 말을 듣는 내리는 웃느라고, 실을 바늘귀에 좀처럼 꿰질 못했다.

"참, 서울에 있는 난희 씨한텐 자주 소식 전해요?"

내리가 바느질을 시작하며 물었다.

"전화 몇 번 했어요."

한솔이 고개를 돌려 내리의 손놀림을 훔쳐보면서 대답했다.

"좋은 아가씨 같던데요, 예쁘고……."

"피곤한 녀석이죠. 그때 보셨으니, 누나도 그쯤은 아셨을 거예요."

"회사에 다닌다고 들었어요."

"백수였으면 그 날 서울로 돌아가지도 않았을 걸요."

"어쨌거나 여자 친구한테 자세한 얘기도 않고 혼자서 훌쩍 외국여행을 떠난 것은 잘못이에요. 그러니까 난희 씨 행동은 같은 여자로서 얼마든지 이해할 수 있어요."

내리 말에 대꾸해서 한솔이 뭐라고 말은 했지만, 그게 분명치가 못했다. 내리는 더는 캐묻지를 않았다.

"최주승 씨하고는 대화가 잘 돼요?"

한참 말이 끊겼다가, 내리가 다시 입을 열었다.

"저하고 말을 나누긴 하는데요, 원래 자기 얘기를 잘 하지 않는 분인가 봐요."

한솔이 말했다.

"부인과는 어떻게 헤어지셨대요?"

"그건 저도 잘 모르겠어요. 돌아가신 건 확실한데, 누가 그랬는지는…"

"그게 무슨 말이에요? 누가 그랬냐니요?"

내리의 되물음에, 갑자기 한솔이 더듬거렸다.

"아, 제가 그, 그렇게 말했나요? 그게 아니고… 저, 최 선배님은… 겉으로 보기엔 좀 신경질적이고 냉정한 사람처럼 보이지만요, 실은 부인을 매우 사랑하셨던 것… 같습니다."

흘깃 한솔을 곁눈질로 쳐다보는 내리의 손에서는 실 끝이 매듭을 짓고 있었다.

"다 됐어요."

멀쩡해진 바지는 다시 한솔한테 건네졌고, 잠시 뒤, 두 사람은 철조망 앞에 이르렀다. 한솔이 철조망 한두 가닥을 잡아 공간을 넓히자, 내리가 재빨리 허리를 굽혔다. 그리고 무사히 밖으로 빠져 나왔다고 생각하는 순간, 귀에 익은 여자 목소리가 내리의 귀에 꽂혔다.

"아니, 저게 누구야? 미스 정하고 우리 총각이네!"

오솔길을 따라 걸어오던 사람들… 기쁨을 앞장 세운 금희, 기만, 길남 가운데, 금희의 목소리였다.

얄궂은 장소에서 난데없는 일행의 출현은 죄진 것 없는 내리의 얼굴을 홍당무가 되게 했다. 묘한 눈길로 자신들을 바라보는 그들 앞에 내리의 변명은 더욱 다급해질 수밖에 없었다.

"한솔 씨 바지가 찢어졌었어요. 그래서……."

"어머, 그랬어요? 진작 알았으면 내가 해 줄 수도 있었는데…! 바느질이야 아무려면 처녀보단 아줌마 솜씨가 낫지 않겠어?"

금희가 호들갑스럽게 나서는 바람에 다행히 어색한 분위기는 쉽게 가셨고, 두 사람도 덜 어색하게 그들 속에 끼어들 수 있었다. 하지만, 그 날 내내 길남은 두 사람을 볼 때마다 느끼한 웃음을 입가에 흘렸고,

기쁨은 내리와 눈을 맞추지 않았다.

일행이 산에서 호텔로 돌아왔을 때, 교수는 방에 들어와 있었다. 매송을 뒤따라 들어온 기만이 깍듯이 인사했다.

"박사님, 편히 쉬셨습니까?"

두 사람은 간밤 일에 대해선 어느 쪽에서도 일절 언급하지 않았다. 그러다가 매송이 욕실로 들어가고, 방 안에 둘만 남자, 기만이 다시 간절한 목소리로 말문을 열었다.

"박사님, 오늘 밤에는… 아니 지금도 괜찮고요. 제발 시간 한번 내주십시오. 제가 간곡히 드릴 말씀이 있어서 그럽니다."

교수의 표정은 이 날도 별로 내키지가 않는 듯했다. 그러다가 무심코 머리맡에 놓아 둔 호골주 병에 눈길이 가자, 마지못한 듯 응답을 했다.

"노 사장, 그러면 광쩌우에서 봅시다."

교수의 이 말 한 마디에, 기만은 손바닥까지 비벼가며 감격해했고 송구스러워했다.

"바, 박사님, 감사합니다."

그 날 밤, 침대에 누운 내리의 머릿속에선, 갑자기 떠올라서는 사라지질 않고 계속 맴도는 것이 있었다. 한솔의 찢어진 옷을 꿰맬 때 그한테서 들었던 말 한 마디였다.

'그건 저도 잘 모르겠어요. 돌아가신 건 확실한데, 누가 그랬는지는…'

누가 그랬다면, 최주승의 부인이 사망한 원인은 적어도 병 때문은 아니란 얘기다.

'누가 그랬는지 모른다.'

다시 뒤집어 보면 이 말은, 누군지가 그의 부인을 사망케 했을 수도 있다는 뜻이고…!

정신이 번쩍 든 내리는 상반신을 일으켜 세웠다. 그러자 그 때까지 잠자고 있지 않았던 기쁨이 어둠 속에서 불쑥 내리한테 물었다.

"요즘 한국에선 아가씨들이 연하의 남자하고도 결혼을 많이 한다면서요?"

처음에 내리는 그 소리가 기쁨이 한 말인지를 알아차리지 못했다. 유령의 소리 같았다. 철렁 내려앉은 가슴을 가만히 쓸면서, 내리가 되물었다.

"기쁨 씨, 아직 안 자고 있었어요?… 지금 나한테 무슨 말 했나요?"

기쁨이 똑같은 목소리로 다시 말했다.

"자기보다 나이 어린 남자하고 사귀는 여자들이 한국에는 많냐고요?"

"아, 그 말이었어요? 글쎄요. 두 사람이 서로 깊이 사랑한다면, 나이가 무슨 상관 있겠어요? 사랑 앞에선 국경도 없다는데……."

기쁨이 이 말을 듣고 곧바로 잠들었는지는 내리로선 모르는 일이다. 왜냐 하면, 기쁨 쪽에서 더는 대꾸가 없자, 내리 역시 이윽고 잠에 빠져들었기 때문이었다.

월요일, 창사 경찰국 외사과 사무실은 아침부터 부산스러웠다. 직원들은 일을 하면서도 쉴 새 없이 녹차를 마시고 있는데, 빈 책상에도 녹찻물을 담은 병들이 어김없이 하나씩 놓여 있었다.

회의용 탁자에 둘러앉아 있는 답사단 다섯 명도 과장한테서 녹차 대접을 받았다. 매송과 교수는 옛날 수사 자료 때문에, 기만과 금희는 금장시계 때문에, 기쁨을 앞세우고 아침 일찍 찾아온 것이다. 경찰국에 용무가 없는 나머지 답사단 일행은 이들이 돌아갈 때까지 호텔에서 쉬고 있기로 했다.

여자 직원이 가운데가 불룩한 서류봉투 하나를 가지고 와서 과장한테 주었다. 과장은 그것을 답사단 쪽으로 밀며, 뜯어 보라는 시늉을 했다. 먼저 기쁨이 봉투를 집어 들었다. 봉투 겉면에는 쩐쟝 경찰국 형사과에서 창사 경찰국 외사과로 보내는 귀중 물건이라는 뜻의 한자 글씨가 써 있었다. 기쁨은 글씨 내용만을 확인하고 봉투째 기만 앞으로 밀었다. 기만이 봉투를 찢었다. 안에서는 다시 조그만 종이상자가 나오고, 그 상자를 열자, 싸구려 화장지로 싼 기만의 금장시계가 들어 있었다. 감격한 기만이 자리에서 벌떡 일어났다.

"쌩큐! 쌩큐 베리 마치!"

그러고는 과장과 여직원한테 고개를 숙여 절을 했다. 여직원은 기만과 금희의 여권을 달래서 복사를 했다. 그리고 그 복사지 뒷면에다 시계를 잘 받았다는 내용의 글을 자신이 한자로 쓰고, 그 밑에다 두 사람의 서명을 받았다.

여직원이 자기 자리로 돌아가자, 과장은 방문 목적 두 가지 가운데 남은 또 한 가지가 뭐냐고 물었다. 매송은 먼저 남목청 사건의 전말을 자세히 설명한 뒤, 이 사건의 실체와 범인의 배후에 관해 한국민들은 궁금히 여기고 있으며, 그래서 그때의 수사 자료가 현재 남아 있는지, 그것이 알고 싶어 찾아왔다는 뜻을 밝혔다. 평직원들보다 오히려 젊게 보이는 과장은 자신이 학사 출신 공직자임을 은연중에 암시하며, 진지한 태도로, 기쁨의 통역에 귀를 기울였다.

과장이 내부 전화 송수화기를 들고 누군지와 통화를 했다. 한 통화로 해결이 안 되는지, 다시 내부 전화 한 번, 외부 전화 한 번을 더 건 뒤에 전화기에서 손을 뗐다. 그러고 나서 과장은 확신에 찬 목소리로 말했다.

"1938년 상반기 경찰 문서들은 그 해 여름 이 지역에 들어온 일제 침략군에 의해 모두 불에 타 없어졌답니다."

매송과 교수는 맥이 풀렸지만 과장의 말을 의심할 수도 없었다. 잠시 어색한 침묵이 흐르고 나서, 매송이 다시 입을 열었다.

"그때는 전시니까, 경찰의 수사 업무나 법원의 재판 업무 들을 모두 군에서 관여했겠지요?"

"물론이죠. 관여 정도가 아니라 지휘와 감독을 했지요. 그렇다고 상황이 달라지지는 않습니다. 국민당 군대가 퇴각할 때 정치와 정보, 수사에 관련한 문서들은 모두 자체 소각했기 때문에, 결과는 마찬가집니다. 다시 말해 선생들께서 원하는 관련 자료는 지금 중국 안 어디서도 보관하고 있지 않다는 뜻이지요."

과장은 말을 마치고도 강렬한 눈길을 거두지 않았다.

매송의 실망은 컸다. 비록 부수적이긴 해도 이번 여행의 주요 목적 가운데 하나가 너무도 허망하게, 문서 창고를 뒤진다든지 하는 수고도 한번 못 해 보고, 물거품이 됐다는 사실이 못내 아쉽고 안타까웠다.

"난 지레 짐작하고 있었소. 다만 예까지 아무 말 않고 따라온 건 미련 때문이 아니라, 이 선생의 열정에 찬물을 끼얹고 싶지가 않아서였소. 사실 과거지사를 연구한다는 게 어디 그리 쉬운 일인가요? 좌우지간 너무 상심은 마시오. 이런 경우는 역사가들한텐 아주 흔한 일이니까요."

교수가 자리에서 일어나며 매송을 위로했다.

일행이 사무실 문을 나갈 때, 밖에서 들어오던 한 남자 직원과 유 교수가 눈이 마주쳤는데, 교수가 먼저 황황히 고개를 돌렸다. 아마도 전날 왔을 때 만났던 휴일 근무자였던 모양이었다.

경찰국 앞마당에 세워 둔 임대 버스 쪽으로 걸어가며, 매송이 교수한테 사과했다.

"교수님, 제가 너무 쉽게 생각했었나 봅니다. 죄송합니다."

"아, 무슨 그런 말을! 덕분에 나도 즐거운 여행을 하고 있다오. 가 보지 못한 곳도, 안 가도 되는 곳도 다 가 보고 말이오. 허허허…!"

교수는 매송과 달리 그다지 속상하지가 않은 듯 전에 없이 껄껄대며 웃기까지 했다.

교수의 기분은 어느 때보다 좋아 보였고, 매송은 반대로 침울했다. 두 사람 다 남목청에서 벌였던 논쟁을 이 순간 다시 상기하고 있는 게 분명했다. 그래도 그렇지, 기쁨으로선 원로 교수의 그런 모습이 납득이 잘 가지 않았다. 아마추어 역사가에 불과한 이 작가의 순진한 견해를 설령 자기가 완벽하게 깨부쉈다 해도, 평생을 바쳐 사학을 전공한 대학자로서는 어쩌면 당연한 일일 터인데, 저렇게까지 드러내 놓고 좋아할 일은 못 되는 것 같았다.

어쨌거나 버스에서 내려 호텔 현관으로 들어설 때, 교수는 기만과 웃는 얼굴로 얘기를 나눴다. 말할 것도 없이, 기만의 독대 면담 요구는 수용됐고, 그 날 밤으로 일정이 잡혔다.

일행 절반이 경찰국에 가 있는 동안, 호텔에선 나머지 사람들이 각자 자유롭게 휴식을 하고 있었다. 순례는 사우나를 하러 호텔 지하층으로 내려갔고, 내리는 서울서 가져온 여행 안내서에서 다음 행선지인 광쩌우 편을 읽었다. 길남과 한솔은 이발소에 갔고, 주승은 방에서 텔레비전을 봤다.

그런데 사우나를 끝내고 올라온 순례가 내리가 있는 방으로 와서 기막힌 제안을 했다. 한국 음식을 너무 오래 못 먹어 다들 생기가 없으니, 우리 여자들이 나서서 한국의 영양식을 직접 만들어 보면 어떻겠느냐는 것이었다.

"어머! 어쩜 그런 생각을 다 하셨어요?"

내리 역시 그 기발한 생각에 대찬성이었다.

"그런데 김 여사님, 재료는 밖에서 사 온다 해도 어디서 조리를 하지요?"

"아, 그 문제도 이미 생각해 봤어요. 여기 호텔에 손님이 적어서 식당이 한산하잖아요? 그러니까 호텔 식당 주방에다 부탁하는 거예요. 일종의 주문 식단이랄까…."

"정말, 그러면 되겠네요! 바쁜 영업 시간을 피해서…, 그래요, 우리가 두세 시쯤 먹으면 돼요. 그쯤은 다들 참아 줄 거예요."

그 때 마침 경찰국에 갔던 기쁨이 호텔로 돌아와 방으로 들어왔다. 내리가 순례의 제안을 들려 주자, 기쁨도 좋은 생각이라고 말했다. 그러면서 어떤 음식을 할 거냐고 물었다. 순례가 기다렸다는 듯이 대답했다.

"삼계탕…, 보양식으로는 이만한 게 없지, 뭐."

"삼계탕요? 그게 어떤 요리예요?"

기쁨이 다시 물었다. 조선족 동포들은 잘 해 먹지 않는 음식인 듯했다.

내리가 방마다 다니며 이 계획을 전했다. 다들 대환영이었다. 금희는 너무 좋아서 눈물까지 찔끔 흘렸다. 남편의 고급시계를 찾았을 때도 흘리지 않은 눈물 방울을 말이다. 다들 점심 시간이 조금 늦는 것을 당연한 듯 양해했다.

"내일 아침에 먹는대도 난 상관없어요! 그 때까지 아무것도 안 먹고 기다릴 테니까, 인삼 많이 넣고 맛있게만 끓여요!"

여자 셋이 시장을 보러 가기 위해 복도를 지나갈 때, 방문 앞까지 달려나온 길남이 손까지 흔들며 등 뒤에서 이렇게 소리쳤다.

순례와 내리, 기쁨은 호텔 인근 슈퍼마켓에서 어린 생닭 열 마리와 인삼, 찹쌀, 밤, 대추, 마늘 등 필요한 것들을 충분히 샀다. 그 밖의 소소한 양념은 식당에서 얻기로 하고, 호텔로 돌아와 식당 주방장한테 부탁했다. 물론 조리법을 일러 주고, 제반 비용은 별도로 내겠다고 말했다. 식사 시간은 점심 시간이 끝날 무렵인 2시 30분으로 정했다.

"당신들 덕분에 한국 음식을 한 가지 알게 돼 나도 기쁩니다."

사람 좋아 보이는 주방장은 이런 말까지 남기며, 한국 고유의 음식에 많은 호기심을 나타냈다.

1937년 7월에 중일전쟁을 일으킨 일본군은, 이듬해 5월 쟝쑤성의 쉬쩌우(徐州)를 침공했고, 6월에는 허난성(河南省)의 성도 쩡쩌우(鄭州)를 점령했다. 이렇듯 내륙으로 내륙으로 진군을 계속하던 일본군은, 1938년 7월 초 마침내 후난성의 경계선까지 넘보게 됐다. 그래서 임시정부와 대가족은 그 달 17일 다시금 피난길에 오르지 않을 수 없게 된다. 창사에 머무른 지 꼭 여덟 달 만의 일이었다.

대가족은 중국 최남단의 도시 광쩌우로 가는 기차를 탔다. 중국 정부가 도와 줬다. 한여름 폭염 속에 피난 행렬을 실은 완행열차는 중도

에 일본군 비행기의 공습을 받기도 했지만, 사흘 뒤 무사히 목적지에
도착했다.

　오랜만에 한국 음식을, 그것도 삼계탕이란 최고의 보양식으로 배를
채운 답사단 일행은 4시쯤 가방을 들고 호텔을 나왔다. 오후 6시에 출
발하는 광쩌우행 비행기를 타기 위해서였다.
　"오늘 저녁 식사는 안 해도 되겠어요."
　공항을 향해 달리는 버스 안에서, 난생처음 삼계탕이란 것을 먹어
봤다는 기쁨이 내리한테 속삭였다. 다른 사람들도 되찾은 입맛과 포만
감을 느긋이 즐기며, 창 밖으로 펼쳐지는 창사의 마지막 거리 풍경을
눈 속에 담고 있었다.
　그런데 내리는 은근히 걱정이 됐다. 늦은 점심을 먹을 때, 누가 먼저
랄 것도 없이 거의 모든 사람이 이구동성으로, 여행이 끝날 때까지 앞
으로도 종종 오늘처럼 삼계탕을 해 먹자고, 합창을 했기 때문이었다.
　중국 민항 소속의 비행기는 70분을 날아 광뚱성(廣東省)의 성도 광
쩌우(廣州)에 도착했다.
　주강(珠江)을 중심으로 남북으로 나뉜 광쩌우는 중국 남부에서 가장
번성하고 규모가 큰 상업도시이다. 근래에는 매년 봄과 가을에 수출
상품 박람회가 열릴 정도로, 중국의 대외 무역 중심지로 성장했다.
　일행이 광쩌우 시내 북부에 자리한 33층 건물의 호텔에 도착한 시간
은 저녁 8시가 훨씬 넘어서였다. 늦은 점심에 보양식을 충분히 먹은 때
문인지 다들 저녁 생각은 없다고 했다. 다만 식사량이 원래 적어 삼계
탕 그릇을 반 정도만 비웠던 주승과 건강 청년 한솔만이, 한밤중에 호
텔 일층 로비에 있는 매점에서 중국 컵라면을 사다가 먹었을 뿐이었다.

(＊ 2권에 계속)